Confissões ON-LINE 2

Iris Figueiredo

Confissões
ON-LINE 2
Entre o real e o virtual

generale

Presidente
Henrique José Branco Brazão Farinha

Publisher
Eduardo Viegas Meirelles Villela

Editora
Cláudia Elissa Rondelli Ramos

Diagramação
Daniele Gama

Preparação de texto
Gabriele Fernandes

Ilustração de capa
Listo Estúdio Design

Capa
Daniele Gama

Revisões
Renata da Silva Xavier
Ariadne Martins

Impressão
Edições Loyola

Copyright © 2016 *by* Iris Figueiredo
Todos os direitos reservados à Editora Évora.
Rua Sergipe, 401 – Cj. 1.310 – Consolação
São Paulo – SP – CEP: 01243-906
Telefone: (11) 3562-7814/3562-7815
Site: http://www.editoraevora.com.br
E-mail: contato@editoraevora.com.br

DADOS INTERNACIONAIS PARA CATALOGAÇÃO NA PUBLICAÇÃO (CIP)

F49c

Figueiredo, Iris, 1992-
  Confissões on-line 2 : entre o real e o virtual / Iris
Figueiredo. - São Paulo : Generale, 2015.
  216 p. ; 16 x 23cm.

  ISBN 978-85-8461-035-8

  1. Ficção brasileira. I. Título.

CDD- B869.3

JOSÉ CARLOS DOS SANTOS MACEDO – BIBLIOTECÁRIO – CRB7 N. 3575

Para vovó Maria de Moura, vovô Mazinho (*in memoriam*), vovó Maria D'Ajuda e vovô Ewalnir (*in memoriam*): donos dos melhores causos e do meu coração.

Agradecimentos

Quando estava no ensino médio, eu não fazia a mínima ideia do que queria estudar na faculdade, mas tinha certeza do que "queria ser quando crescesse": escritora. Quase seis anos depois de me formar no colégio, estou escrevendo os agradecimentos do meu terceiro livro. *Alguém me belisca?!* Apesar de viver um sonho, ele nem sempre é cor-de-rosa. Por isso sou muito grata por contar com muitas pessoas que ajudam a transformá-lo em realidade, dão um empurrãozinho diante dos obstáculos e me inspiram a continuar. A lista é extensa e nem todo mundo cabe nela, mas, se você tem esse livro em mãos, pode se sentir incluído.

Antes de tudo quero agradecer a Deus, por ser meu Pai que me guia e me dá forças para prosseguir. Em segundo lugar, à minha família, que é minha base. Lucimar – também conhecida como "mamãe" – e Marco – a quem eu chamo carinhosamente de "papai gordinho" –, obrigada por despertarem em mim o amor pela leitura e vibrarem comigo a cada conquista. Sem o apoio de vocês, eu não seria nada. Assim como não seria a mesma pessoa sem vocês rindo e dançando na sala sempre que toca alguma música na televisão (ou às vezes sem música alguma!).

Também agradeço aos meus avôs, Osmar e Ewalnir, que apesar de não estarem mais aqui, sempre me incentivaram e acreditaram no meu potencial. Espero ser tão boa contadora de histórias quanto vocês foram – embora nada na vida real seja tão divertido quanto os causos que vocês contavam. Às minhas avós, Maria de Moura e Maria D'Ajuda, sou muito grata de ainda tê-las comigo e espero que vivam mais cem anos! Quero continuar dando orgulho para vocês, pois eu já tenho muito orgulho de quem sou neta.

Dizem que quem tem amigos, tem tudo. Acho que estou indo muito bem! Meu principal agradecimento vai para o meu trio de leitoras-beta favoritas e melhores companhias no WhatsApp: Olívia Pilar, Rebeca Allemand e Débora Phetra. Além de sempre trazerem alguma ideia sensacional, cada uma de vocês tem um papel importante. Olívia por ter me ajudado com algumas dúvidas sobre o Canadá, por me ajudar a montar *releases* e pelo apoio na minha página (além de ser a melhor amiga de todas!). Rebeca por ser a maior *fangirl* que o mundo já viu, *shipper* incurável e sempre plantar uma sementinha de ideia na minha cabeça (além de se preocupar comigo!). Débora por enviar as melhores mensagens de áudio do WhatsApp e vibrar com cada cena (além de me animar sempre!). Vocês são demais.

Um agradecimento especial para meus amigos escritores que são incríveis: Babi Dewet, Barbara Morais, Dayse Dantas, Jim Anotsu e Mary C. Müller. Obrigada por torcerem por mim e tenham certeza que estarei sempre sacudindo pompons para vocês. Um abraço apertado no Lucas Rocha e na Taissa Reis, que são sensacionais sem fazer esforço. Lizie Evangelista e Vanessa Duarte, obrigada pela amizade de sempre e pela ajuda com as fotos para a orelha!

À escritora Marina Carvalho, que escreveu o depoimento lindo que consta na orelha do livro. Obrigada por todo apoio e incentivo! Também quero agradecer aos leitores Jéssica Ramos, Mayara Knoeller, Ana Pinheiro, Rafael Dourado e Ana Clara Soares pelos depoimentos que estampam a quarta capa do livro e me emocionaram!

Não posso deixar de mencionar a Editora Generale, que me acolheu de braços abertos e me apoia sempre, publicando meu livro, me colocando em um avião para vários cantos do Brasil para conquistar mais leitores e respondendo todos os meus e-mails desesperados. Henrique, Eduardo, Cláudia e toda a equipe: muito obrigada por acreditarem no meu trabalho! E Gui Liaga, minha agente literária, obrigada por me conduzir até essa casa e apostar junto comigo nesse sonho.

Aos leitores que fazem parte do meu fã-clube: vocês são incríveis e amo interagir com cada um naquele espaço. Muito obrigada ao meu leitor Rick Bastos por ter criado o grupo e pelo carinho que sempre demonstra com meu trabalho.

Para cada leitor que já abracei, conversei ou nem mesmo tive a chance de conhecer pessoalmente ou trocar umas ideias pela internet: muito obrigada! Não viveria nada disso sem vocês, que leem o que escrevo e gostam, pedem por mais. Cada e-mail, cada história compartilhada, cada autógrafo... cada parte disso é o que me faz continuar escrevendo. Todo escritor diz isso, mas eu afirmo com todas as letras que tenho os melhores leitores do mundo e ponto final!

A história da Mari termina por aqui, mas espero contar muitas outras.

Obrigada por tudo e até a próxima!

So just reach inside your heart and pack your bags
And let's leave this earth
Let's aim high, oh girl
All you gotta do is close your eyes and – and visualize
Let's aim high[1]

Aim High, John Legend

---

[1] Então apenas escute seu coração e faça suas malas / E vamos deixar essa terra / Vamos sonhar alto, oh garota / Tudo que você precisa fazer é fechar os olhos e – e visualizar / Vamos sonhar alto.

Prólogo

Nem nos meus sonhos mais loucos poderia imaginar que um dia alguém resolveria bancar uma viagem para mim, em outro continente. Mas era tudo real: as ruas de Toronto, a neve, os passeios por outros distritos do Canadá, as pessoas vindas de diversos cantos do mundo... Era de verdade e eu estava vivendo cada detalhe.

Não que aquilo tenha acontecido facilmente, mas foi quase assim. Quando olhava para trás, ainda parecia que o reconhecimento na web tinha vindo como um passe de mágica.

Estava ali a trabalho, porém, na maior parte do tempo, parecia uma grande brincadeira. Exceto naquele dia que torci o pé patinando no Nathan Phillips Square e achei que ia morrer, mas na verdade desinchou no dia seguinte – enquanto a Pilar, a amiga que fiz durante o intercâmbio, passou o resto da semana rindo da minha cara.

Só voltaria para o Brasil no dia seguinte, mas meu coração já doía de saudades.

O último ano tinha sido tão complicado que, no meio do caminho, tenho certeza que esqueci um pouco sobre quem eu realmente era. Às vezes nos acostumamos a olhar sempre na mesma direção, lamentar os erros do passado e isso faz com que a gente não perceba o que existe ao redor. Perdi tanto tempo me concentrando nas partes ruins, que deixei de aproveitar as boas.

Eu não precisaria ter viajado até a outra ponta da América para descobrir isso, mas estar longe do meu habitat natural ajudou a ver minha própria vida com outros olhos.

O que me transformou não foi colocar a cara no chão de vidro da CN Tower, vencendo meu medo de altura e contemplando Toronto do alto. Também não tinha a ver em deslizar num trenó puxado por cães (sério, isso aconteceu, foi sensacional!), assistir um jogo de hóquei ou qualquer outra coisa inusitada que eu não teria feito em Niterói. Não foi ver neve pela primeira vez e quase congelar meus dedos ao achar que tocá-la sem luvas seria algo inteligente a fazer (spoiler: não é) ou qualquer coisa dessas. É lógico que cada experiência única ficaria guardada comigo para sempre, mas não era isso que eu estava levando na minha bagagem de volta para casa.

Ok, talvez eu tivesse comprado *gadgets* demais e isso estivesse pesando bastante na minha mala, mas o verdadeiro *souvenir* que adquiri no intercâmbio não fora encontrado nas ruas de Toronto ou de Nova York (cidade que Pilar e eu escolhemos para conhecer antes de voltar de vez para o Brasil), mas, sim, nas pessoas que conheci.

Por uma escola de idiomas passam pessoas dos mais diferentes lugares possíveis. Às vezes, você convive pouco tempo com elas, e é o bastante para que aprenda coisas novas. Todo mundo tem uma história para contar ou algo a ensinar, é só estar disposto a ouvir.

Durante boa parte do último ano, perdi meu tempo pensando mal de muita gente e achando que era daquele jeito que a vida funcionava: sempre que houver uma oportunidade, vão fazer mal a você. Mas ninguém é totalmente bom ou inteiramente ruim. Há pessoas que servem para estar ao nosso lado – seja por interesses iguais ou por simples simpatia –, outras não. Faz parte da vida.

O mundo é tão grande, com gente tão diferente, que não vale a pena se privar de conhecer novas histórias e personalidades todos os dias. Há muito mais por aí além do meu bairro, da minha escola e de todo o mundinho ao qual eu sempre me prendi.

1

Nunca fui muito fã de areia e água salgada. Lá em casa isso era preferência da minha irmã, que apesar de nunca estar bronzeada, sempre batia ponto em Camboinhas ou Itacoatiara, ao lado do noivo e dos amigos. Mas até eu estava com saudades de colocar meu biquíni, estirar a canga e torrar no sol de quase 40°. Por isso, quando minha melhor amiga me chamou para ir à casa de praia dela, não pensei duas vezes e aceitei pegar a estrada rumo a Arraial do Cabo, mesmo estando no Brasil há menos de 48 horas.

Aliás, a única coisa que fiz desde que cheguei em terras tupiniquins foi dormir. Passei boa parte do tempo aproveitando e matando a saudade da minha cama, para me recuperar das horas de voo entre Nova York e Rio de Janeiro.

Ah, eu também precisava superar o mico que paguei no aeroporto, já que dona Martha não deixa nada barato.

Assim que passei pelo portão de desembarque, minha família me esperava com placas e cartazes. Melissa estava soprando bolinhas de sabão. Isso mesmo, bolinhas de sabão. Mas o pior de tudo ficou por conta da minha mãe, é claro: ela estourou um daqueles canudos de confete e sujou todinho o chão de corações prateados.

O segurança chamou atenção da minha família, mamãe pediu mil desculpas, disse que não sabia que era proibido, papai quase se meteu em confusão e, no fim das contas, até a Nina estava se oferecendo para varrer o chão. Tudo acabou bem. Quer dizer, em partes. Ninguém foi obrigado a varrer o aeroporto, mas tenho certeza que o pessoal da limpeza fez um vodu especial com o rostinho da minha mãe. E eu terminei o dia com vontade de enfiar a cara na lixeira mais próxima para ninguém me reconhecer.

E o Arthur? Bem, ele não apareceu.

Eu não o vejo há exatos 75 dias, mas não quero pensar sobre isso agora. Agora quero aproveitar o verão. Se eu pensar demais, vou ter um ataque de nervos.

Sempre achei que inverno era a minha estação favorita do ano, mas eu definitivamente não fazia ideia do que era frio de verdade. Depois de enfrentar temperaturas negativas em Toronto, tinha certeza de que nunca mais ia bater queixo quando o termômetro marcasse 18 °C.

— Nunca pensei que ia sentir falta do calor — comentei, enquanto Nina espalhava protetor solar nas minhas costas.

— Daqui a uns dois dias você estará reclamando dele de novo, não se preocupe — respondeu minha melhor amiga, com conhecimento de causa. Na verdade, ontem mesmo eu reclamara que meu ar-condicionado não dava vazão.

Carina se virou, para que eu pudesse passar protetor solar nas costas dela. Era inacreditável vê-la usando um biquíni. Eu conseguia contar todas as suas costelas.

— Ainda não acredito que é sua última semana — lamentei, evitando tocar no problema principal. Aquela não era a melhor hora para trazer o assunto à tona. Eu tinha acabado de voltar para casa e em poucos dias Carina não estaria mais por perto. Não queria perder tempo discutindo.

Eu recebi as más notícias no aeroporto. Depois de todo o episódio de humilhação pública protagonizado pela família Prudente, Carina tentou "quebrar o clima" com uma novidade: ela fora aprovada no vestibular. Não que isso em si seja ruim, já que entrar numa boa universidade sempre foi o sonho dela. Ou, ao menos, era o que dizia. Carina transformou a vida inteira por conta disso e os efeitos estavam visíveis em sua aparência fragilizada, que piorou no último ano. Por conta da pressão e do excesso de estudos, parou de comer e emagreceu muitos quilos. Eu tinha certeza de que ela estava com anorexia, mas era só eu abrir a boca para opinar e ela ficava irritada e pedia que eu não tocasse no assunto. De alguma forma, aquilo virou tabu entre nós.

No fundo, eu esperava que a aprovação no vestibular fosse um passe de mágica, o suficiente para que Carina se recuperasse e voltasse a ser saudável. Por isso, recebi a notícia com entusiasmo e questionei por que ela não havia me contado antes, até receber a segunda parte da novidade: a faculdade ficava em São Paulo.

Nina era como uma irmã para mim — e mais legal que a verdadeira, a propósito. Lógico que eu estava orgulhosa! Não é qualquer um que é aprovado na USP. Só que aquele resultado tinha um único significado: em poucos dias, teria que dizer adeus para minha melhor amiga e, daquela vez, seria por no mínimo cinco anos, não dois meses. Ainda não sabia como lidar com a notícia, embora tentasse, a todo custo, parecer o mais animada possível.

Óbvio que eu não passei no vestibular. Quando estava lá no Canadá, curtindo meu intercâmbio, a notícia não me abalou tanto. Eu não fazia a mínima ideia do que queria fazer da minha vida, então pelo menos teria mais um ano para decidir. Ao menos, essa foi a desculpa que inventei para mim mesma. Primeiro aproveitaria o Canadá, depois pensaria no resto. Pena que os dias que passei em

Toronto foram tão rápidos e assim que pisei no Brasil e ouvi as novidades da Nina, comecei a me questionar sobre o meu futuro.

Em poucos dias, ela se mudaria para São Paulo, começando uma nova vida. Isso incluía novos amigos, uma nova rotina e uma série de novidades das quais eu não faria parte. Histórias que só conheceria de ouvir falar e não por dividir aquele momento com ela. Era uma sensação estranha. Será que Nina se sentiu do mesmo jeito quando descobriu que eu iria fazer intercâmbio? Dois meses não são cinco anos, mas, de qualquer forma, era uma mudança.

Eu estava morrendo de ciúmes só de pensar nos novos amigos que ela faria. Passamos tanto tempo contando apenas uma com a outra que era estranho pensar que aos poucos diversas pessoas desconhecidas entrariam em nossas vidas. Mas, pensando bem, durante o intercâmbio, eu conheci várias pessoas novas. E uma delas eu suspeitava que ficaria na minha vida para sempre. A Pilar jamais substituiria o laço forte que tenho com a Nina, então, no fundo, sabia que a minha insegurança era boba.

Como tudo na minha vida tem um pouco de drama (até parece que é só um pouco!), antes mesmo de chegar ao Canadá, as coisas já estavam dando errado. Esqueci meu celular dentro da mala que despachei e, para piorar, perdi minha conexão para Toronto. O próximo voo só sairia em seis horas! Seis horas mofando no aeroporto, sem um celular para me distrair e sem dinheiro trocado para usar o telefone público e ligar para minha mãe. Foi nesse cenário apocalíptico, em pleno aeroporto de Miami, que Pilar apareceu para salvar a pátria.

Ela surgiu enquanto eu levava um sermão do segurança por ter chutado o orelhão. Talvez eu não me desse muito bem com telefones públicos – e muito menos com seguranças de aeroportos. Mas eu não tinha culpa se o bendito telefone não funcionava! Eu precisava ligar para casa, antes que minha mãe ativasse a polícia internacional para dar parte do meu sumiço. Em inglês, Pilar inventou uma história sofrida para o segurança, que me disse que eu nunca mais deveria fazer aquilo. *Never*.

— Agora eu posso saber por qual motivo você chutou o orelhão? — Pilar perguntou, em inglês, assim que nos livramos do guardinha.

Ainda estava procurando palavras no idioma para definir o que tinha acontecido quando reparei na pulseirinha de Nosso Senhor do Bonfim que ela usava no pulso.

— Você é brasileira? — Perguntei, na minha língua mesmo. Ainda bem! Acho que estava tão nervosa com o que tinha acontecido que jamais conseguiria formular uma frase decente em outro idioma.

— Sou sim! *Ai, meu Deus*, que máximo!

E foi assim que um vínculo instantâneo surgiu. Pelo menos durante o tempo que passamos juntas no aeroporto, enquanto esperávamos nossos voos.

Foram quase duas horas de conversa fiada, onde descobri quase tudo sobre a vida dela, menos o mais importante: para onde ela estava indo. Nós gravamos até mesmo um vídeo para o meu canal e trocamos contatos, mas nenhuma das duas teve a brilhante ideia de perguntar o destino da outra! Qual foi minha surpresa quando, quase uma semana depois, a encontrei sentada em uma das cadeiras da escola de idiomas onde estava estudando em Toronto.

Gostamos de dizer que viramos amigas por obra do destino. Quem não gostava muito dessa história era a Nina. Ela morria de ciúmes da Pilar. Apesar de entender, ela estava numa posição muito melhor que a minha: enquanto Pilar morava em Belo Horizonte, bem longe de mim, os novos amigos que Nina faria estariam em São Paulo, pertinho dela. Como sempre, eu ficaria sobrando!

— Você sempre pode me visitar — respondeu ela, me trazendo de volta para a vida real. — São Paulo é logo ali, vez ou outra tem promoção de passagens de avião, e também dá para ir e voltar de ônibus no mesmo dia.

Ela sabia que não era bem assim. Só para começo de conversa, onde eu arrumaria dinheiro para isso? Mas ao invés de discutir, deixaríamos o tempo ajustar nossa amizade, que era bem mais forte que a distância.

— Só queria que você tivesse me contado assim que soube.

— Eu também queria, mas não parecia justo. Foi bem melhor você aproveitar o intercâmbio em vez de pensar que teria que se despedir de mim logo que voltasse pra casa — argumentou. — Mas odiei manter segredo da minha melhor amiga.

Deitei na canga, em silêncio. O sol era forte e precisei fechar os olhos, apesar dos óculos escuros. Queria que o mundo parasse por alguns segundos, só para que eu tivesse mais tempo com a Nina.

Muita coisa mudou desde que ela trocou de escola. Carina só tinha cabeça para os estudos, enquanto eu só pensava na confusão envolvendo meu ex-namorado e minha ex-melhor-amiga.

Nina e Helô eram como água e vinho. Não sei como um dia pude chamar a outra de amiga! Enquanto Heloísa só sabia competir por atenção, Carina era leal, altruísta e companheira. Tudo que uma amizade precisa.

— Promete que não vai me esquecer? — Perguntei, ainda deitada.

— E por que esqueceria?

— Eu não vou fazer parte desse mundo novo, Nina. Enquanto sua vida vai acontecer lá em São Paulo, a minha vai continuar estagnada em Niterói: do cursinho pra casa, gravando vídeos, estudando, o de sempre.

—Você sempre vai fazer parte da minha vida, Mari — respondeu.
— Promete?
— Eu prometo. Aliás, eu não preciso prometer. Eu tenho certeza que nunca vou encontrar uma amiga como você em São Paulo e em qualquer outro lugar do mundo. Melhor amiga a gente só tem uma e você é pra sempre.

Nina deitou do meu lado e ficamos em silêncio por algum tempo, aquele tipo de silêncio confortável que só amigos muito próximos conseguem compartilhar. Encontrei em Carina uma irmã, que respeitava meu espaço e entendia exatamente o que eu precisava. Eu poderia ter um milhão de amigos, alguns mais chegados que outros, mas aquela ligação que nós duas construímos não teria com mais ninguém. Eu simplesmente *sabia*.

— Eu amo você. Promete que vai se cuidar?
— Prometo.
— Quero ter direito a um colchonete no seu quarto — exigi. — E *tour* pelos melhores lugares sempre que for te visitar. Ah, e eu ordeno que você me busque sempre no aeroporto, não importa quantas vezes eu precise ir até lá — completei.
— Nem precisa pedir. Não importa para onde eu vá, sempre terá um lugar pra você — respondeu. E eu sabia que era a mais pura verdade.

2

Já era noite quando nos sentamos no quarto da casa de praia de Nina e preparamos a câmera para gravar. A luz não era das melhores e precisei mudar várias coisas no ambiente para que o vídeo ficasse mais iluminado. Quando olhei pelo visor, vi que estava quase perfeito.

— Você tem certeza? — Quis saber minha melhor amiga, olhando para a câmera como se fosse um extraterrestre, não um aparelho eletrônico.

— Lógico, Nina! Eu não tenho nenhum vídeo com você no canal e não posso deixar de postar um antes que você vá embora — falei.

— Comigo não tem nenhum, mas com a Pilar e aquela tal de Antonella... só tem isso no seu canal! — Exclamou, sem esconder a pontada de ciúmes na voz. Antonella era uma argentina supersimpática que morava na mesma casa que eu em Toronto. Ela era superdivertida e tinha dito mil vezes que tínhamos um cantinho em Buenos Aires sempre que quiséssemos.

— Elas são minhas amigas, Nina, e estavam comigo no intercâmbio, por isso elas aparecem tanto. Esqueceu que viajei pra *fazer vídeos*? — Respondi, tomando cuidado para não soar defensiva, mas explicando a situação. — Elas faziam parte daquilo. Só que eu quero que as pessoas que assistem meus vídeos conheçam a minha melhor amiga.

Nina bufou, pouco convencida.

— Não acho que elas queiram saber sobre a minha vida — disse ela, assim que coloquei a folha com as perguntas que iríamos responder à nossa frente.

— Eles podem não saber que querem, mas querem. Não reclama, Nina! Vai ser divertido, vai — comentei, tentando convencê-la. — Qualquer pessoa ia adorar conhecer você!

Minha ideia era que respondêssemos uma série de perguntas sobre nossa amizade enquanto nos maquiávamos para sair. Já havia separado tudo que precisávamos para o vídeo, mas Nina ainda parecia hesitante.

— Tudo bem — concordou, por fim. — O que eu não faço por você, não é mesmo? — Concluiu, antes que eu ligasse a câmera.

A lente fez um zumbido, focando em nós duas, de cara limpa. Abri meu melhor sorriso, já treinado após tantos vídeos, cada vez mais profissional, e comecei a falar, usando minha entonação que só aparecia quando gravava.

— Olá! Você está assistindo ao *Marinando* e eu sou a Mariana Prudente. Hoje você vai conhecer a Nina, minha melhor amiga, e se arrumar com a gente para sair — falei. Fiz uma pausa, deixando um tempo para cortar o vídeo entre uma fala e outra e inserir a vinheta de abertura.

Precisei dar um cutucão em Nina para que ela se apresentasse. Ela começou um pouco tímida, mas conforme os minutos passavam, soava natural. Acho que acabou esquecendo que havia uma câmera gravando tudo.

Falamos sobre muitas coisas: como nos conhecemos, aquela vez que minha mãe encontrou a gente matando aula para comprar ingressos para o Tempest e Nina até comentou sobre como é esquisito ter uma amiga que é uma *webcelebridade*.

— Doeu? — Perguntei, assim que desliguei a câmera.

— Não, foi legal — respondeu ela. — Só estou com medo dos comentários.

— Você não precisa se importar com eles — falei. — A maioria só quer que você preste atenção no que eles têm a dizer de *algum jeito*. Como não conseguem pensar em algo melhor, acabam ofendendo.

— É, mas eu não estou acostumada com essas coisas. Eu fico chateada até quando vejo alguém xingar você! — Carina confessou.

— É só não ler. Eu aprendi a ignorar — disse, escondendo que às vezes o que as pessoas diziam ainda me deixava chateada. Sempre tinha um grupinho desocupado que se aproveitava do falso anonimato e da segurança de estarem atrás de um computador para dizer maldades sem propósitos. A parte boa é que havia muitos comentários positivos para compensar.

— Relaxa, Nina. Todo mundo vai amar você. E respeite sempre a regra número um da internet: evite ler os comentários.

— Preciso aprender a respeitar essa regra.

— É, mas depois. Agora a gente vai sair pra comer uma pizza. Vamos? — Perguntei, estendendo o braço.

— Agora mesmo! — Nina entrelaçou o braço no meu e saímos pela porta, rumo à noite de Arraial.

▶ ||

Carina mal tocou na pizza que pediu, uma fatia de muçarela de búfala com manjericão (eca, preferia calabresa!). Fiz minha melhor careta de reprovação para ela, que começou a picar a pizza em pedaços minúsculos para disfarçar.

Não arrume briga por isso, repeti para mim mesma, infinitas vezes. Quem cuidaria dela agora que iria morar em São Paulo? Como eu poderia ter certeza de que ela ficaria bem? Sempre que pensava nisso, ficava mais preocupada pensando na mudança.

Fui afastada das minhas preocupações pelo meu celular, que vibrou alertando uma nova mensagem.

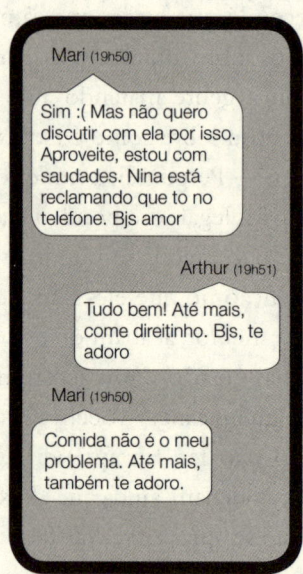

> **Arthur** (19h47)
> Saindo para jantar com minha família! Estou com saudades :(
>
> **Mari** (19h48)
> Estou comendo pizza com a Nina!
>
> **Mari** (19h48)
> Quer dizer, eu estou comendo, ela está me enganando
>
> **Arthur** (19h49)
> Xiiii, ainda com problemas? =\

> **Mari** (19h50)
> Sim :(Mas não quero discutir com ela por isso. Aproveite, estou com saudades. Nina está reclamando que to no telefone. Bjs amor
>
> **Arthur** (19h51)
> Tudo bem! Até mais, come direitinho. Bjs, te adoro
>
> **Mari** (19h50)
> Comida não é o meu problema. Até mais, também te adoro.

Guardei o celular no bolso, sonhando com a chegada de sexta-feira, quando minhas conversas com Arthur deixariam de ser pelo celular e seriam face a face.

– Era o Arthur? – Perguntou Nina.

– Sim, ele estava me dizendo que saiu pra comer com a família.

– Como está em Porto de Galinhas?

– Aparentemente, legal – respondi, sem muito entusiasmo. Arthur falava pouco da viagem e, no fundo, eu não queria saber.

Ainda não tinha perdoado ele ter viajado logo na semana que eu voltava para o Brasil. Passei um tempão fora. Podia ter aproveitado esse tempo para ir até para Marte, se quisesse! Mas é claro que não: ele e a família embarcaram em umas férias superdivertidas para Pernambuco um dia antes do meu retorno. Tinha ou não motivos para ficar emburrada? Sabia que não era escolha dele: a mãe tinha comprado as passagens e intimado toda a família a ir junto. Arthur, Guto, Lara, a mãe e o padrasto estavam curtindo dias ensolarados em Porto de Galinhas. Era muito egoísta estar torcendo para aquela viagem acabar logo e Arthur voltar para mim?

Ao perceber meu olhar de paisagem, Nina quis logo saber o que era.

— Nada, juro. Só fiquei um pouco chateada que ele não foi me ver no aeroporto. Estou com saudades — admiti.

— Que você ficou chateada, eu sei. Achei meio vacilo, para falar a verdade.

— Ah, Nina, mas a culpa foi da mãe dele — argumentei.

— Mas ele podia ter falado alguma coisa, né? Convencido a mãe a ir antes ou depois, sei lá. Não custava nada.

Levei minhas unhas à boca, incomodada. Aquela hipótese já tinha passado pela minha cabeça, é claro. Mas eu queria acreditar que o Arthur havia tentado todas as opções. Percebendo minha apreensão, Nina tentou aliviar a barra.

— Depois de amanhã vocês se veem e você vai ter bastante tempo para matar a saudade — assegurou ela.

— Espero que sim — falei. De vez em quando ainda pensava na última vez que nos vimos, no aeroporto, e naquele telefonema esquisito. Já que estava chorando as pitangas, resolvi continuar meu desabafo: — Mas às vezes eu tenho uma sensação ruim, sabe?

— Que tipo de sensação?

— Não sei, talvez seja só paranoia — confessei —, mas sempre me pego pensando na ex-namorada do Arthur.

— O que você sabe sobre ela?

— Quase nada, esse é o problema. Não sei praticamente nada sobre o passado do Arthur e às vezes sinto que ele é um livro difícil de ler. Eu gosto muito dele, mas tenho tanta dificuldade em confiar — admiti.

— É normal, Mari. Especialmente depois de tudo que aconteceu — tranquilizou-me Nina, lembrando o incidente com Heloísa e Eduardo.

— Eu sei, mas não estou acostumada com essa história de "ex-namorada". Parece um fantasminha, sabe? Não conheço a cara dela, não sei do que ela gostava e como os dois eram juntos. E sei lá se quero saber de verdade, só que é tão estranho não saber o que tinha lá atrás, o que ela significou pra ele e se só estou aqui pra "tapar um buraco".

— Mari, talvez você nunca saiba nada disso, mas não importa. O que importa é que você está com ele agora. Você pensa demais, sabia?

— Quem dera fosse assim, Nina. Mas pelo que sei, ele foi pra Espanha atrás dela e só voltou porque levou um pé na bunda.

— Oi? Como assim?

— Ele nunca disse isso com todas as letras, mas pelo que eu entendi, foi isso mesmo que aconteceu. Só amando muito alguém pra atravessar um oceano por essa pessoa... Entende agora? Eu tenho ciúmes, e o pior de tudo é ter ciúmes do desconhecido e não ter certeza de qual é o seu papel nessa história.

Nina não disse mais nada por alguns minutos, ficou remexendo a pizza de um lado para o outro, sem comer. Enquanto isso, eu mordiscava o canudinho do meu refrigerante, pensando em Arthur e Clara, Clara e Arthur. Como ela era? Que tipo de música escutava, como sorria, o que costumava conversar com ele? Talvez eu nunca tivesse respostas, apenas para sempre teria dúvidas.

– Odeio pensar nisso.

– Então não pensa. Ela está no passado, Mariana. Você é o presente. Então cuide disso enquanto pode. E se um dia você virar passado, é por que não tinha que ser. Cada coisa tem seu tempo.

– Queria ser sempre o tempo dele.

– Então aproveite enquanto você é – aconselhou Nina. Dessa vez ela pegou um pedaço da pizza e deu uma piscadinha. Eu sorri, confortada. Às vezes, só nossa melhor amiga sabe dizer exatamente o que precisamos ouvir.

3

Havia uma pilha da nova edição da *Superteens* na banca de jornal, que diminuiu assim que Nina pegou duas e pagou o equivalente ao jornaleiro.

Estávamos a caminho da praia, aproveitando nosso último dia em Arraial do Cabo. Durante a madrugada, eu tinha feito *upload* do vídeo que gravamos no canal, me aproveitando da internet – lentíssima – que tinha na casa de praia. Nina estava completamente nervosa ao pensar que milhares de pessoas assistiriam nós duas nos maquiando e conversando.

— E se eles não gostarem de mim? E se eles me acharem chata? E se ficarem fazendo comentários ruins?

— Relaxa, Nina! É só um vídeo.

— Ah, certo. E quando a gente saiu de casa já tinha umas trezentas visualizações! Em menos de cinco minutos! – Exclamou. Não queria nem saber como ela reagiria quando chegasse em casa à noite e visse quantas pessoas já tinham assistido e comentado. Tinha certeza que ela cairia para trás.

— Não muda muita coisa, eu juro – respondi, mas podia apostar que assim que ela abrisse o Facebook no dia seguinte, veria uma enxurrada de solicitações de amizade. A Pilar recebia várias todos os dias, além de novos seguidores em várias redes sociais.

— Hmpf, vou acreditar em você. Não sei por qual motivo fui concordar com isso! – Completou, mal-humorada, abrindo a revista que havia acabado de comprar. Ela passou pelas páginas sem olhar muito bem o conteúdo, procurando meu rosto entre as matérias. – Achei! – Gritou, apontando para uma das páginas. – Nossa, você fica muito esquisita de roupas de frio. Parece o bonequinho daquela marca de pneus.

— Muito obrigada, você certamente entraria no time dos meus *haters* na internet se não fosse minha melhor amiga.

— De nada, estamos aqui pra isso.

Nas fotos eu vestia vários casacos, um em cima do outro, para aplacar o frio que fazia em Toronto. Havia uma série de imagens minhas durante o intercâmbio, espalhadas em duas páginas diagramadas em vermelho e branco. Continuei andando ao mesmo tempo que Nina lia a matéria em voz alta.

Cinco dicas para o seu intercâmbio

Por Mariana Prudente

Nossa vlogger favorita dá cinco dicas imperdíveis para quem está planejando estudar fora do país

Você com certeza já assistiu ao vídeo onde Mariana Prudente (18) morre de vergonha alheia da irmã mais velha. O vídeo, que bombou na internet no final do ano passado, é só um entre os muitos que Mariana posta quase todos os dias em seu canal, o *Marinando*. Foi por causa dele que a vlogger fez as malas na véspera do ano novo e viajou para Toronto, no Canadá, para estudar inglês durante dois meses, além de passar quinze dias de férias em Nova York.

Mari viveu o sonho de quase todas as garotas da sua idade e relatou cada detalhe do intercâmbio no vlog que mantém, mas separou algumas dicas exclusivas só para a *Superteens*...

1) Descubra o que é melhor para você

Existem várias opções para quem quer fazer intercâmbio, não apenas o high school. Se você não quer passar um ano longe de casa (ou seus pais não deixam) pode escolher um curso de férias. Tem intercâmbio que dura até uma semana, é feito em grupo e um guia acompanha os intercambistas! Durante o dia você estuda o idioma, à tarde passeia pelo lugar. São várias opções, algumas misturam curso de idiomas com atividades extras – como esqui ou culinária. Só pesquisando você saberá qual a opção é mais interessante, já que são muitas.

2) Desconecte-se

A saudade é enorme, mas, na era digital, ela pode ser facilmente aplacada com uma conferência em vídeo ou uma mensagem no celular. Só cuidado para não passar mais tempo conversando com seus amigos que ficaram no Brasil do que com os novos que você vai fazer durante o intercâmbio. Diminua seu tempo na internet e veja que tem coisas maravilhosas te esperando na viagem – e você não precisa postar todas elas enquanto curte!

3) Esteja aberta para viver novas experiências

Não adianta nada viajar para outro país e não querer aprender mais sobre ele! Quando estiver por lá, tente se aproximar o máximo possível de outros intercambistas, conhecer pessoas e costumes locais e praticar bastante o idioma. Permita-se descobrir a cidade e o país para onde você vai, pois a melhor parte de poder estudar fora é exatamente a troca cultural.

4) Procure saber o que pode ou não fazer em outro país

A maioridade varia de país para país, muitas vezes dentro do próprio território! A maioridade no Canadá é 19 anos, só em Montreal que você é considerado legalmente responsável aos 18. E você sabia que pode levar uma multa se atravessar a rua correndo na Austrália? E se você tentar descer as escadas rolantes de alguns aeroportos pelo mundo com uma mala de rodinhas, pode levar uma bronca do segurança. Fique de olho em tudo isso para não pagar mico – ou até mesmo infringir leis no país que você está visitando.

5) Viva mais, registre menos

Passei muito tempo do meu intercâmbio com uma câmera de vídeo na mão, afinal de contas estava ali também a trabalho. Mas vi muita gente deixar de admirar muitas coisas com os olhos para ver através das lentes de uma câmera, da telinha do celular etc. Fotos são ótimas para guardar recordações, assim como vídeos, mas de nada adianta ter um álbum maravilhoso no futuro se você não aproveitar o lugar. Por isso, tire muitas fotos, mas não se esqueça que mais importante do que postar aquelas imagens na internet para todos os seus amigos verem como seu intercâmbio está sendo incrível, é aproveitar ao máximo a experiência.

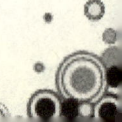

— Você podia ser jornalista – disse Nina, assim que terminou de ler a matéria.

— Acho que a cota lá de casa já foi extrapolada – respondi, referindo-se à minha irmã, que tinha acabado de se formar em Jornalismo. E eu perdi a colação de grau, embora não lamentasse muito: horas de falação infinita, em que eu certamente cairia no sono. Uma pena ter perdido a festa, essa sim parecia ter sido divertida.

— Você tem *alguma* ideia do que vai fazer da vida?

— Não. Eu ainda nem consegui processar que esse vai ser um ano inútil. Se eu não conseguir entrar no segundo semestre com a minha nota, vou ter que esperar até o ano que vem e sabe-se lá se eu vou conseguir – falei, assumindo o quanto aquilo me frustrava. Pensar em encarar toda maratona de estudos e provas novamente já me desanimava. Minha mãe havia me matriculado no cursinho e na segunda-feira eu teria que aparecer para as aulas. Queria fingir que nada estava acontecendo.

— Você vai conseguir – falou, tentando me tranquilizar.

— Não vou, Nina. Eu não sou megainteligente como você, ok? Eu nem sei o que eu quero ou pra que eu sirvo.

— Talvez esse período seja bom para descobrir. O *vlog* tem sido uma coisa boa, não tem? Quem sabe o caminho não esteja por aí?

— Acho que se mais alguém fizer Comunicação lá em casa, mamãe tem um colapso nervoso. Ela não vai aguentar duas filhas desempregadas.

— Pelo menos uma delas vai casar com um médico – brincou Nina. – Mas você vai descobrir, Mariana. Nem todo mundo sabe de primeira o que quer e não há problema algum nisso.

— Você está mesmo tentando me deixar mais calma em relação ao futuro? Não era você quem estava literalmente pirando só de pensar em vestibular?

— Sim, era eu – confirmou, ao chegarmos na beira da praia. Nina e eu tiramos os chinelos e caminhamos descalças pela areia quente. – Mas quer saber? Você é muito melhor que eu em relação a isso. Você sabe que a vida não se resume a uma escolha de vestibular e que talvez seja necessário tentar de novo. Eu não conseguia pensar além disso. E agora? Eu estou muito assustada com o que me espera em São Paulo.

— Coisas boas.

— O quê?

— Coisas boas te esperam em São Paulo. Mesmo que você mude de ideia no meio do caminho, vai ser uma experiência que vai mudar você por completo. Eu tenho certeza que é isso que te espera lá: amadurecimento e coisas incríveis. Ter medo é normal, mas é isso que vai te fazer encarar o que vem pela frente.

— Você filosofa bastante às vezes — concluiu Nina. — Talvez devesse fazer Filosofia.

Nós duas rimos e ficamos encarando o mar. Acho que eu seguiria para a direção que as ondas me levassem.

▶ ||

— Ele não deu sinal de vida o dia inteiro — reclamei para Nina, já à noite, quando estávamos deitadas na cama assistindo um filme antigo na TV, desses que já foram exibidos mil vezes e só servem para tapar um buraco na programação.

— Mari, foi você mesma quem disse que o celular dele não pega muito bem por lá. Depois ele aparece, não se preocupa.

— É, mas o Arthur não costuma simplesmente sumir. Estou ficando preocupada.

A última mensagem que ele tinha me mandado foi na noite anterior, avisando que sairia para jantar com a família. Não ganhei boa noite ou bom dia, nenhuma mensagem durante a tarde e muito menos um telefonema. Arthur não era de fazer essas coisas.

Ele até podia não aparecer para me buscar no aeroporto, mas pelo menos estava sempre em contato!

— Às vezes ele esqueceu.

— Quem *esquece* de falar com a namorada?

— Se eu tivesse um namorado, eu certamente esqueceria de dar sinal de vida se estivesse viajando — disse Nina, tentando me acalmar. Era verdade: Nina sempre esquecia de responder mensagens e não passava muito tempo na internet. *Mas Arthur não era Nina!*

— Ainda bem que você não tem namorado, seria a namorada mais relapsa do mundo.

— Está vendo? Deus escreve certo por linhas tortas.

Não pude conter uma gargalhada. Só de imaginar a Nina namorando, eu achava engraçado. Era impossível pensar na magrela como alguém que manda mensagens fofinhas e inventa apelidos bonitinhos para o namorado.

— É, mas *ainda bem* que o Arthur não é você.

— Pelo menos eu te busquei no aeroporto — alfinetou. *Aff, pegou pesado.* Ignorando o comentário, completei:

— Ele não atendeu as minhas ligações! — Estava começando a ficar ansiosa. No Canadá, adquiri um hábito bem ruim: era só alguma coisa me deixar nervosa que levava minhas mãos até a boca, para roer as unhas. Quando fiz isso, Nina me deu um tapa.

— *Para com isso!* Homem nenhum merece que você roa suas unhas.

Fiquei emburrada, sem conseguir prestar atenção no filme. Checava meu celular de cinco em cinco segundos. Quase pulei quando vi que tinha uma nova mensagem me esperando, mas desanimei assim que li.

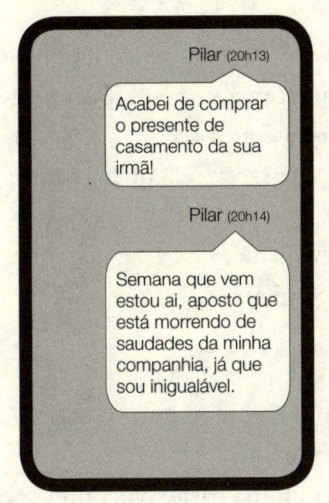

> Pilar (20h13)
> Acabei de comprar o presente de casamento da sua irmã!
>
> Pilar (20h14)
> Semana que vem estou aí, aposto que está morrendo de saudades da minha companhia, já que sou inigualável.

Não que uma mensagem da Pilar fosse desanimadora, mas estava esperando pelo Arthur. Passei os últimos dias tão desligada da vida que quase havia me esquecido que semana que vem era o casamento da Mel — e além das coisas óbvias, também significava rever a Pilar, que viria no próximo fim de semana só para a cerimônia.

Melissa havia permitido que eu chamasse duas amigas para o casamento, além do meu namorado. Tenho certeza que ela só não permitiu que eu convidasse mais pessoas por saber que eu não tinha muitas mais para convidar. Ainda no Canadá, perguntei se Pilar queria visitar o Rio de Janeiro e aproveitar minha companhia. Não foi preciso perguntar duas vezes: ela entrou no site da companhia aérea na mesma hora e reservou as passagens.

Não contei pra Nina que ela conheceria Pilar no próximo fim de semana. Com certeza, ela não ia ficar muito feliz com a notícia.

Respondi as mensagens com uma carinha feliz e algumas frases empolgadas, mas logo guardei o celular. Tinha decidido não esperar mais por algum sinal de Arthur, aquilo já tinha me dado até dor de estômago de agonia.

— Era o Arthur? — Carina quis saber.

— Não, só a Pilar dizendo que comprou o presente de casamento da Mel — disse, deixando escapulir.

— Ah, quer dizer que sua nova melhor amiga foi convidada pro casamento — alfinetou Nina.

— Não enche, Carina — respondi, emburrada, sem muita paciência para uma conversa daquele tipo, mas me arrependi assim que falei.

Nina pareceu magoada, mas virou sua atenção para a televisão.

Talvez eu estivesse ranzinza demais. Nina não tinha culpa se eu estava irritada com o Arthur.

— Ei — chamei —, você quer ver se alguém mais assistiu ao vídeo?

Nina continuou quietinha, encarando a televisão. Nenhuma palavra!

— Nina, estou falando com você.

— Eu ouvi — falou. Dessa vez, ela quem parecia emburrada.

— E então?

— Não estou com vontade.

— Você está brava comigo?

— Sim.

— Por quê?

— Porque você não me contou que ela viria. E porque você está sendo um pé no saco, só por causa do Arthur.

Tive que rir com a última parte. Nina tinha razão, como sempre.

— Do que você está rindo? Eu tô falando sério! Você acabou de voltar da viagem mais legal de todas, deixa o bundão do seu namorado pra lá só um pouquinho. Coloca um sorriso na cara, Mari. Você sempre fica procurando motivos pra reclamar.

Aquilo foi tão certeiro quanto um nocaute.

— Você está certa.

— Estou?

— Sim, está. Você sempre está.

— E agora?

— Agora o quê?

— O que a gente faz?

— Sei lá. Quer ver quantas pessoas assistiram ao vídeo?

Não precisei falar duas vezes.

▶ ||

— Ah, meu Deus!

Achei que Nina fosse desmaiar quando viu o contador de visualizações mostrando vários acessos. Mas ela só estava de boca aberta e não conseguia falar uma só palavra.

— Esse tanto de gente aí viu a minha cara? — Perguntou, tentando ter certeza.

— Sim — respondi, entre risos. A cara de espanto dela era muito engraçada.

— Não ria — repreendeu, dando um tapa no meu braço. Nina era um pouco adepta daquela filosofia de demonstrar afeto com agressão. — Agora deixa eu ver os comentários e... — disse, tentando roubar o *notebook* da minha mão para conferir o que estavam dizendo. Fui rápida e roubei o computador de volta.

— Nada disso, senhorita — falei, fechando a tampa do *notebook* antes que ela tentasse uma nova investida. — Você está *proibida* de ler comentários.

— Mas Mari...

— Sem "mas", isso não faz bem. Agora vamos dormir porque amanhã a gente vai voltar pra casa e eu sempre fico com preguiça quando passo o dia na praia.

Nina ainda tentou me convencer a entregar o computador para ela, mas acabou desistindo e se arrumou para dormir. Eu, por outro lado, passei o resto da noite rolando na cama, sem conseguir afastar um certo moço das covinhas do meu pensamento.

4

A casa estava silenciosa, mas um cheiro suspeito vinha da cozinha.

Olhei para a mesa da sala, onde Melissa sempre jogava suas tralhas quando chegava, mas estava tudo na mais perfeita ordem.

Mel estava tentando aprender a cozinhar. Foco para o "tentando". Ela me contou isso durante uma das nossas conversas pelo Skype, enquanto eu estava viajando. Mas, se não era minha irmã na cozinha, quem era? Quase caí para trás quando encontrei mamãe por lá, com um livro de culinária aberto.

— O que você tá fazendo? — Perguntei. *Aquilo* era uma surpresa.

— Cozinhando — respondeu, com toda naturalidade do mundo, enquanto conferia a receita e jogava uma pitada de sal na mistura. Em seguida, ela começou a cantarolar. *Cantarolar.*

Alguém abduziu minha mãe e colocou outra no lugar. Nunca, nem em um milhão de anos, eu a imaginaria cantarolando pela cozinha. Eu não conhecia ninguém que odiasse tanto cozinha quanto minha mãe. Ainda bem, já que tudo que ela fazia tinha gosto de sola de sapato. Se bem que eu deveria ter no máximo um ano de idade quando coloquei uma sola de sapato na boca pela última vez.

— Que cara é essa, Mariana?

— Nada, só achei estranho.

— Ah, Mari — começou a explicar-se, sem tirar os olhos das panelas —, você ficou fora esse tempo, a Melissa só pensava no casamento... Aí ela começou a trazer esse tanto de livros de culinária pra casa. Resolvi entrar na onda. Sei lá, precisava aprender algo novo. Tô ficando velha, minhas filhas estão de asas criadas e voando pra longe. Preciso de um *hobby*, alguma coisa pra distrair.

— De todos os hobbies do mundo, nunca imaginei que você escolheria esse.

— Nunca é tarde para surpreender — respondeu, dando uma piscadinha. — Mas agora, mudando de assunto... finalmente minha menininha vai sossegar em casa — comemorou. — Fala sério, nem deu tempo de chegar e já foi passear de novo! E como fica o coração de mãe? Sozinho, abandonado... A gente carrega nove meses na barriga, cuida, dá amor, cria, alimenta, paga as contas... e no final elas vão embora!

— Mamãe, não exagera! Foi só uma viagem e um passeio. É a Mel que vai embora.

— Por isso mesmo. Agora só vou ter você ao meu lado todos os dias. Tem que compensar a ausência.

Não queria admitir, mas também estava morrendo de saudades de casa. Por isso, abracei e beijei mamãe inúmeras vezes.

— Se bem que se eu for receber tanto amor toda vez que você voltar, eu acho que vou inventar umas viagens de fins de semana pelo menos uma vez por mês — disse ela, após o ataque de beijos e abraços, deixando a colher de pau cair.

— Acho que essa ideia de cozinhar não vai dar muito certo — impliquei.

— Vira essa boca pra lá, menina. Tô quase virando uma *chef* de cozinha.

— Aham, sei — brinquei. Beijei-a na bochecha e a deixei lá, envolvida com seus temperos e pensamentos.

Antes de ter filhos, mamãe deu aulas de inglês e português e concluiu um mestrado em literatura. O sonho dela era ser doutora em Literatura Inglesa e professora universitária, mas desistiu da ideia para cuidar da Mel — e depois, de mim. Era preciso muita coragem para largar tudo. Embora ela trabalhasse traduzindo livros e às vezes como intérprete de conferências, sabia que isso não era suficiente para deixá-la totalmente satisfeita. Quase podia vê-la em uma sala de aula, destrinchando poemas da Sylvia Plath e intimidando os alunos.

Ela deixou seus sonhos de lado para viver um novo, cuidando das filhas. Como será que ela se sentia agora, sabendo que a Mel casaria em poucos dias e eu estava cada vez mais independente?

Me joguei na cama, cansada, e conferi meu celular. Nada do Arthur! Pelo canto do olho, podia ver o mapa colado na minha parede, ainda sem os novos lugares que conheci marcados. Precisava pontuar Toronto, Montreal, Québec, Ottawa, Niágara e Nova York. Ainda não acreditava que tinha visto tudo aquilo.

Meu coração já estava apertado de saudades.

Era engraçado: enquanto estava no Canadá, algumas coisas me davam saudades do Brasil, mas agora que estava de volta, queria voltar e aproveitar de novo cada pedacinho daquele país que aprendi a amar. Ainda bem que tinha os vídeos para ao menos relembrar alguns momentos.

Liguei o computador e abri meu canal no YouTube à procura de um dos primeiros vídeos que fiz no Canadá. Liguei a caixinha de som, ouvindo o som da minha própria voz vazar pelos autofalantes.

— Eu não acredito que está nevando! — Disse minha versão em vídeo, filmando flocos brancos de neve caírem pela janela. — É tão branquinho, quero muito correr lá pra baixo, mas não sei se vai dar pra gravar na neve, tenho medo de estragar a câmera.

No *take* seguinte, eu tinha dado meu jeito e colocado a câmera em uma capa à prova d'água. A neve caía sem parar e eu filmava tudo, desde o chão branquinho até os flocos.

— *Please, be careful*[2] — instruiu Steph, a *host mom* da casa onde eu estava hospedada. Ela era uma mulher branquela, com cabelos loiros e lisos. Esperta como sempre, eu não ouvi uma só palavra, tirei minha luva e fui sem medo algum pegar a neve no chão com minhas próprias mãos. Tudo que ela recebeu em resposta foi um grito e um palavrão em português.

— Isso queima!

A cena cortava e em seguida eu estava na sala da casa, com os dedos dentro de uma bacia de água morna, com Antonella rindo ao meu lado. A argentina, que virou uma das minhas amigas inseparáveis durante a viagem, tinha longos e pesados cabelos escuros, olhos castanhos, pele clara e nariz arrebitado.

— Los *brasileños* no sabem brincar *en la nieve* — disse, rindo, usando seu portuñol para tentar se comunicar melhor comigo. — He viajado de vacaciones a Bariloche y Ushuaia, voy te ensinar a... Cómo se dice? Patinar!

Ri com a tentativa da Antonella em falar aquele português misturado ao espanhol. Ela sempre fazia isso, embora fosse infinitamente mais fácil dizer tudo em inglês. Às vezes eu me perdia no meio das frases.

Mia, filha de Steph, começou a cantar a musiquinha de *Frozen* para mim.

— *Do you wanna build a snowman?*[3]

Mia era uma versão em miniatura da mãe, uma criança de olhos esbugalhados e extremamente fofa e inteligente. Com cinco anos, adorava bater papo e perguntava sobre tudo. Era um docinho, quando não estava cantando a trilha sonora de algum filme da Disney — o que acontecia boa parte do tempo.

Se Mia continuasse dando uma de Anna para cima de mim, nunca mais ia construir bonequinhos de neve. Ela repetia a estrofe sem parar, enquanto eu queria morrer. Lembro de pensar que ia perder meu dedo.

Mas no vídeo, todos riam. Menos eu, é claro, que achei que ia voltar para casa com um dedo a menos. E nos comentários muita gente ria de mim e da minha cara ao queimar os dedos na neve. Eu já estava com saudades de cada pessoa que aparecia naquelas imagens.

---

[2] Por favor, tenha cuidado.

[3] A tradução literal é "Você quer fazer um boneco de neve?", mas na versão brasileira do filme, ficou conhecida como "Você quer brincar na neve?".

Passei tanto tempo revendo os vlogs que fiz durante a viagem que, ao ouvir o telefone tocar, fui desperta de um transe. Durante alguns minutos, tinha me transportado novamente para o Canadá, onde não precisava me preocupar com os problemas que deixei no Brasil, pois eles esperariam por mim para se resolver.

Agora todos estavam caindo na minha mão.

Pulei, correndo para atender o telefone e torcendo que fosse Arthur. Felizmente, era.

— Por onde você andou? — Perguntei, antes mesmo que ele pudesse dizer "oi" ou qualquer coisa parecida.

— Roubaram meu celular — respondeu ele, no mesmo instante. — Como você mudou de número quando voltou segunda-feira, ainda não tinha decorado e não consegui falar com você — justificou-se. — Assim que cheguei em casa, a primeira coisa que fiz foi ligar para a sua.

Me senti mal instantaneamente por minha paranoia.

— Ai, meu Deus, você está bem? — Quis saber, enchendo-o de perguntas sobre o que aconteceu. — Eles levaram mais alguma coisa? Alguém machucou você? Como foi? Pelo amor de Deus, Arthur, me conta tudo... Por que você não mandou mensagem pelo Facebook ou sei lá? Agora quero saber como você está e...

Meu coração batia a mil. Meu namorado tinha sido assaltado e eu passei esse tempo todo sentindo raiva por ele não ter telefonado!

— Calma, Mariana! Ninguém me bateu nem nada disso, eu estou bem. Só pegaram meu celular quando eu estava voltando pro hotel, mas fora isso não aconteceu nada demais — contou. — Eu só não liguei antes por não saber seu número novo de cor, como eu disse, e o computador do hotel estava ruim, por isso não mandei mensagem pelo Facebook ou qualquer coisa assim. Não precisa se desesperar, lindinha — tranquilizou-me, embora eu não estivesse tão certa se realmente estava exatamente calma. — Quando cheguei de viagem, fui olhar na agenda, sabia que tinha o número da sua casa anotado em algum lugar. Não tinha seu celular novo, só o número antigo. Tava tudo no celular que roubaram — Arthur não costumava ligar para minha casa, por isso não sabia o número de cor, assim como não tinha como lembrar meu novo número do celular. Nem eu mesma sabia! Assim que cheguei no Brasil, percebi que havia perdido meu chip no Canadá, por isso precisei comprar outro. Não dava para culpá-lo.

— Fico melhor por saber que você está bem — falei. — O que você vai fazer agora?

— Descansar. Queria ir na sua casa, mas tô morto. Meus irmãos me destruíram a viagem inteira — confessou.

Aquilo murchou meu humor. Estava contando que mataria minhas saudades, mas, pelo visto, não seria naquele dia.

— Agora eu sei como crianças podem ser destruidoras! A Mia tem a idade da Lara – falei. – Ela conseguia deixar todo mundo louco em cinco segundos.

— Pois é... Não sei como cabe tanta energia num corpinho tão pequeno!

Eu ri, ele também. Segurei o telefone com mais força, como se isso fosse capaz de trazê-lo para perto. Sentia falta das covinhas, da risada, do cheiro dele.

— Quando vou te ver? – Perguntei, soando um pouco mais triste do que pretendia.

— Amanhã de manhã, eu prometo.

— Promete?

— Uhum. E prometo que vou fazer valer cada segundo que a gente ficou longe. Estou com saudades.

— Eu também – respondi, abrindo um sorriso do outro lado da linha. Mal podia esperar para revê-lo. – Como vou fazer pra falar com você enquanto não compra um celular novo?

— Eu vou usar o celular do meu irmão. Anota o número – falou, ditando logo em seguida.

— Não desaparece, por favor – pedi, pouco antes de desligar o telefone. – Dê um jeitinho de me avisar quando acordar. Adoro você.

Era estranho dizer coisas como "adoro você". Parecia que apelidos como "amor" ou frases como "eu te amo" agarravam na garganta pouco antes de serem ditas, me lembrando que ainda era cedo demais. Por vezes, me sentia pisando em ovos, tentando descobrir como me comportar quando estava perto dele.

Apesar de Arthur fazer meu coração sair do compasso, ainda estava insegura. Não por causa dele, ou de qualquer coisa que tenha feito ou dito, mas sim por não confiar em mim mesma. Por vezes me pegava pensando em nossa diferença de idade, duvidando de mim, com medo de soar boba, amedrontada e infantil demais.

Arthur jamais havia me dado motivos para que eu me sentisse dessa forma. Ele sempre foi compreensivo e nunca pareceu se importar com os pequenos detalhes que colocavam nossas vidas em polos opostos, mas acho que depois do meu último namoro ou do drama com o Léo, sempre me sentiria assim: insegura, inferior. Tinha plena consciência de que a vida não deveria funcionar dessa forma, mas saber é diferente de agir.

— Mari, você ainda está aí? – Perguntou Arthur.

— Sim, ainda. Eu estou aqui.

— Espero que sempre continue.

5

Havia um *post-it* cor-de-rosa colado na tela do meu computador, preenchido pela letra cursiva da minha irmã: redondinha, completamente proporcional, parecia saída diretamente de um caderno de caligrafia, bem diferente dos meus rabiscos.

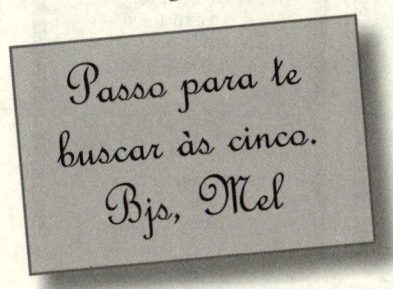

> *Passo para te buscar às cinco.*
> *Bjs, Mel*

Parei por alguns segundos, tentando lembrar o que tinha às cinco da tarde, quando estalou na minha cabeça: *a despedida de solteira!* Sim, é lógico que minha irmã teria uma coisa dessas, era a cara dela. Rebeca, sua melhor amiga, havia organizado um chá de lingerie com tudo que tinha direito, que só foi marcado para exatamente uma semana antes do casamento para que eu pudesse estar lá. E eu tinha esquecido!

Queria passar o dia na companhia do Arthur, não vendo as amigas da Mel fazendo piadinhas sobre a vida sexual da minha irmã enquanto ela colocava um sutiã por cima da blusa ou rodava uma cinta liga no ar. Aquilo seria, no mínimo, constrangedor. E eu nem tinha comprado um presente!

Resolvi pegar meu telefone e mandar uma mensagem para Pilar – que obviamente respondeu na mesma hora. Tinha certeza de que ela levava o celular até para o banho.

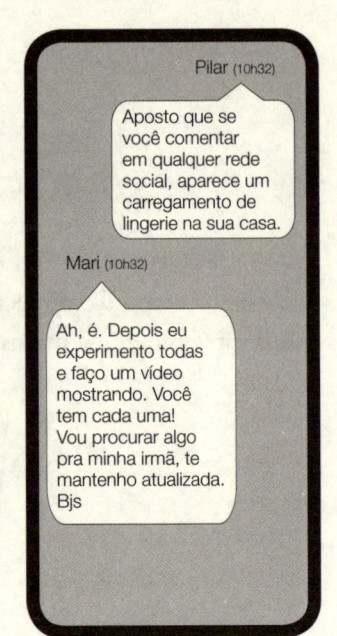

Mari (10h24)
O que eu compro pro chá de lingerie da minha irmã?

Pilar (10h25)
Um brinquedinho erótico

Mari (10h26)
Sua ridícula. Não quero imagens explícitas na minha cabeça

Mari (10h26)
Além disso, estou falando sério. Quero alguma coisa útil

Pilar (10h27)
E você acha que não é útil? ¬¬

Mari (10h27)
Aff, para de me zoar, Pilar!

Pilar (10h30)
Sei lá, compra um conjunto completo: camisola, sutiã, calcinha, cinta liga, corpete, essas coisas…

Mari (10h31)
Até parece que eu ganhei na Mega Sena

Pilar (10h32)
Aposto que se você comentar em qualquer rede social, aparece um carregamento de lingerie na sua casa.

Mari (10h32)
Ah, é. Depois eu experimento todas e faço um vídeo mostrando. Você tem cada uma! Vou procurar algo pra minha irmã, te mantenho atualizada. Bjs

    Como suspeitei, a Pilar ficou me zoando em vez de me dar ideias. Eu não tinha um tostão furado, mas resolvi abrir a lista de desejos da minha irmã na internet e quase caí para trás ao ver os preços. Mais de 180 reais *só numa calcinha!* Não era de se admirar que ela precisasse de uma festa apenas para ganhar lingeries: com dois conjuntinhos, ela torraria o salário dela da época de estagiária.

    Olhar aquele tanto de dígitos por uns pedacinhos de renda estava me deprimindo, por isso troquei de janela e fiz uma escolha nem tão sensata assim: resolvi ler os comentários no último vídeo que havia postado.

    Não tenho problemas com críticas, acho que elas nos fazem crescer e desenvolver um trabalho melhor. Sempre levava em conta quando algum inscrito dizia que deveria falar mais devagar, filmar de algum outro jeito, iluminar mais os vídeos etc. Existem comentários que realmente me ajudavam a melhorar e eu adorava recebê-los. Se coloquei minha cara a tapa na internet, não foi só para receber elogios.

    Eu já estava vacinada contra ofensas gratuitas, aprendi a lidar com isso na escola. Ler alguém me chamar de gorda, feia ou qualquer outro xingamento, que mais parecia sair da boca de uma criança de três anos do que de alguém que estava na idade de usar a internet por conta própria, não me fazia tão mal assim. Era só lembrar dos sapos que tive que engolir no último ano, quando via pessoas que *me conheciam* falando absurdos pelas costas. Aquilo sim era péssimo.

Apesar de tudo, não tinha sangue de barata: ler uma ofensa, por mais sem noção que seja, ainda doía um pouco.

Mas meu medo não era que me xingassem. Aquilo acontecia todo dia, várias vezes, um a mais ou a menos não faria tanta diferença assim. Meu medo era outro, de abrir o vídeo e encontrar comentários negativos sobre a Nina. Eu sabia lidar com ofensas, ela não. Tinha medo que aquilo a deixasse ainda pior e precisava apagar os comentários antes que Nina visse.

O primeiro foi melhor do que eu esperava.

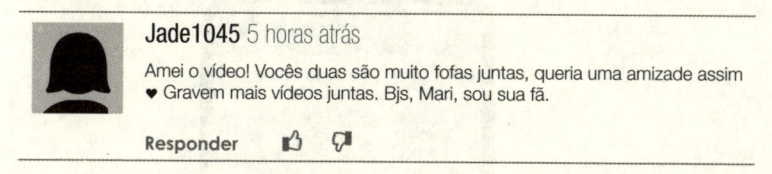

> **Jade1045** 5 horas atrás
> Amei o vídeo! Vocês duas são muito fofas juntas, queria uma amizade assim ♥ Gravem mais vídeos juntas. Bjs, Mari, sou sua fã.
>
> Responder

Havia vários outros como esse, com mensagens fofas, elogiando nossa amizade e comentando o vídeo. Eu adorava receber comentários daquele tipo, faziam meu dia e o tempo que dedicava ao canal valerem a pena. Felizmente, eles eram a maioria e sempre que me deparava com essas mensagens, eu sentia a sensação de dever cumprido, como se estivesse indo para a direção certa – mesmo que às vezes eu não tivesse plena certeza de qual direção era.

Mas é claro que eles estavam lá, os *trolls*. Tinha certeza que eles se alimentavam de sentimentos ruins, por isso gastavam tanto tempo com xingamentos. E havia vários.

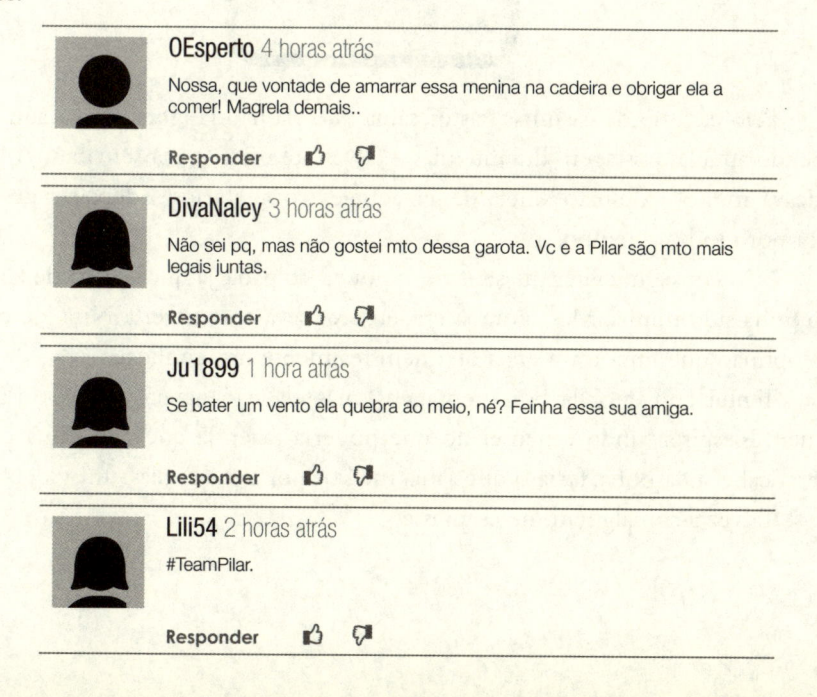

> **OEsperto** 4 horas atrás
> Nossa, que vontade de amarrar essa menina na cadeira e obrigar ela a comer! Magrela demais..
>
> Responder

> **DivaNaley** 3 horas atrás
> Não sei pq, mas não gostei mto dessa garota. Vc e a Pilar são mto mais legais juntas.
>
> Responder

> **Ju1899** 1 hora atrás
> Se bater um vento ela quebra ao meio, né? Feinha essa sua amiga.
>
> Responder

> **Lili54** 2 horas atrás
> #TeamPilar.
>
> Responder

Havia alguns outros, com palavrões até, mas não mereciam eu perder meu tempo lendo. Eram minoria entre os comentários legais e embora soubesse que algumas pessoas comentaram sem o intuito de ofender – era apenas falta de noção mesmo –, tinha certeza de que Nina ficaria magoada. Comecei a apagar os mais ofensivos e responder os nem tanto, tentando quebrar o gelo e torcendo para que Nina não visse nenhum deles.

Tarde demais. Quando olhei para o visor do meu celular, vi que havia uma nova mensagem da Nina.

> Carina (11h12)
> Pq essas pessoas me odeiam?!?
>
> Mari (11h14)
> Ninguém te odeia, Nina! São só comentários, ignora
>
> Carina (11h15)
> :(
>
> Mari (11h16)
> Um monte de gente deixou comentários falando que amou você. Eu amo você. Deixa esse povo chato de lado
>
> Carina (11h16)
> :(

Pelo excesso de carinhas tristes, sabia que ela não ia ignorar, mas sim ficar remoendo aquelas postagens durante dias – talvez até mesmo por semanas. A Nina valorizava muito a opinião alheia. E ler aqueles comentários a deixaria de mau humor por um bom tempo.

Não consegui evitar me sentir um pouco culpada, já que a ideia de fazer o vídeo tinha sido minha. Mas agora já era, eu precisava convencer a Nina de que a única opinião que importava era a de quem realmente nos conhecia.

Tentei convencê-la por mensagens, mas ela não parecia muito disposta a escutar. Respirei fundo e pensei no que poderia fazer. Já que não tinha como mudar a cabeça da Nina, faria o que sabia melhor por aqueles dias: um vídeo.

Talvez assim alguém me escutasse.

▶ ||

— Eu acho que aprendi todos os palavrões existentes no mundo desde que resolvi criar um canal – falei, encarando a câmera. Era o primeiro vídeo que gravava no meu quarto desde que voltara do intercâmbio. – Mas para cada xingamento que eu li, uma coisa boa aconteceu, então acho que é um mecanismo de compensação – concluí. – Não era assim que eu pretendia voltar a filmar no meu cantinho de sempre, depois de tanto tempo fora de casa, mas nem tudo é como a gente planeja, não é mesmo?

Fiz uma pausa, tentando encontrar as palavras certas para concluir meu raciocínio. Depois de pensar um pouquinho, continuei.

— Uma coisa aconteceu nesse meio tempo e me deixou pensando em como nos importamos com a opinião dos outros, mesmo com pessoas que nunca nos viram na vida – prossegui, sem me referir diretamente aos comentários, pois sabia que a Nina não gostaria que eu falasse daquele jeito. A última vez que tentei mandar um recado e defendê-la na web, me meti em encrenca. – Isso acontece muito na internet: às vezes alguém deixa um comentário xingando uma pessoa ou dizendo uma coisa nada a ver e isso nos deixa pra baixo, mesmo sabendo que é mentira.

"No ano passado eu vivi uma situação dessas na vida real. Acho que isso me fez perceber, com o tempo, que a única opinião que importa é a de quem nos conhece de verdade. Tem pessoas que nunca trocaram uma palavra com a gente, mas já tem uma opinião formada e completamente errada, perdem tempo xingando ou falando mal. Tempo que poderiam fazer coisas que façam alguma diferença. Eu realmente não entendo tanto gasto de energia em algo sem propósito! Se não gosto, eu simplesmente paro de dar ibope. Mas sempre tem quem prefira continuar alfinetando.

"Descobri então que pessoas que perdem tempo fazendo isso não vão parar, continuarão julgando você ou qualquer outro desconhecido. O que não pode acontecer é isso nos deixar tristes. Parece simples, né? E é. Difícil é fazer nossa cabeça reconhecer isso. Lógico, a gente tem sentimentos e sempre vai ficar chateado com uma coisinha ou outra, mas vale a pena ponderar o que dizem sobre você e então decidir se compensa levar em consideração ou não. Se for alguém que te ama e está sempre ao seu lado, aí sim você deve escutar. Só não vale ficar mal quando ouvir coisas ruins de quem nem sabe sobre sua vida. O importante é viver da melhor forma possível, do seu jeito. Isso vale mais que qualquer coisa. Beijos da Mari e até a próxima!"

Pisquei para a câmera e mandei um beijo, esperando que meu recado fizesse diferença para alguém, por menor que fosse.

▶ ||

—Você não vai ficar chateado?

Estava com Arthur ao telefone. Tentei convencê-lo a me acompanhar até o shopping para comprar o presente da Mel, mas tudo que eu ouvi foi um "fala sério, Mari!".

— Eu entendo, juro – prometeu, com a voz preguiçosa.

Por causa do bendito chá de *lingerie*, eu não poderia ver Arthur. Afinal, tinha que comprar os presentes. Ele podia não ficar chateado comigo, mas eu estava um pouco contrariada: jurava que ele aceitaria ir comigo ao shopping, mesmo que fosse apenas para me ver e fazer companhia!

— Então a gente se vê amanhã? – Perguntei. Não aguentava mais adiar nossos encontros. Estava há praticamente uma semana no Brasil e ainda não havíamos nos encontrado.

— Uhum! A gente pode sair pra almoçar, que tal? Depois a gente dá uma voltinha em algum lugar, não sei. O que você quiser fazer.

— Feito. Te vejo amanhã então. Com mais saudades que hoje.

E um pouco mais contrariada também.

6

Melissa estava rebolando no meio da sala ao som de Beyoncé, com uma calcinha cheia de franjas com moedas douradas imitando uma saia de cigana, por cima da calça jeans.

Era uma cena que eu gostaria de apagar da minha mente para sempre.

Estávamos no apartamento da Rebeca, melhor amiga da minha irmã. Rebeca era deslumbrante – cabelos escuros, caindo nos ombros, olhos azuis brilhantes e pele alva como a neve. Além de tudo, tinha uma paciência de Jó, pois aturava minha irmã desde que consigo me lembrar. As duas eram inseparáveis.

Ela morava em uma cobertura duplex em Boa Viagem, com uma bela vista para o Museu de Arte Contemporânea de Niterói. Ao contrário da nossa família, a da Rebeca tinha *muito* dinheiro. Ela estava no último período da faculdade e passaria a cuidar dos negócios da família assim que pegasse seu diploma em Economia na UFF. Ainda assim, não era fútil ou exibida. Eu a achava superlegal, espontânea e com personalidade.

Rebeca e as outras amigas da minha irmã – que eu sequer conseguia lembrar os nomes – haviam decorado a área da churrasqueira com o tema de oncinhas, além de terem intimado todas as convidadas a vestirem uma peça com a estampa. Por causa disso, passei um bom tempo vasculhando meu armário até encontrar algo que se adequasse aos pedidos. Sempre gostei mais de estampas florais e geométricas, mas, no fim das contas, consegui encontrar um cinto com a estampa do dress code, que combinei com um vestido preto de tecido fino e sapatilhas douradas. Até que deu para o gasto.

Mel estava linda, usando jeans com um *scarpin* com estampa de oncinha – é, eu sei – e uma blusa preta com brilhos. Desde que voltei, percebi que minha irmã parecia mais reluzente. Talvez fossem os reflexos dourados que ela fez no cabelo, especialmente para o casamento. Mas era algo a mais, minha irmã estava feliz. Quanto mais o grande dia se aproximava, mais contente ela ficava.

Apesar das minhas ideias de diversão não incluírem minha irmã rebolando ao som de uma parceria entre Beyoncé e Shakira, eu estava me divertindo. Quer dizer, tirando a parte que eu imaginava como minha irmã usaria todos os presentes que estava ganhando, essa eu dispensava totalmente.

Mal podia acreditar que no próximo sábado seria o casamento da Mel. Enquanto a via rir e brincar com as amigas, respondendo perguntas, pagando prendas e tentando adivinhar o conteúdo dos presentes, não podia deixar de pensar como seria passar o resto da vida sem ver minha irmã todos os dias – mesmo que ela me perturbasse boa parte do tempo.

Fui puxada – literalmente – por Rebeca, que me tirou dos meus devaneios e me colocou no meio da roda de amigas da Mel.

Rebeca, então, jogou um véu em cima de mim e pediu que eu vestisse uma saia de dança do ventre. Em seguida, apontou um celular para nós duas.

– Agora você precisa ensinar a sua irmã a rebolar!

Hein?

– Ah, não, você não vai colocar esse negócio na internet! – Gritou Melissa, roubando o celular das mãos da melhor amiga e escondendo no bolso traseiro da calça jeans. – Já tive minha cota eterna de pagação de mico.

As amigas da Melissa riram e em seguida começaram a urrar e bater palmas. Uma música da trilha sonora da novela *O Clone* saiu pelas caixinhas de som. Direto do túnel do tempo! Com tanta desenvoltura quanto uma parede, comecei a mexer as mãos e o quadril, fingindo que era a Jade, mas, na verdade, parecia mais a Taylor Swift dançando em premiação: ou seja, um desastre.

Melissa entrou na brincadeira e começou a dançar também, enquanto as amigas continuaram a bater palmas e, no fim, eu não estava me sentindo tão ridícula assim. Minha irmã jamais seduziria o Mateus dançando daquele jeito, mas ela já tinha ganhado o mais importante, o amor dele.

Quem não parecia muito animada era Antonieta, nossa prima mais velha. Ela estava de braços cruzados do outro lado do ambiente, engolindo um coquetel atrás do outro e se entupindo de brigadeiros. Parecia uma peça fora do lugar. Se dependesse da minha irmã – e de mim –, ela nem estaria ali. Mas como dizem, família a gente não escolhe e, de vez em quando, ganhamos umas pessoas chatas de brinde.

Ao fim da música, nós duas caímos na gargalhada e nos jogamos em um dos pufes que Rebeca havia espalhado pelo espaço. Nossa crise de riso parecia não ter fim.

– Sorte sua que o Mateus te ama, Mel – disse Rebeca, rindo também. – Se não fosse por isso, tenho certeza que ele sairia correndo assim que te visse dançando desse jeito.

– Ele já viu coisa pior e continua aqui – respondeu minha irmã, com seu sorriso bobo-apaixonado, daqueles que transbordam açúcar. Deus do céu, nunca vi casal mais meloso!

— Só muito amor pra aguentar essa aí mesmo, o Mateus merece um troféu de parabéns — brinquei. Melissa me deu um tapa no braço, de leve. Sentiria muita falta daquelas pequenas implicâncias, mesmo que não fosse admitir em voz alta.

Mandei algumas mensagens para o Arthur, mas ele não respondeu nenhuma delas. *Sem neurose, Mariana*, repeti mentalmente. Provavelmente ele estava distraído, jogando vídeo-game. Homens!

Passamos as horas seguintes rindo e brincando, e não senti tanta vergonha alheia quanto pensei. Foi bom ver outro lado da minha irmã que eu não tinha oportunidade de testemunhar com frequência.

Apesar de nossa diferença de idade não ser muito grande, os dramas da Mel sempre foram bem diferentes dos meus. Acho que isso nos afastou um pouco, impedindo que nos víssemos verdadeiramente como amigas. Sempre havia um muro de irmã mais velha que eu não conseguia transpor, mas ver a Mel ao lado das amigas a tornou um pouco mais real para mim: alguém que faz brincadeiras, ri das besteiras que as outras falam e também *faz* besteiras.

Passei tanto tempo presa no meu próprio mundo que não a vi como amiga, não do jeito que gostaria. Senti vontade de chamá-la para ver um filme, fofocar sobre a vida e até mesmo ir para uma festa. Senti que perdi um tempo precioso ao lado da minha irmã mais velha, afinal de contas, ela era a única que estava ao meu lado desde que nasci e seria assim para sempre.

▶ ||

Era um grupo de mulheres entre 18 (eu) e 23 anos (Antonieta, minha prima chata que só estava no meio da bagunça por obrigações de laços sanguíneos), vestindo peças com estampa de oncinha, entrando em dois táxis e seguindo rumo a um dos bares do Saco, como eu e minhas amigas costumávamos chamar o calçadão de São Francisco.

Depois de excesso de brincadeiras e docinhos, Rebeca sugeriu que esticássemos a noite — o que foi aceito pela maioria e acabei entrando na onda. Apesar de não conhecer bem as amigas da minha irmã, resolvi passar a noite ao lado delas. Meu celular continuava apagado, sem nenhuma notificação do Arthur. Logo mais tentaria ligar para ele, só para dizer boa-noite e marcar onde nos encontraríamos para matar as saudades no dia seguinte.

Melissa nunca foi de muitos amigos, tirando a Rebeca e o noivo, que conhecia desde criança. Seu lado sociável só se desenvolveu quando começou a namorar Mateus, que a apresentou a novos amigos. Com isso, ela passou a transitar entre os diversos círculos dele, transformando-os em seus próprios amigos. Colegas da faculdade atual, da antiga, do futebol de domingo... Sabia que boa parte disso era para manter o olho no namorado e não perdê-lo de vista, mas aparentemente ela havia se encontrado nesse novo grupo e ficado próxima de várias pessoas que ela não conheceria por conta própria. Muitas das meninas eram namoradas de futuros médicos, que entendiam bem o que era ter alguém do lado que só sabia falar de tripas e doenças.

As meninas eram engraçadas e Melissa parecia perfeitamente entrosada, o que me deixou feliz e com a esperança de que no futuro eu voltaria a ter um grupo de amigas próximas, com quem poderia rir e brincar daquele mesmo jeito. Por mais que não confessasse, morria de saudades de andar em grupo, fazer programas onde as risadas se transformavam em boas memórias e histórias para contar.

Rebeca, Melissa, Antonieta e eu pegamos o mesmo táxi, enquanto outras quatro seguiram logo atrás. Tonha (apelido carinhoso que inventamos para Antonieta ainda na infância) foi na frente, enquanto nós três nos espremos no banco traseiro.

— Então, Mari, como vão os vídeos? — Rebeca quis saber, mas aposto que estava perguntando apenas para que eu não me sentisse tão excluída – se bem que era impossível ser mais excluída que Antonieta, já que ninguém a queria muito por ali.

— Vão bem. Hoje recebi um e-mail, querem que eu vá palestrar em uma conferência de vloggers em Belo Horizonte – respondi.

Pouco antes de sair de casa, enquanto upava o vídeo mais recente, abri meu e-mail e me deparei com a proposta. Aceitei na hora, é claro. Além de ser algo incrível – era a primeira vez que falaria em público para pessoas que acompanhavam meu canal –, eu teria a oportunidade de rever a Pilar, já que o encontro não era muito longe da casa dela.

Eu estava empolgadíssima com a ideia. Ainda faltava um tempo até lá, mas já sentia um arrepio só de pensar em falar em público.

— Uau, que máximo! Por que você não me contou antes? – Minha irmã interferiu.

— Basicamente, eu respondi "sim" e você chegou pra me levar. Não tive tempo. Mas é legal, não é?

— Sim, é incrível como isso está dando certo – concordou Mel. Ela falava com orgulho e me alegrou ver que mesmo depois do vídeo vergonhoso que compartilhei sobre ela na internet, ainda conseguia ficar genuinamente feliz por mim. Bom, e se não fosse o vídeo vergonhoso, nada teria acontecido.

— E você sabe o que vai fazer daqui pra frente, Mari? — Perguntou Rebeca, com a mesma facilidade de quem pergunta "quer uma bala?", mas a resposta era mais complexa que "sim" ou "não".

Daria um milhão de reais para quem soubesse (se eu tivesse um milhão de reais!). Meu futuro estava em branco, incerto. Talvez eu devesse descobrir quem eu era antes de tentar descobrir o que queria.

Optei pela sinceridade.

— Não faço ideia. Eu pensei em Design Gráfico ou Letras ano passado, mas acho que nenhuma das duas combina comigo. Acho que fiquei feliz em não ter passado no vestibular. Quer dizer, não realmente feliz, mas vai me ajudar a pensar no que eu quero. Andei pensando em Publicidade — respondi, surpresa com minha própria resposta.

Pelo visto, eu não era a única que havia se surpreendido com aquela revelação, pois Melissa me olhou, confusa.

— PP, Mari? — Perguntou, referindo-se ao curso pela sigla que os alunos de comunicação costumavam usar para designá-lo. — Nossa, nunca tinha pensado nisso, mas realmente combina com você. Acho que você seria uma boa publicitária — encorajou ela, terminando a sentença com um sorriso.

— Outra pobretona — alfinetou Antonieta, do banco do carona. Melissa fez menção em rebater, mas Rebeca sussurrou:

— Melhor ser pobre financeiramente que pobre de espírito — Em seguida, deu uma piscadinha. Sempre simpatizei com a Rebeca, agora gostava ainda mais dela. Dava para ver que não estava suportando a presença da Antonieta, que sempre dava um jeito de reclamar e estragar tudo. Só nas poucas horas de duração do chá de lingerie, deu um jeito de falar mal de cada coisinha. Mas não parou de comer e beber um segundo sequer!

— Ela é a versão off-line de um *troll* da internet — completei. As duas seguraram o riso.

— E o Arthur, Mari? — Melissa quis saber.

— Ah, ele voltou de viagem ontem — respondi. — Estava em Porto de Galinhas com a família.

— Nossa, você deve estar morrendo de saudades, né? — A frase de Melissa soou mais como uma afirmação do que uma pergunta. — Vocês não se veem há séculos.

— Sim, desde que fui para o intercâmbio. Mas a gente vai se ver amanhã.

Ela ficou em silêncio, pensando.

— Nunca fiquei tanto tempo assim longe do Mateus desde que a gente começou a namorar — respondeu Melissa.

— Nem eu do Lucas — completou Rebeca. — Quando a gente está longe, parece que falta um pedacinho de mim.

Suspirei, pensando em como seria me sentir assim. Não que eu precisasse de alguém para ser completa. Mas pensei em como seria amar tanto alguém que essa pessoa tomava conta de você. Queria saber como era sentir um amor tão grande que uma parte sua se doava por conta própria e estava nas mãos do outro. Não tinha certeza se aquele sentimento era bom ou ruim, mas que era forte, não havia dúvidas. E nunca havia sentido.

Arthur fazia falta, uma falta incômoda, mas não sabia se era daquele jeito. Como a gente tinha certeza de uma coisa dessas? Só sei que eu gostava cada vez mais dele — tanto que estava quase chamando aquele sentimento de amor. Mas toda vez que pensava nisso, meu coração se apertava, com medo.

O táxi parou em frente ao nosso destino antes que eu pudesse pensar mais. Dividimos a corrida e descemos, Melissa entre Rebeca e eu, de braços dados, falando sem parar sobre como iríamos gostar da porção de batata frita especial que eles serviam. Mel comia tanto e depois queria reclamar que não ia caber no vestido de noiva!

Ficamos de braços dados, no calçadão, esperando o táxi com as outras amigas da Melissa chegar.

Foi quando olhei para o outro lado da rua e vi um rosto conhecido, aquele com quem sonhava todas as noites desde que coloquei os pés no avião rumo a Toronto.

O dono de um rosto cujas mãos acariciavam outro rosto, de uma menina alta, magra e de cabelos cacheados, castanhos.

Sem conseguir acreditar no que meus olhos viam, peguei meu celular.

Disquei o número do celular do irmão de Arthur e chamou uma, duas vezes. Até que o menino do outro lado da rua, afobado, buscou o celular no bolso. Ele mexeu na tela e ao mesmo tempo a chamada que eu fazia caiu — e ele guardou o aparelho de volta.

Era meu Arthur que estava do outro lado da rua, e o rosto que ele acariciava não era o meu.

7

Meu celular começou a tocar, mas eu não iria atender. De repente, as pessoas andando, as amigas da Mel descendo do táxi e fazendo barulho, tudo parecia distante, em outra dimensão. Meu mundo havia parado por alguns segundos e meus olhos continuavam fixos do outro lado da rua.

Arthur estava sentado no meio-fio, com o celular na orelha, enquanto a menina continuava em pé, ao lado dele.

Queria atravessar a rua e confrontá-lo.

Queria sair dali e nunca mais voltar.

Escolhi a segunda opção, antes que ele me visse. Inventei uma desculpa esfarrapada para Melissa, dizendo que estava com dor de cabeça e iria para casa. Entrei no mesmo táxi que as amigas dela haviam acabado de sair, mas não poderia seguir para casa.

Pedi que o motorista me deixasse no endereço de Carina.

Não percebi que estava chorando compulsivamente, até que o taxista parou num sinal vermelho, perguntando se estava tudo bem. Acenei, concordando, enxugando as lágrimas que teimavam em cair. *Tinha* que ter alguma explicação, repeti para mim mesma. Eu não poderia passar por aquilo mais uma vez.

Mari (21h47)
Me espera do lado de fora da sua casa? Pfvr. É urgente!

Carina (21h49)
Vc não tava na festa da sua irmã? O que houve, Mari?

Mari (21h51)
Só me espera. Não consigo falar por aqui.

Carina (21h52)
Já tô descendo pra te esperar. Tô ficando preocupada...

Fiquei encarando meu celular, sem saber o que fazer. Queria mandar uma mensagem para Pilar, contar o que tinha acontecido. Ela parecia tão mais esperta que eu quando o assunto era relacionamentos, talvez soubesse dizer como eu deveria agir. Precisava de alguém que me ajudasse a ter uma visão racional de tudo, para me explicar o que havia de errado. Mas não conseguia sequer digitar qualquer coisa sem tremer.

O táxi parou em frente ao prédio de Nina, que me esperava na calçada. Joguei as notas no motorista, sem prestar muita atenção ao que fazia, e saltei do carro, correndo até minha melhor amiga. Nina me esperava de braços abertos e chorei ali mesmo, abraçada a ela, sem conseguir falar uma só palavra.

A melhor amizade é aquela onde o silêncio responde todas as dúvidas, sem causar desconforto. Ela não fez perguntas, pois sabia que não seria capaz de entregar respostas. O que eu precisava naquele momento era um ombro amigo e ela estaria ali para isso, assim como ficaria ao meu lado quando precisasse. Eu não poderia desejar uma amizade melhor que aquela, que em um momento difícil sabia respeitar meu silêncio, ouvir meu choro e me apoiar da melhor forma possível.

Nina me conduziu até o elevador, enquanto eu limpava as lágrimas com a minha própria blusa.

— Para com isso, é nojento — ordenou. — Vou te dar um lencinho quando chegar lá em cima.

Eu comecei a rir com a resposta da Nina e não consegui parar. Provavelmente pelo nervosismo, pelas lágrimas e risadas misturadas em, resultado do meu desespero.

— Pelo menos arranquei um sorriso — comentou ela, abrindo a porta do apartamento. — Minha mãe e meu pai saíram, algum jantar com colegas do trabalho dele. Você está livre — respondeu. — Se joga aí e me conta o que aconteceu.

Tirei os sapatos que já estavam apertando meus pés e deitei no sofá, olhando para o teto. Se a mãe da Nina entrasse na sala naquele momento, com certeza teria um ataque cardíaco ao ver minhas sandálias jogadas no tapete e meus pés em cima do sofá.

Por onde eu poderia começar?

— Começa do começo — disse Nina, como se lesse meus pensamentos. Ela se sentou e pediu que eu colocasse minha cabeça no colo dela, brincando com meus cabelos, para me acalmar.

— Eu vi o Arthur — falei.

— Isso não era pra ser bom? Quer dizer, vocês não se veem desde dezembro e...

— Não, Nina. Eu vi o Arthur, mas ele não estava comigo.

— Não estou entendendo nada, me explica — pediu.

Eu contei, começando pelo celular roubado durante a viagem, que ele ficaria em casa para descansar etc. Depois falei sobre como ele não quis me acompanhar ao shopping, da minha noite e de como o vi no calçadão da praia com uma garota enquanto eu esperava as amigas da minha irmã.

— Tem certeza que era ele, Mariana?

— Tenho — respondi. — Eu reconheceria o Arthur em qualquer lugar, até no meio de uma multidão. — Aproveitei para explicar que o celular do menino do outro lado da rua tocou ao mesmo tempo que disquei para Arthur e quando ele usou o aparelho para telefonar, meu celular começou a tocar também. — Viu? É ele, com certeza.

— E o que você vai fazer? — Nina quis saber.

— Não faço a mínima ideia — disse, com sinceridade. — Se eu soubesse, não estaria aqui.

— Você sabe que posso te ajudar a estudar para o vestibular, resolver um exercício de química e física de olhos fechados, fazer a melhor pipoca do mundo ou comentar sobre filmes com você; mas casos de amor nunca foram meu forte. Eu não tenho exatamente uma grande experiência no assunto.

Nina passou os últimos anos da vida dela preocupada com os problemas da família e em ser aprovada no vestibular. Romances sempre ocuparam o último lugar em sua lista de prioridades e tirando pouquíssimas ficadas sem compromisso, ela nunca se envolveu em nenhum drama de relacionamento. A vida dela já tinha dramas demais para acrescentar outros.

— Eu não sei o que fazer — admiti, em tom de derrota.

— Olha, eu não sou boa em conselhos amorosos, como já disse. A não ser que experiência em séries de TV e livros valham alguma coisa, mas acho que antes de tudo você deveria conversar com ele — aconselhou Nina. — Não dá pra tirar conclusões apenas por uma coisa que você viu de longe, sem ter certeza do que estava acontecendo.

— Mas ele disse que ia ficar em casa e estava lá, fazendo carinho naquela menina e...

— Mari, calma. Não coloque tudo a perder antes de ter certeza completa, ok? O Arthur não é o Eduardo. Cada pessoa é diferente da outra e você pode ter problemas parecidos com ele agora ou no futuro, mas não serão exatamente iguais. Converse antes, tire suas conclusões depois. E qualquer coisa, meu colo sempre estará disponível para você chorar — tranquilizou-me.

— Posso dormir aqui? — Pedi, sem saber muito bem o que faria se voltasse para casa. Estava com medo de ligar e discutir pelo telefone, ainda de cabeça quente.

Ao lado da Nina eu evitaria cometer besteiras como aquela, pois ela passaria a noite vigiando cada passo meu.

– Lógico. Sua mãe não vai reclamar? A minha não está ligando muito pra nada, agora que eu já passei no vestibular e falta pouco tempo pra continuar aqui – disse Nina, mas por algum motivo aquilo não parecia suficiente para deixá-la satisfeita.

Sempre pensei que assim que Nina passasse para a faculdade, sua vida voltaria aos eixos, a começar por sua saúde. Mas vendo o olhar cansado e abatido da minha amiga, não tinha tanta certeza.

– Eu ligo para minha mãe – falei, sem entrar no terreno perigoso das perguntas sobre Nina, sua saúde e a vida em família. Sabia que era um assunto delicado e eu precisaria estar completamente imersa nele para ter uma conversa decente. No momento, mal conseguia lembrar meu nome.

Usei o telefone da casa da Nina e desliguei meu celular. Não queria ler mensagens de ninguém e muito menos falar com Arthur. Precisava deixar meus pensamentos se organizarem antes de tomar qualquer decisão.

▶ ||

Voltei para casa na manhã seguinte com a certeza de que o que vira na noite anterior havia acontecido. Quando religuei meu celular, lá estava uma penca de mensagens de Arthur e uma da Pilar. Resolvi começar pelas que doeriam menos.

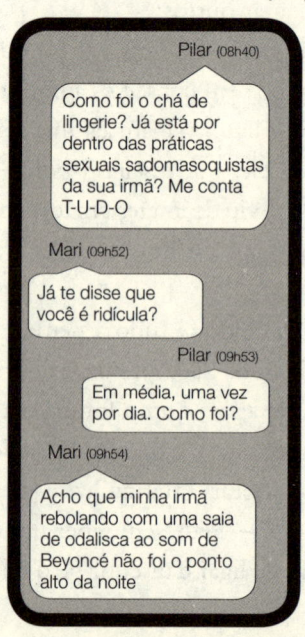

> Pilar (08h40)
> Como foi o chá de lingerie? Já está por dentro das práticas sexuais sadomasoquistas da sua irmã? Me conta T-U-D-O

> Mari (09h52)
> Já te disse que você é ridícula?

> Pilar (09h53)
> Em média, uma vez por dia. Como foi?

> Mari (09h54)
> Acho que minha irmã rebolando com uma saia de odalisca ao som de Beyoncé não foi o ponto alto da noite

Em uma sequência de mensagens, contei para Pilar sobre a noite anterior. Enquanto escrevia, ainda parecia um pouco inacreditável. Pilar repetiu o conselho da Nina: disse que eu deveria falar com Arthur e perguntar o que tinha acontecido. Ela se despediu, me desejando boa sorte, algo que com certeza iria precisar.

Passei um bom tempo encarando meu celular, sem coragem de abrir as mensagens do Arthur. Sabia que todas elas seriam completamente alheias ao que aconteceu ontem, pois ele não sabia o que eu tinha visto. Resolvi que não as leria, não antes de conversar pessoalmente com ele.

Era tão difícil acreditar que estava apenas há uma semana em casa. Deitei na cama, olhando para o mapa na parede, tentando reunir coragem necessária para telefonar. O Canadá parecia distante não apenas geograficamente, mas como se pertencesse a uma vida que foi há tempos, não há poucos dias. Se não fossem os pontinhos no mapa, acharia que tudo não tinha passado de um sonho povoado por neve branquinha, pessoas incríveis e experiências inesquecíveis. Daria tudo para voltar a Toronto.

Fechei os olhos, sentindo apenas o som do meu coração e o ritmo da minha respiração. Eu precisava fazer aquilo, ligar para o Arthur e perceber que tudo não havia passado de um mal-entendido. Ele atendeu no terceiro toque.

— Oi, pequena. — Sua voz era calma, doce. Até a manhã anterior, ela me inspirava confiança, segurança. Agora já não tinha tanta certeza.

— Oi... — Eu que havia ligado, mas não sabia o que dizer. Estava me sentindo estúpida por deixar aquele espaço em branco entre nossas falas, convertendo-o em um silêncio pesado. Era possível sentir a tensão entre a estática do telefone. Eu deveria falar algo, preencher os vazios, mas tudo que pensava em dizer parecia errado, fora de lugar.

— Está tudo bem, Mari? — Perguntou Arthur, ao sentir a estranheza no ar.

Queria responder que não estava, queria perguntar tudo sobre a cena que vi na noite anterior, saber o que era aquilo. Mas eu simplesmente não conseguia.

— Quer que eu vá até aí? — Quis saber, quando não obteve resposta.

— Hm, não. Eu quero falar com você, mas não queria que você viesse aqui — falei. A resposta foi totalmente inesperada para ele e precisava confessar que até eu estava um pouco surpresa. — Podemos ir no Fred? — Perguntei, referindo-me a uma cafeteria não muito longe da minha casa. O espaço era amplo, silencioso e tranquilo. Era o que eu precisava para conversar, me sentir segura e não surtar.

— Sim, claro. Eu vou trocar de roupa e vou. Nos vemos em meia hora, no máximo — prometeu ele. Era possível sentir a preocupação em sua voz.

Ao desligar o telefone, tudo parecia com um fim.

8

Não consegui ficar em casa esperando os minutos passarem, por isso segui sozinha para a cafeteria. Pedi uma mesa para dois no segundo andar, um pouco afastada. Enquanto esperava, observei os outros clientes.

À minha direita, perto da escada, havia uma menina sentada, sozinha. A reconheci do colégio: era a mesma que costumava andar com a irmã do Bernardo. Ela mantinha um olhar compenetrado no livro que estava lendo – um romance de capa cor-de-rosa, bem diferente dos títulos *pseudo-cults* que os frequentadores do Fred costumavam ler normalmente. À sua frente estava uma xícara de café, aparentemente vazia.

Do outro lado do salão, um menino digitava freneticamente em seu notebook. No segundo piso, éramos os únicos a ocupar o espaço. Gostava de ir até o Fred às vezes. Havia algo de inspirador no cheiro de café e no barulho das xícaras batendo no pires. O local sempre estava tranquilo e fora o som ambiente, não havia muita balbúrdia.

Estava quase pedindo outro chocolate quente quando ouvi passos subindo a escada e lá estava Arthur.

Havia sonhado com nosso reencontro algumas vezes desde que viajei, pensando em como seria quando visse meu namorado mais uma vez. Em nenhum dos meus sonhos eu me sentia tão vazia quanto naquele momento. Apesar disso, ele continuava lindo: vestia calça jeans, um par de tênis e camiseta branca. Ao me ver, sorriu para mim, mas não o mesmo sorriso de sempre: mal podia ver suas covinhas. Era um sorriso forçado, preocupado.

Esperei que ele viesse até minha direção e, quando foi me dar um beijo, desviei.

– O que foi? – Perguntou, antes mesmo de me cumprimentar.

Por onde eu começava? Não sabia o que dizer sem parecer obcecada, louca. Enquanto caminhava até a cafeteria, pensei em mil discursos que poderia fazer, mas agora nenhum deles parecia transmitir o que precisava dizer.

– Eu te vi ontem – falei, pois parecia o caminho mais simples. – Em São Francisco, no calçadão.

O suspiro que ele deu em seguida denunciou que era realmente ele que eu tinha visto.

– Mari, eu...

– Só quero saber por que você não estava cansado para encontrar com uma menina que eu nem sei quem é, mas não quis passar na minha casa ou ir ao shopping comigo. Quero saber por que não sei quem ela é, por que eu mal conheço seus amigos ou sei alguma coisa da sua vida – continuei. Eu não sabia o quanto aquilo me incomodava até começar a falar. Três meses de namoro, dois deles passados longe um do outro, mas Arthur continuava uma incógnita para mim em muitos sentidos. Eu havia confiado nele, contado meus segredos mais obscuros, mas ainda assim, recebi quase nada em troca. Eu não me sentia especial e doeu perceber que eu gostava dele mais do que deveria. Que talvez eu estivesse começando a amá-lo. – Eu nem sei se importo pra você.

– Mariana, me escuta...

– Não, me escuta você! Eu *não aguento* isso, Arthur. Às vezes eu sinto que sou um brinquedo, um passatempo e que na primeira oportunidade você vai pular fora. E você não dá motivos para mudar essa minha insegurança. E ontem, quando eu saí com minha irmã e as amigas dela pra comemorar o casamento que é na semana que vem, eu vejo meu namorado fazendo carinho em *outra garota que eu não sei quem é!*

– A gente ia sair ontem, mas você desmarcou e...

– Cala essa boca! Você só está piorando tudo. Agora quer dizer que a culpa é minha só por que eu tinha que ir no chá da minha irmã?

– Eu não disse nada disso, Mariana, você não me deixa explicar...

Minhas mãos começaram a tremer e tudo que eu queria era xingar um palavrão. Arthur não me respondeu prontamente, acho que ainda estava assustado com meu tom de voz exaltado, já que era difícil que eu perdesse o controle.

– Eu posso te contar tudo, se você se acalmar.

– Não me manda ficar calma! – Vociferei. Nada me deixava mais irritada do que quando me mandavam ter calma.

– Eu não estou *mandando*, Mari, só estou pedindo para você deixar que eu explique.

– Ah, lógico. Não sem antes me mandar ficar calma, já que sou uma histérica! – Gritei. Foi então que percebi que as outras duas pessoas no andar viraram-se para nos olhar. Abaixei o tom de voz. – Fala logo, vamos ver se você tem explicações suficientes para cobrir tudo que eu senti ontem à noite.

Havia mágoa em minha voz, um tipo de sentimento que eu não experimentava há um bom tempo. Acho que pior do que tê-lo visto com outra garota, foi saber que não nos vimos por que ele alegou estar cansado. Então por que estava com ela?

— Certo, eu não sei por onde começar...

— Do começo seria ótimo.

— Nossa, que droga! Será que eu não posso falar? – Disse, saindo do sério. Desculpou-se em seguida, ao ver minha reação às suas palavras duras. – Olha, eu não queria falar desse jeito e...

— Mas falou – respondi secamente. – Eu não quero continuar nesse bate-volta, Arthur. Eu quero saber a história. Você está gastando meu tempo e me deixando genuinamente cansada.

Arthur começou a brincar com um dos guardanapos da mesa, provavelmente pensando no que diria para sair daquela situação.

— Antes de ontem, quando cheguei em casa, resolvi ligar o computador antes de descansar. Eu abri meu e-mail pra ver se tinha perdido alguma coisa importante, fiquei uns dias sem acessar. Sabe, Mari, eu uso o mesmo endereço desde que eu era adolescente. Assim que abri minha caixa de entrada, havia um e-mail de uma pessoa que não vejo há alguns anos – disse, pausadamente.

Arthur falava com tanta cautela, como se estivesse medindo o terreno em que pisava, pensando no que dizer em seguida. Fiz sinal para que ele continuasse, deixaria minhas interrupções para depois.

— Acho que meu maior erro foi não contar para você sobre meu passado. Existem histórias que preferimos guardar para nós mesmos, você sabe disso – disse, referindo-se ao segredo que guardei durante meses e que me custou tanta coragem para contar. – Não é que não confiasse em você, Mari. Só não me sentia pronto para contar meu passado, compartilhar. Sabia que falar sobre isso também aumentaria sua insegurança, então preferi guardar. O e-mail que recebi era da Clara.

Havia uma parte de mim que já esperava aquela resposta, mas ouvi-la da boca dele foi como um soco no estômago.

— Você não a via há alguns anos, mas falou com ela há pouco tempo – falei. Eu *sabia* que era ela, desde que embarquei para o Canadá. Era com *aquela* Clara que Arthur estava falando ao telefone no dia que fui viajar, não uma funcionária qualquer da Lore.

Arthur abaixou a cabeça, em um gesto acusatório.

— Ela me ligou há uns meses atrás – confessou. – Eu também usava o mesmo número há um tempo, ela lembrava ou tinha anotado. Não sei.

— Você ainda sabe o número dela de cor?

— Isso é relevante?

Com aquela resposta, eu não precisava de confirmação. *Era* relevante e ele sabia disso.

— Tanto faz — falei, mas era mentira. Fazia muita diferença, mas agora só queria que ele terminasse. Queria perguntar muitas coisas, mas talvez seu relato trouxesse as respostas. Eu só precisava colocar um ponto final naquela conversa.

— Quando ela me ligou, foi pra dizer que voltaria ao Brasil.

— Ela não podia ter mandado um e-mail? Uma ligação da Espanha é bem cara... — Alfinetei, sem conseguir controlar meu veneno. — Por que você escondeu isso de mim, Arthur? Você achou que eu não merecia saber?

— Eu achei que era algo pequeno demais para contar, especialmente quando faltava tão pouco para você viajar. Não queria que ficasse pensando naquilo por muito tempo, então resolvi contar apenas quando você voltasse do intercâmbio. Eu juro que queria contar tudo assim que te encontrasse...

— Mariana, me escuta: a Clara ligou contando que em alguns meses estaria de volta e que queria conversar sobre a gente. Eu disse que não tinha nada para conversar, então ela falou que estava ligando com antecedência exatamente para que eu pensasse se realmente não teria nada para falar. A Clara é muito insistente quando quer alguma coisa, enfim... Isso não vem ao caso. Então eu abri meu e-mail antes de ontem, vi a mensagem da Clara e ela dizia que queria me ver. Tinha mandado uns dias antes, falou que já estava tranquila em Niterói e queria conversar. Eu queria te trazer todas as respostas de uma vez, então resolvi encontrá-la antes de falar com você. Então eu combinei de me encontrar com ela ontem, pra conversar".

— Eu não sei nada sobre a história de vocês — falei, tentando não pensar em todas as vezes que imaginei como eles seriam lado a lado.

— E eu não achei que fosse preciso contar. É passado, você não precisa se remoer por isso — respondeu. — Mas agora acho que talvez você precise conhecer um pouco da minha história, já que conheço tanto de você.

— Não, Arthur. Não é por isso que eu mereço conhecer sobre você. Eu mereço conhecer sua história por que você quer que eu conheça, não apenas para ficarmos quites. Mas já que não é assim, eu acho que vou embora.

Eu havia perdido a paciência ou toda vontade de escutar. Sabia que o certo era esperar o fim do relato para só então tomar uma decisão a respeito de nós dois, mas eu estava cansada. Tudo que eu precisava era ir pra casa.

— Mari, espera.

— Hoje não. Depois, talvez. Mas agora eu não consigo escutar mais um pio. Tchau, Arthur — disse, levantando-me da mesa e pegando minha bolsa.

Deixei a conta para ele pagar: um chocolate quente era um preço muito pequeno por ter machucado meu coração.

9

— Hoje eu estou aqui para falar de traição. — Eu estava com raiva. Muita raiva. Eu não queria passar pela mesma situação duas vezes seguidas. O Arthur sabia tudo que havia acontecido comigo, como ele foi capaz de esconder algo de mim? Chamadas perdidas e mensagens não lidas se acumulavam no meu celular e nas minhas redes sociais. Eu não iria ouvi-lo. Não agora. Tudo que eu queria era ficar em silêncio.

Sumi da internet por dois dias. A única coisa que eu fazia era ir ao cursinho e depois me encontrar com Nina, já que em breve ela mudaria de cidade. Na quarta-feira, resolvi que me esconder de todo mundo não iria resolver problema algum. Então era melhor transformar o problema em visualizações no YouTube.

Desabafei por oito minutos todas as minhas ideias sobre infidelidade.

— Quando você tem dúvidas sobre um relacionamento, a melhor coisa é a honestidade. Ninguém está te obrigando a ficar junto. Traição é uma atitude egoísta. Quem trai pensa apenas nos próprios desejos, mas não reflete que existe um outro alguém no namoro. Não importa o que esteja acontecendo, você precisa ser sincero. E se o relacionamento não anda do mesmo jeito que sempre foi, talvez seja a hora de uma conversa honesta ou colocar um fim. Antes de sair se agarrando com outras pessoas!

Talvez a última frase tenha soado um pouco passivo-agressiva demais, mas como eu disse: estava morrendo de raiva!

Felizmente, tinha uma centena de pessoas para morrer de raiva comigo. Nos comentários, meninos e meninas contavam suas histórias — e xingavam os ex, afinal ninguém é de ferro. E dessa vez até eu fiquei com vontade de xingar alguém nos comentários.

▶ ||

— Desaprendi a fazer amigos — disse Nina. Naquela tarde, ela que foi até minha casa. Estava tentando convencê-la a comer pipoca com brigadeiro, sem sucesso. — Quer dizer, passei o último ano com a cara enfiada nos livros. *Como se vive?*

— Nina, todo mundo vai gostar de você — tranquilizei. — Você é uma das pessoas mais legais que eu conheço.

— Não é isso que quem assiste seus vídeos acha — reclamou.

— Eu não acredito que você realmente vai levar em conta a opinião de meia dúzia de anônimos da internet, com base em um vídeo de cinco minutos. Nenhum deles conhece você, só uma parte muito reduzida do que você é.

Nina pegou um exemplar velho da *SuperTeens* que estava largado no canto do quarto e começou a folhear.

— Ninguém quer uma pessoa problemática por perto — falou, com a voz vacilando. — Não sei se foi uma boa ideia aceitar me mudar.

— Não sabe se foi uma boa ideia? Você passou na melhor faculdade do país — afirmei, sem esconder o orgulho em minha voz. — Mesmo no meio de todos os problemas que você estava enfrentando, você conseguiu. É a chance que você precisa para conseguir tudo que quer, Nina. Tem um mundo novo te esperando em São Paulo, mas ele só vai te trazer boas coisas se você estiver preparada para isso.

Lembrei do medo que senti pouco antes de viajar para o intercâmbio e como a Nina me encorajou, me levando a crer que havia tomado a decisão certa. Queria desempenhar o mesmo papel na vida dela.

— Você promete que vai dar tudo certo? — Perguntou, como se eu guardasse respostas mágicas.

— Eu não posso prometer nada, Nina. Vai ser assustador e você precisa estar bem para encarar tudo que vem pela frente, mas eu tenho certeza que vai valer a pena.

Comecei a contar um pouco sobre meu intercâmbio, mesmo que fossem experiências diferentes. Ao fim de dois meses, eu sabia que voltaria para casa e estaria na companhia das pessoas que sempre convivi. Era uma experiência curta, não algo grandioso como uma faculdade, que ocuparia os próximos anos e provavelmente definiria o resto da minha vida. Ainda assim, o intercâmbio mudou o que nenhum curso de idiomas mudaria.

Eu precisei amadurecer nas semanas que passei longe de casa, além de lidar com uma liberdade ainda maior do que a que costumava ter. Foi um tempo de aprender a fazer escolhas certas, lidar com o diferente, confiar em pessoas que eu não sabia se veria depois daquela experiência. Os laços que se formaram longe de casa foram fortes, já que os outros também costumam estar sozinhos, vivendo descobertas e experiências similares.

— Acho que é algo que você precisa — concluí. — Você ficou tão presa nos últimos anos, talvez sirva para você entender que o mundo é muito mais do que isso aqui, sabe?

— Mas é diferente, Mari. Você não tem medo de arriscar e no fundo, sabe conquistar as pessoas.

— Há, há! Está esquecendo o que aconteceu com a Helô e o Edu? Eu não chamaria aquilo de "conquistar as pessoas". Ninguém na escola gostava de mim – falei.

— Sim, mas foi por causa de uma mentira. Se você tivesse tentado, tenho certeza que no fim muitas pessoas escutariam o que você tinha a dizer.

— Eu não arrisquei por medo – assumi. – Então outra teoria furada: eu tinha medo de contar a verdade, então eu tenho medo de arriscar. Não há nada que me faça especial.

— Não acredito muito nisso – disse Nina. – Você tem carisma, muito mais do que eu. Ou você acha que todas essas pessoas que veem seus vídeos continuaram a assistir *só* por causa do mico da sua irmã? Elas estão ali até hoje por gostarem de você, da forma que você fala. *Eu* não tenho isso. Pergunte pro YouTube!

— Nina, eu já disse que ninguém deve se importar com o que dizem em comentários anônimos...

— Isso não é sobre comentários anônimos, mas sim sobre como você envolve as pessoas. Eu não tenho esse magnetismo, Mariana.

— Você não precisa de magnetismo com esse coração tão grande – afirmei. – Não se preocupe com isso agora. Seja quem você é e as pessoas vão gostar de você assim mesmo. Quem não gostar, não vale a pena – completei.

Nina não parecia convencida por minhas palavras. Com um suspiro cansado, ela pegou o controle remoto e ligou a televisão. Nós paramos no canal de compras e desligamos o áudio da televisão, falando no lugar das apresentadoras. Começamos a dublar de um jeito ridículo, inventando histórias e rindo sem parar.

Dias ao lado da Nina eram assim: ou acabavam em sorrisos, ou em lágrimas, mas todos eles fortaleciam ainda mais a nossa amizade.

▶ ||

Arthur não se deu por vencido. Quando acordei na quinta-feira de manhã, havia mais uma dezena de mensagens – no celular, na caixa de e-mails, nas minhas redes sociais –, além de três chamadas não atendidas. Apaguei todos os registros sem sequer ler.

Nós precisávamos conversar, mas sempre que lembrava que a menina ao lado dele na praia era a ex-namorada, não conseguia manter a razão. Eu nem sabia que podia sentir tantos ciúmes, mas não havia outra explicação para o sentimento que me consumia por dentro. Eu ainda era namorada dele, depois dessa semana louca? Nós estávamos dando um tempo?

Eu desejava que tudo ficasse bem, ao mesmo tempo que não sabia se seria capaz de ouvir as desculpas que Arthur tinha para me dar. Quanto mais os dias passavam, mais medo eu sentia de falar com ele. Atender o celular ou ler suas mensagens era como dar o braço a torcer, e eu não conseguia entrar em um acordo comigo mesma. Era desconfiada demais, ciumenta demais, talvez reflexos dos resultados desastrosos do meu primeiro namorado.

Tentava convencer a mim mesma que Arthur era outra pessoa, mas ainda não conseguia reunir a coragem necessária para atender o celular. Ele teve tempo demais para pensar numa desculpa boa e aceitável, pintar a história como quisesse. Será que deveria ter escutado tudo que tinha a dizer no café, assim seria mais sincero?

Eram tantas dúvidas que não conseguia me concentrar em nada do que a professora de Português dizia durante a aula do cursinho. Todas as regras de regência não faziam sentido algum para mim quando meu coração só se concentrava em um tipo de concordância.

Sábado era casamento da Melissa e eu precisava descobrir o que fazer, já que não tinha contado sobre minha situação com o Arthur para ninguém além da Nina e da Pilar. No dia anterior, tinha até pensado em conversar com minha irmã, que era bastante experiente nessa coisa de namoro, mas na cabeça da Melissa só havia espaço para o grande dia.

Como eu ia fazer se aparecesse sem o Arthur no casamento era algo que ainda estava tentando descobrir.

Meu celular vibrou com mais uma mensagem, o que me fez tremer por antecipação. Era Pilar.

Pilar (16h20)
Eu sei que vc não se aguenta de ansiedade p/ amanhã! Já pensou na nossa balada? Balada não, né? NIGHT! Não quero ficar parada na sua casa.

Mari (16h21)
Vc sabe que minha animação pra night é -1000, né?

Pilar (16h21)
Lógico que sei, mas a gente vai resolver isso amanhã. Chama a Nina também. Vamos dançar, assim vc esquece um pouquinho seus problemas. Vc precisa

Mari (16h22)
Vou pensar no seu caso

Pilar (16h23)
Aposto que já tá olhando o que tem pra fazer amanhã hahaha O Arthur mandou mais mensagens?

Mari (16h24)
Mais umas milhões! Não sei o que faço

Pilar (16h25)
Responde. Acho que vcs precisam conversar. Agora vou lá, tenho que arrumar minhas malas. Bjs e até amanhã, sei que ñ vai dormir de ansiedade hahaha

Mari (16h26)
Vou pensar se falo com ele =\ Até amanhã, quero mto te ver de novo. Bjs

Atendê-lo, como se fosse simples assim! Mais cedo ou mais tarde teria que fazer isso, é claro. Não era como se eu pudesse passar a vida inteira adiando aquela conversa.

Mas, naquele minuto, eu tinha uma desculpa para adiar: deveria chegar em dez minutos ao salão de beleza onde faria meu cabelo e maquiagem para o casamento da Melissa, pois precisava fazer os testes. Arthur teria que esperar um pouco mais.

▶ ||

Decidi que responderia quando Arthur entrasse em contato novamente. Só por isso, ele não me procurou uma só vez no dia seguinte.

Abri minha caixa de e-mails, mas não havia nenhuma mensagem nova. Quando abri meus perfis nas redes sociais, revirei todas as notificações, esperando que alguma fosse dele, mas não havia nada. Talvez fosse um sinal, pensei. Ou talvez fosse só a vida pregando algumas peças em mim, como sempre. Digitei o número deles várias vezes no celular, mas não tive coragem de clicar em chamar. Escrevi mensagens que não enviei e pensei em frases que diria se ele telefonasse, mas nenhuma delas foi necessária. Arthur não me procurou e eu não quebraria o silêncio, mesmo que fosse a única chance de conversarmos mais uma vez. Meu orgulho era maior que a vontade de esclarecer aquela história.

Finalmente Arthur estava respeitando o silêncio que me coloquei nos últimos dias, logo quando eu não queria que ele respeitasse.

10

— Meu trem! – Gritei, pulando em cima de Pilar assim que ela saiu pelo portão de desembarque, na sexta-feira à tarde.

— Que saudades, sô – exclamou ela em seu carregado sotaque mineiro, me dando um abraço apertado. – E aí, como 'cê tá?

Fiz uma careta, que não podia significar nada além de "não tão bem quanto gostaria de estar".

— Ele não te ligou ainda? – Perguntou Pilar. Pela manhã havia mandado uma mensagem para ela, contando que finalmente decidira atender o Arthur quando ele ligasse, mas só por isso parecia que o destino estava brincando comigo e ele não havia telefonado desde então.

— Hum-hum. Nem sei se vai, para ser sincera. Não tive coragem de olhar no Facebook se ele mudou o *status* – falei. Uma parte de mim não deixava de perguntar se ainda estávamos namorando ou se meu silêncio durante os últimos dias foi interpretado como um término.

— Vocês tiveram que conversar para começar, certo? Então acho que precisam conversar para terminar, se forem terminar mesmo – disse, com convicção. – Agora vamos, não quero saber de homem. Quero comer que meu estômago tá roncando, 'cê acredita que só serviram água nesse avião?

Nós duas rimos e, de braços dados, caminhamos juntas até o *fast-food* mais próximo, pronta para comermos um hambúrguer e colocarmos as fofocas das duas últimas semanas que passamos longe uma da outra em dia.

Pilar me contou sobre o retorno à faculdade e sua vida amorosa. Antes de viajar para o intercâmbio, ela também foi pedida em namoro. O menino, que se chamava Rafael, estava com medo que ela embarcasse para o hemisfério Norte e esquecesse de sua existência.

— Eu disse pra ele que essas coisas não existem. Quer dizer, seria uma boa chance de descobrirmos se estávamos mesmo apaixonadinhos um pelo outro ou se era só fogo de palha. Mas eu não ia aceitar um pedido de namoro daquele jeito, feito às pressas – disse, contando algo que já tinha repetido milhões de vezes durante a viagem. – Sem ofensas, já que você aceitou o pedido do Arthur quase do mesmo jeito.

— Eu não levei a mal — disse, dando uma mordida em meu hambúrguer logo em seguida. Se tivesse sido esperta como a Pilar, talvez não estivesse em uma situação complicada agora.

— Enfim, eu não peguei ninguém no Canadá.

— Mas teria ficado se quisesse. O colombiano tava doidinho atrás de você — falei, referindo-me ao Andrés, um dos meninos que estava na mesma escola que a gente e costumava sair conosco de vez em quando. Eu tinha certeza que ele não tirava os olhos da Pilar.

— Que colombiano? — Quis saber, confusa. Como ela não tinha percebido que o Andrés estava a fim dela? Logo ela, que sempre percebia *tudo* ao redor.

— O Andrés, *uai* — falei, frisando bastante a expressão que ela sempre usava.

— Tá louca? Ele não largava a gente por causa da Antonella.

— Quê?!

— Eles estavam ficando, Mari! Ai, você é muito lerda, como pode? — Perguntou Pilar, rindo sem parar. — Ele ficou correndo atrás dela um tempão, depois ela acabou cedendo e se bobear ele já tá de viagem marcada pra Buenos Aires.

— Ia morrer sem saber!

— Você não presta atenção em nada *mesmo* — disse minha amiga, ainda rindo da minha cara. — Mas você não saía com a gente de noite, então nunca deve ter visto os dois ficando. Achei que você soubesse, por isso nunca comentei nada. Quer dizer, *todo mundo* sabia. Era meio óbvio que você sabia também. Aposto que até a Antonella achava que você sabia.

Um resumo da minha vida: sempre a última a saber de tudo, especialmente quando dizia respeito a minha própria vida.

A maioridade em Toronto era 19 anos, não 18. Todas as vezes que nosso grupo de amigos saía à noite, eu ficava de fora. Além de não poder entrar em vários lugares, tinha que estar em casa às 22 horas em ponto, por causa do toque de recolher imposto pela *host family*. Quem era maior de idade não precisava obedecer a essas regras, desde que não acordasse ninguém da casa ao chegar de madrugada.

Era um saco ser a pirralha do grupo!

— Você tem falado com a Antonella? — Perguntei, já sentindo saudades dela e de todo nosso "bonde" em Toronto.

— Ontem a gente tava conversando no Facebook! Ela falou de novo que a gente precisa ir visitá-la em Buenos Aires.

— Quem dera eu tivesse dinheiro! Mas vamos juntar? Quero muito marcar mais um pontinho no meu mapa.

— Fechado. Eu quero muito ir pra lá também. Vai ser bem divertido nos reunirmos mais uma vez.

Ficamos conversando sobre o Canadá e matando as saudades dos nossos dias por lá, mesmo que não tivesse passado um mês sequer.

— Mas e que fim levou o Rafa? — Perguntei, puxando novamente o fio da meada.

— Ah, foi exatamente como eu esperava: quando cheguei, a gente foi conversar e ele disse que não estava mais tão certo de tudo. Então eu disse que era melhor pensar um pouco, já que não quero entrar de cabeça em um namoro e terminar logo em seguida. Se ele quiser tentar a sorte de novo daqui a um tempo, não sei se vou continuar esperando. Se não me quer, está em dúvida, é melhor nem começar! Prefiro ficar sozinha do que servir de consolo para alguém. Ele não é o único cara no mundo.

— E você está ok com isso? — Quis saber, pois sabia que no fundo ela estava começando a gostar dele.

— Estou super ok! Melhor pra mim. Quem sabe não arrumo um carioca hoje à noite?

— Pode ser que seja um fluminense — brinquei. — Vai que ele nasceu em Niterói?

— Tá servindo qualquer um que seja bonito! Só não vale torcer pelo Fluminense. Quer dizer, vale sim. Não vou nem perguntar — respondeu e nós duas caímos na gargalhada.

▶ ||

— Onde você pensa que vai com essa saia? — Perguntou minha irmã, mas seu tom era de brincadeira. — Eu pensei que tinha colocado ela no meio das minhas coisas da mudança!

— A-há, bem que eu estranhei que minhas roupas tinham sumido.

Enquanto Pilar e eu nos arrumávamos, fizemos um vídeo engraçado para postar no canal. Sabia que todo mundo adorava quando a Pilar aparecia. Depois de prontas, ficamos apenas esperando pela Nina, que só diante muito custo havia concordado em ir com a gente. Queria que ela tivesse uma noite divertida, já que era um dos seus últimos dias em Niterói.

— Onde nós vamos? — Quis saber Pilar, morta de curiosidade.

— Não adianta te contar, você não conhece nada aqui mesmo — respondi, mesmo sabendo que *aquele* lugar ela reconheceria, pois já havia falado muito dele.

— Vocês duas estão lindas — disse Melissa. — Só espero que continuem inteiras amanhã pra aproveitar meu casamento.

— Sempre estaremos — afirmou Pilar, com um sorriso. — Pode deixar que devolvo sua madrinha inteirinha.

Modéstia à parte, estávamos lindas mesmo. Havia caprichado no meu visual, coisa que não fazia há muito tempo. Durante o intercâmbio, não costumava me maquiar ou me arrumar muito, andava mais à vontade. Escolhi uma blusa azul turquesa semi-transparente, com pedras aplicadas na alça, e um short-saia branco. Calçava uma sandália de salto preto e branca, para combinar com meu *look*, com uma cobra dourada que serpenteava por uma das tiras.

Pilar usava uma blusa laranja que contrastava com sua pele negra, combinado com um short preto e uma sandália da mesma cor. Os cabelos crespos e anelados estavam semipresos por uma pequena presilha dourada.

Quando ouvimos o interfone tocar, pegamos nossas bolsas e saímos, prontas para encontrar a Nina. Ela nos esperava parada ao lado do táxi, usando um vestido curto azul-marinho e sapato preto. Percebi que ela avaliou Pilar da cabeça aos pés, mas sorriu rapidamente, para disfarçar.

— Oi, meninas! Vamos logo, o taxímetro está rodando.

Nina me cumprimentou com dois beijinhos e ficou no vácuo quando Pilar não deu a outra bochecha para o segundo beijo.

— Ai meu Deus, desculpa! Esqueci que aqui são dois — desculpou-se Pilar, mas Nina só deu de ombros.

— Onde nós vamos? — Ela perguntou, quando já estávamos sentadas no banco traseiro do táxi. Estendi um papel com o endereço para o taxista, sem respondê-las. Se falasse o nome do lugar, Nina e Pilar me mandariam voltar pra casa e me obrigariam a assistir uma maratona de *Friends* até minha insanidade passar.

— Já apresentei vocês? — Desconversei. Nina e Pilar se entreolharam para logo em seguida me encararem. Elas perceberam rapidinho que estava tentando enrolá-las.

— Por que você não quer dizer pra onde a gente está indo? — Quis saber Pilar, perguntando pelas duas. Ela sacava tudo. Se conheciam há menos de cinco minutos e já estavam se juntando contra mim!

— A gente está indo pra Lore — confessei.

— O quê? — Gritaram, em uníssono.

— Pare o táxi — gritou Nina.

– Não pare não – gritei também.

O taxista parou no sinal vermelho e olhou para trás, irritado com nós três – com toda razão do mundo.

– Vocês já decidiram o que vão fazer?

Antes que Nina e Pilar respondessem, proferi minha sentença.

– Nós vamos para esse endereço que eu te dei e vamos nos divertir muito. E se eu encontrar alguém conhecido, pode ser que a gente converse. Então pode ir, essa noite vai ser longa e muito boa.

O taxista nos olhou com cara de paisagem, provavelmente sem entender nada. Mas as minhas amigas captaram meu recado na mesma hora. Por isso que amava as duas.

11

Mal conseguia distinguir a música que tocava, de tão nervosa que estava. O local ainda não estava completamente cheio, mas as pessoas chegavam aos poucos e preenchiam os espaços vazios. Eu disfarçava, fingindo que me mexia ao som da batida, mas na verdade meus olhos estavam vasculhando o local, procurando algum conhecido no escuro.

— Quer parar de ficar tentando encontrar o Arthur e aproveitar? – Perguntou Pilar, tentando se fazer ouvir acima do barulho. Era incrível como ela captava tudo. – Se divertir é muito mais importante que tentar impressionar alguém.

Sem perguntar, Pilar puxou minha mão e a da Nina para que começássemos a dançar. Aos poucos, fui relaxando, deixando a música me levar, aproveitando a noite ao lado das minhas amigas, já que aquela era uma oportunidade que seria cada vez mais rara dali em diante. A casa ia ficando mais lotada e a noite era quente, mas aos poucos tudo foi deixando de importar, assim como minha necessidade de encontrar o rosto do Arthur em meio à multidão.

Não sei se foi a energia da Pilar ou a necessidade de esquecer minhas preocupações, mas, quando vi, estava cantando alto e dançando com minhas amigas. Ficamos observando os caras que passavam por nós e Pilar dava uma nota diferente para cada um deles enquanto ensinava Nina a flertar. Foi tão divertido e engraçado que nós três não parávamos de rir.

Pilar chamava mais atenção que eu e Nina juntas! Era quase meia-noite e dois caras já haviam se aproximado dela, mas ela os dispensou. Até eu, que não sirvo muito para essas coisas de "só por uma noite", teria ficado balançada por aqueles dois.

Estava tão entretida que quase não me lembrava do principal motivo que me fez escolher a Lore para nossa noite.

— Preciso fazer xixi – sentenciou Pilar, quando a música diminuiu. Estavam preparando o palco para a apresentação de uma banda ao vivo.

— Eu vou com você! – Nina logo se ofereceu. – Estou apertada – reclamou. As duas tinham bebido um pouco, enquanto eu fiquei só à base de água.

Elas me olharam, como se perguntassem o que eu faria. Nunca entendi essa necessidade de ir em bando ao banheiro. Eram apenas alguns minutos, eu ficaria bem sozinha. Ao menos, esperava que sim.

— Podem ir, vou procurar alguma coisa para beber — falei, me separando das duas. Nem sei se elas entenderam tudo que eu disse, apenas se viraram e seguiram na direção do banheiro.

Após desviar de uma dezena de corpos bêbados e conseguir não ser atingida por uma chuva de cerveja, consegui chegar ao bar. Estava esperando o *barman* registrar meu pedido na comanda quando o vi. Arthur estava de pé no mezanino, vestindo jeans e uma camisa pólo preta. Trocava algumas palavras com um dos funcionários da casa noturna, provavelmente dando alguma ordem ou instrução para a apresentação que começaria em seguida.

Ao vê-lo tão perto, senti um aperto no coração. Meus pensamentos voltaram para aquele mesmo ambiente, meses antes quando ele me levou até os bastidores para conhecer minha banda favorita. Lembrei de como ele guardou o celular que eu havia esquecido e depois fez questão de se encontrar comigo para devolver. Quando o vi, aquele frio na barriga que senti meses antes ao nos falarmos no telefone me atingiu em cheio. Se não tivesse esquecido meu celular do camarim, talvez nunca mais nos víssemos.

Como alguém que me fez tão feliz e segura podia me deixar tão triste agora?

Eu estava determinada. Precisava falar com Arthur, ouvir o que ele tinha a dizer. E se não quisesse falar comigo agora? Sabia que tinha ignorado todas as tentativas que ele fez, mas eu tinha meus motivos e esperava que ele entendesse. Na verdade, o que eu mais esperava era que os motivos que os levaram a encontrar a Clara fossem bons o suficiente para valer minha ida até a Lore. Ele tinha escondido uma parte da história de mim. Uma parte que eu merecia saber e estava pronta para ouvir.

Apesar de tudo, não conseguia sair do lugar. Uma parte de mim estava paralisada ao vê-lo. Queria falar com ele, mas parecia que toda coragem que acumulei durante a tarde tinha desaparecido num passe de mágica.

Olhei para a direção do banheiro e Nina e Pilar estavam saindo, conversando. Foi então que percebi que se não fosse agora, nunca mais conseguiria: eu *precisava* falar com Arthur. Antes que minhas amigas chegassem, me espremi entre as pessoas, tentando descobrir uma forma de chegar até o mezanino e resolver minha própria vida.

▶ ||

— Arthur! — Precisei gritar duas vezes para ser ouvida. A banda havia começado a tocar e, apesar do mezanino estar vazio, Arthur estava tão concentrado no som que mal ouviu o meu chamado. Quando finalmente percebeu que alguém o gritava, se virou em minha direção e pareceu surpreso.

– Mari? O que você está fazendo aqui? – Perguntou, nitidamente confuso.

– Vim dançar... – Respondi, da forma mais estúpida possível. Arthur me encarou, como se um grande ponto de interrogação pairasse acima da sua cabeça. Respirei fundo, percebendo quão idiota soei, tentando controlar meu nervosismo e pensar em algo melhor para dizer.

Naquele instante percebi que provavelmente era uma péssima ideia tê-lo procurado ali, em seu local de trabalho – mesmo que, tecnicamente, aquele lugar pertencesse a ele. Provavelmente tinha um monte de problemas a resolver e aparecer ali, do nada, só seria mais um deles.

– Eu vou embora, acho... acho que não foi uma boa ideia e... – falei, virando de costas, pronta para voltar de onde vim.

– Ei, calma aí – pediu, segurando meu braço. – Só não te esperava ver aqui, só isso. Vem comigo, aqui está muito barulho – disse, me puxando pela mão.

Saímos do mezanino e Arthur me guiou para atrás do palco, seguindo pelo mesmo caminho que fizemos quando ele me levou até o camarim para conhecer os meninos do Tempest. Andamos até pararmos em frente a uma porta com o aviso "Proibido o acesso de pessoas não autorizadas", que Arthur abriu sem cerimônias, é claro.

A sala tinha uma estante de metal repleta de caixas com fios e outras parafernálias, além de um arquivo em um canto. Uma mesa e um laptop completavam a decoração, além de um pôster da Lore pendurado na parede. Uma desorganização completa.

– Senta, Mari – disse ele, apontando para a única cadeira disponível. – Essa é minha sala.

Era mais uma parte da vida do Arthur se revelando para mim, como uma cortina se abrindo para mostrar os detalhes que eu ainda não conhecia.

– Se você estiver ocupado, a gente pode marcar de conversar outro dia e eu tenho que ver se as meninas estão bem, elas devem estar preocupadas e...

– Pequena, relaxa – falou com ternura. Foi só então que meu coração se aquietou, pois percebi que não estava realmente incomodando. – Está tudo certo, não tem problema estar aqui. Você não está me atrapalhando. Espera só um segundo – pediu, saindo pela porta e voltando logo depois com uma cadeira dobrável, que abriu para sentar à minha frente. – Agora me diz, o que você veio fazer aqui?

Parecia uma pergunta simples, mas não era. Nem mesmo eu sabia o que esperava e agora que estávamos frente a frente, sentia todo meu corpo tremer.

Arthur sorria para mim, suas covinhas que eu tanto amava me convidando a dizer o que havia me levado até ali. Queria respostas, mas tinha medo das que podia receber. Não tinha plena certeza se estava preparada para descobrir a intensidade que os sentimentos do passado ainda afetavam Arthur e ficava assustada ao pensar que aquela poderia ser nossa última conversa, dependendo do rumo que tomasse.

– Amanhã é o casamento da minha irmã e eu não sei o que dizer para a minha família se você não estiver lá. – Eu não consegui pensar em mais nada para dizer. O sorriso doce de Arthur logo desapareceu e deu lugar a uma expressão entristecida. Me arrependi imediatamente de abrir a boca. Tudo tinha saído o oposto do que eu gostaria de dizer.

– Se é isso que te preocupa, amanhã eu irei e depois você dá um jeito de explicar o que está acontecendo para a sua família... – Respondeu, com um pouco de dor em sua voz. – Era só isso? – Quis saber, levantando-se logo em seguida.

Eu também me levantei, mas não para deixar a sala. Me aproximei dele e me apoiei em seus braços, tentando deixar claro que não tinha ido ali só para isso.

– Desculpa, não era assim que eu queria que soasse. Eu não vim aqui só pra te pedir isso. Na verdade, eu *nem vim* aqui para te pedir pra ir ao casamento comigo e eu não sei mais o que estou falando, já que não estou dizendo coisa com coisa e... *Droga*! Eu vim aqui pra conversar com você. Por que eu acho que te amo e doeu demais ver você conversando com aquela menina quando eu estava morta de saudades, doeu demais descobrir que ela era sua ex-namorada e doeu mais ainda ver todas as vezes que você tentou falar comigo e não tive coragem de atender. Doeu saber que eu queria conhecer a história inteira, mas não sabia se teria confiança suficiente em mim mesma para ouvir até o fim. Doeu pensar que eu poderia ser a sua segunda opção ou me sentir de fora e foi por isso que eu fugi nos últimos dias. Por que dói demais saber que eu talvez ame você e não possa te ter. E doeu muito ver que para amar alguém a gente primeiro precisa de amor próprio, e eu não sei se tenho o suficiente, pois sempre me sinto insegura quando penso em você, já que fico imaginando que se você quiser, pode ter qualquer pessoa. E todo mundo é melhor do que eu e não sei se a gente realmente tem tudo a ver porque não sei quase nada sobre você. Eu tenho medo, Arthur. Eu perdi muita coisa. Não sei lidar com isso tudo.

Senti uma lágrima brotar no canto do olho, teimando em correr pelo meu rosto. Me forcei a permanecer firme, pois sabia que se uma caísse, muitas outras viriam em seguida. Por isso, me mantive forte e concentrada, embora me sentisse frágil e descoberta naquele instante, por ter dito mais do que gostaria de ter falado.

O silêncio de Arthur foi assustador. Meu desejo era saber o que se passava em seus pensamentos, pois temia ter sido precipitada e desajustado ainda mais nossa vida. Mas me sentia estranhamente aliviada, como se tivesse colocado para fora muitos sentimentos conflitantes que lutava para sufocar.

Em vez de responder, ele me beijou.

Eu não estava pronta para um beijo. Especialmente um como aquele! Não era uma carícia quente ou afobada, mas sim um toque tranquilo e sereno, de calmaria e redescoberta. Aquele beijo me surpreendeu.

Mesmo após semanas distantes, seus lábios ainda eram um lugar conhecido. Eu estava repleta de desejo e saudades. Ainda assim, havia um gosto de novidade e nós dois queríamos nos explorar ainda mais.

O toque de Arthur era como um pedido de desculpas, uma porta de entrada para conhecer uma parte dele que ainda não tinha acesso. Enquanto uma de suas mãos me puxava para perto, a outra acariciava meus cabelos como um conforto. Eu podia sentir sua respiração e seus batimentos ritmados aos meus.

Não queria me separar. Estar tão próxima a Arthur me transmitia uma tranquilidade que estava acima das minhas inseguranças. Agora elas desapareciam aos poucos, dando lugar a uma paz que foi preenchida pelo nosso beijo.

Talvez eu nunca fosse estar inteiramente preparada para escutar sobre a menina que Arthur amou, mas se aquela era parte da vida dele, eu desejava conhecer.

– Eu quero ouvir sua história.

– Estou aqui para te contar.

12

Há sempre aquelas histórias que você prefere não saber, por medo do que vai descobrir em seguida. Ao descrever Clara, havia uma paixão na fala do Arthur que me deixou enciumada. Nas palavras dele, ela era destemida, sonhadora e não tirava uma ideia da cabeça enquanto não a colocasse em prática. "Como você", ele disse, mas eu não me sentia assim. Naquele instante, me senti ainda mais insegura, enquanto começava a delinear os contornos daquela garota – ou melhor, mulher – que teve durante muito tempo o coração daquele que eu amava.

Os dois se conheceram ainda no colégio e formaram um dueto, que se apresentava nas festinhas que os amigos costumavam fazer no quintal de casa. "Clara cantava e eu tocava violão", contou. A imagem dos dois entoando canções de amor durante todo o Ensino Médio foi o suficiente para que eu desejasse não ter perguntado, mas ele continuou, é claro.

Desde o início, Arthur já sabia que Clara pretendia sair do país assim que terminasse a escola. O pai dela era espanhol e o sonho da menina era estudar em Madrid. Ele sabia que assim que o Ensino Médio acabasse, a história dos dois também teria um fim. No começo, não se importou muito com isso: parecia um romance com prazo de validade. Mas aos poucos, seu interesse por Clara aumentou e o tempo ao lado dela diminuiu.

Os dois estavam *muito* apaixonados – palavras dele, eu poderia viver bem sem essa informação. Foi então que Clara, ao receber sua aprovação em uma universidade em Madrid e descobrir que o namorado só começaria a faculdade no segundo semestre, resolveu se aventurar em um curso na Espanha antes de suas aulas começarem e convenceu Arthur a fazer o mesmo – e a família dele a bancar, é claro.

Foi assim que durante os dois primeiros meses na Espanha, tudo deu certo. Pela manhã, Clara estudava desenho e artes, enquanto Arthur fazia aulas do idioma. À tarde, bem... não quero imaginar o que os dois faziam no tempo livre, embora meu cérebro insistisse em completar a fala com imagens que eu preferia que jamais tivessem passado pela minha cabeça.

Mas ela conheceu alguém no curso de desenho, um espanhol com uns vinte anos de idade que com suas palavras a fez ficar cada vez mais apaixonada por ele e menos pelo Arthur. No meio do terceiro mês, ele foi dispensado com aquela história de que o problema não estava nele, o sentimento era outro etc. Os meses restantes em Madrid foram cumpridos a duras penas, até que voltasse para o Brasil se sentindo um idiota por ter ido atrás dela, com o coração partido e a promessa de que nunca mais faria uma coisa daquelas.

Depois disso, nunca mais se viram, até que Arthur ouviu de um amigo que Clara estava planejando se casar assim que a faculdade terminasse.

Sei lá como eu reagiria se alguém me dissesse que o Eduardo estava planejando se casar! Por mais que eu desejasse tão bem a ele quanto desejo a uma barata, tenho certeza que a notícia seria chocante, pelo menos por saber que meu ex iria juntar as escovas de dente com alguém. Parece algo tão adulto a se fazer: casar, formar uma família; e muito mais complexo que dividir um apartamento. Pelo que Arthur me disse, ele também ficou surpreso com a notícia, especialmente por que a "Clara que ele conhecia" (palavras dele!) era livre demais para um compromisso tão grande como esse.

Por mais que não quisesse sentir empatia por aquela história, sabia como era ser pega de surpresa por um rompimento, uma traição. Era como puxarem sua cadeira quando você está se preparando para sentar: você está pronto para se acomodar, mas na verdade leva um tombo – e dói. Certo, péssima analogia.

– Mas aí ela me procurou no fim do ano passado – disse Arthur, referindo-se ao dia que viajei para Toronto. Ela não poderia ter escolhido uma data melhor para isso? Tipo, nunca?

– Sim, e você não me contou – alfinetei, embora tivesse permanecido em silêncio durante quase toda a história.

– É, mas eu já te expliquei o motivo. Não queria atrapalhar sua viagem – explicou, fazendo carinho. – Queria contar tudo de uma vez.

– E quando ela voltou para o Brasil? – Quis saber, o ciúme em mim falando mais forte do que minha vontade de permanecer alheia àquela história, só para não sentir mais dor.

– Poucos dias antes de você, pelo que ela me disse.

– Ela terminou com o espanhol, né? E veio correndo para você...

– Sim, Mari, foi isso mesmo. Ela veio atrás de mim pedir desculpas e dizer que foi um engano, ela era muito nova e achou que estava apaixonada por ele, mas na verdade continuou pensando em mim e achou que o tempo iria apagar isso.

– Sabe... eu realmente não preciso saber que sua ex ainda gosta de você – falei.

Arthur parou, como se percebesse que talvez aquela história fosse demais para mim.

— Mas eu não gosto dela, eu juro. Até um tempo atrás, eu gostava muito da Clara e ainda sentia saudades, mas a mágoa sempre foi muito forte. Só que quando você apareceu na minha vida, a Clara foi sumindo aos poucos. Confesso que meu coração ficou um pouco balançando assim que ela me ligou, mas não era saudade, era só não saber o que fazer. Eu nunca mais tive notícias dela e foi um susto, só isso. Mas quando eu a vi percebi que o que sinto por você nem se compara e...

— ... você precisou vê-la para se dar conta disso?

— Não, Mariana. Mas eu tive certeza quando a vi de novo. Eu não preciso da Clara na minha vida, eu tenho você.

Arthur parecia sincero, mas eu ainda estava balançada por toda aquela história. Ninguém esquece um amor que te faz atravessar um oceano com tanta facilidade. Certas pessoas trazem marcas à nossa vida que permanecem para sempre. A questão era saber se minhas marcas seriam mais fortes para o Arthur ou as dela.

— Eu não sei o que pensar e... sei lá, Arthur. Estou confusa — falei, sendo o mais sincera possível. — Eu não quero perder você, mas estou cheia de dúvidas nesse momento.

Arthur levantou meu queixo, para que eu o encarasse.

— Estou falando a verdade quando digo que não sinto mais nada por ela, Mari — respondeu. — Perdão por ter escondido tanto de você, mas estou disposto a fazer as coisas serem diferentes dessa vez.

Me afastei, ainda me sentindo perdida. Todo mundo tem um passado, que influencia diretamente aquilo que nos tornamos no futuro. Se eu apagasse Clara da história do Arthur, ele não seria o mesmo por quem eu me apaixonei.

Apesar de ter compreendido seus motivos, uma parte de mim ainda estava magoada. Eu queria que tudo ficasse bem de novo, mas não seria de uma hora para a outra. Arthur teria que me mostrar tudo que estava disposto a fazer para trazer nosso namoro de volta aos trilhos.

— Você vai precisar provar, Arthur — respondi.

— Eu vou, Mariana.

— Comece por amanhã — falei. Em seguida, olhei para o relógio na parede. Era quase duas da manhã e minhas amigas provavelmente estavam preocupadas comigo. — Digo, hoje. Esteja na igreja na hora certa. Espero você no casamento da minha irmã.

— Estarei lá. O que você vai fazer agora?

— Vou procurar minhas amigas. Não quero deixá-las esperando.

Ele me deu um beijo na testa e eu saí, esperando que fosse um sinal de que tudo ficaria bem.

▶ ||

— Onde você estava? — Perguntou Pilar, assim que me materializei ao lado dela. — Encontrou o Arthur? Resolveram as coisas?

A banda ainda tocava, mas aparentemente estavam quase no fim da apresentação. Pilar gritava para ser ouvida. Gritei em resposta:

— Longa história. Conto no caminho de volta. Cadê a Nina? — Quis saber, assim que percebi que minha melhor amiga não estava ao lado dela, como deveria. Meu medo era que Nina não estivesse aproveitando a noite e quisesse ir para casa, já que não costumava gostar muito daquele tipo de programa.

Com a mesma mão que segurava um copo, Pilar apontou para o outro lado do salão, onde Nina estava aos beijos com um menino que eu nunca tinha visto na vida. Confesso que estava surpresa.

— Uou — exclamei, assim que vi os dois darem um beijão do tipo desentupidor de pia. — Quem diria!

— É o menino que estava olhando pra ela mais cedo? — Perguntei para Pilar, me fazendo ser ouvida por cima do som. Ela acenou, concordando, e abafou uma risadinha. Fiz o mesmo.

Nós continuamos dançando, até que um menino muito bonito se aproximou dela e começou a elogiá-la. Saí de fininho, para que Pilar não passasse a noite no zero a zero, afinal de contas, ela queria muito um carioca para chamar de seu. Pouco depois, os dois estavam se beijando também.

Enquanto minhas amigas entendiam que um beijo não significava uma jura de amor eterno, eu tinha um pouco mais de dificuldades para assimilar. Sempre fui um pouco mais romântica — não no nível da minha irmã, mas quase. Talvez se eu criasse consciência que nem todo mundo está destinado a ser o amor da minha vida, o mundo seria um pouco menos complicado. Ou não.

Todo mundo tinha seus dramas e medos. Se eles não estão nos relacionamentos, pode ter certeza que estão na família, em amizades ou qualquer outro campo. Cada um concentrava seus problemas em uma área, ou em várias. No final do dia, todo mundo precisava lidar com suas inseguranças, mesmo que elas não fossem as mesmas.

Quando a banda anunciou a última música, eu comecei a balançar ao som de "Puro Êxtase", do Barão Vermelho, aproveitando aquela noite que havia sido mais longa que eu tinha previsto. Eu não tinha pressa para voltar para casa. Minhas amigas poderiam se divertir do jeito que escolheram, mas eu desfrutaria o tempo que me restava por conta própria.

♪ *Toda brincadeira, não devia ter hora para acabar*
Toda quarta feira ela sai sem pressa pra voltar
Esmalte vermelho, tinta no cabelo
Os pés no salto alto, cheios de desejo
Vontade de dançar até o amanhecer
Ela está suada, pronta pra se derreter![4] ♪

---

[4]   Puro Êxtase – Barão Vermelho

13

Às quatro da manhã, Pilar e eu nos esgueiramos pela sala, tentando chegar ao meu quarto sem acordar ninguém. Estávamos tão cansadas que dormimos sem nem tirar a maquiagem e, no que pareceu um piscar de olhos, a minha mãe nos acordava aos berros, dizendo que se não levantássemos em dois segundos o mundo iria explodir e eu perderia o casamento da minha irmã.

Certo, ela não disse isso. Mas foi *quase*.

Enquanto Pilar permanecia dormindo como uma pedra, eu me arrastei até o banheiro e quase caí para trás quando vi meu reflexo no espelho. Meu cabelo estava grudado na testa, a maquiagem borrada e olheiras gigantes pela noite mal dormida. Eu estava nojenta e meu corpo um caco, como se um trator tivesse passado por cima de mim!

Depois de um bom banho, fui até a cozinha, onde meu pai estava sozinho, tomando café da manhã.

— Onde mamãe está? — Perguntei, roubando um biscoito da cestinha à frente dele.

— Ela saiu correndo pra buscar alguma coisa que ficou faltando, disse que ia passar no salão de festas pra conferir como estava a decoração e depois vai pro hotel encontrar sua irmã. Ela disse que se até às três da tarde você não estiver lá, vem te buscar pelos cabelos — contou papai, rindo.

Mamãe estava tão nervosa quanto Melissa, talvez até mais. Podia apostar que a ameaça era supersséria, embora ainda tivesse tempo. Agora, quanto mais pensava no casamento, mais ansiosa ficava. Minha irmã se casaria em poucas horas, mal podia acreditar! Sabia o tanto que Melissa havia sonhado com aquele momento, era impossível não se alegrar por ela.

Enquanto eu tomava café, papai continuou a falar:

— Quando foi que vocês duas cresceram tanto? — Seu Oscar me olhou, como se me *enxergasse* pela primeira vez em muito tempo, como se aquela criança que eu costumava ser desse lugar para uma menina que estava tentando se transformar em uma mulher adulta. — Você e a Melissa não são mais minhas menininhas. Não que vocês um dia vão deixar de ser, mas... olha só! Você já resolve seus problemas, sai do país sozinha e se vira por conta própria, chega de madrugada em casa depois de sair com as amigas... Daqui a pouco vai começar a autoescola, aprender a dirigir, entrar numa faculdade. Os mesmos passos da sua irmã, que hoje vai se casar e formar sua própria família. Agora me peguei pensando se no futuro de vocês ainda existe espaço para esse velho pai – comentou, choroso.

– Papai, nós só estamos crescendo. Nunca vamos deixar de ser suas filhas e você vai ser nosso pai pra sempre – respondi, com ternura. Meu pai era um homem reservado, que poucas vezes deixava seu sentimento transparecer através de palavras, mas nunca duvidei do quanto ele me amava, assim como minha mãe. Do jeito louco de cada um, eles sempre tentaram fazer o melhor por mim e pela minha irmã.

– Mas agora não sou o primeiro para quem vocês pedem socorro quando se machucam.

– Não importa, pois para mim você sempre será meu herói – falei, levantando da minha cadeira para abraçá-lo. – E hoje meu herói vai guiar minha irmã em um dos dias mais importantes da vida dela. Tenho certeza que ela não poderia desejar um apoio melhor.

Antes que papai lacrimejasse, soprei um beijo e saí da cozinha, deixando-o lidar com as próprias emoções que somente um dia como aquele poderia proporcionar.

▶ ||

Ao mesmo tempo que a cabeleireira escovava meu cabelo e a manicure fazia minhas unhas, eu falava sem parar em direção a Pilar, que também estava sendo torturada por uma cabeleireira. Odiava salões de beleza. Aproveitei o tempo para contar todos os detalhes da minha conversa com Arthur, já que ela ficou bem ocupada depois que voltei (assim como Nina, as duas me deixaram na pista, *literalmente*).

– Então quer dizer que depois de todo drama, vocês *ainda* não se acertaram? – Pilar resumiu a história. – Sinceramente, vocês dois são complicados demais para que eu entenda.

Bufei, mesmo sabendo que era verdade. Nem eu entendia todos os meus conflitos com o Arthur nas duas últimas semanas.

– Não sei como vamos ficar a partir de agora – comentei. – Mas só o tempo pode dizer, não é? Um dia de cada vez, como todo mundo diz. Mas, mudando de assunto... e o menino de ontem?

— Ele tem a melhor pegada da vida, mas se eu disser que esqueci o nome dele, o que você vai dizer? — Perguntou, rindo. — Não me olha com essa cara! O som tava alto demais, não escutei. Acho que é João Paulo ou Pedro Paulo ou sei lá. Eu tenho a impressão que tinha Paulo, mas posso ter ouvido errado. Tanto faz, ele não é meu príncipe encantado. Aliás, nem príncipe de verdade é encantado. Um dia eu encontro alguém que me faça realmente feliz, desse não vou esquecer nunca — respondeu. Em seguida, filosofou: — Costumamos complicar demais o que é para ser fácil, mas, no fim das contas, cada pessoa tem um jeito de ver a vida. Não há certo e errado desde que você não prejudique ninguém no caminho. Pelo menos é o que eu acho.

Pilar tinha razão em muitas coisas, especialmente na parte que dizia que muitas vezes complicamos demais o que é para ser simples — eu era mestra em fazer isso, sempre.

Assim que nossos penteados ficaram prontos, chamei um táxi e seguimos até o hotel onde minha irmã estava terminando de se arrumar e a maquiadora nos esperava. Melissa queria que eu participasse daquelas fotos de *making-of* e a ajudasse a colocar o vestido de noiva.

Vestido, aliás, que era segredo para mim. Depois da confusão com o vídeo, que revelou parte da roupa para a internet inteira ver, minha irmã quis fazer picadinho de Mariana para o jantar e manteve o vestido em segredo — de mim, já que mamãe e a melhor amiga dela a acompanharam em todas as provas do novo modelo. Como se eu fosse repetir o mesmo erro duas vezes!

Ao menos isso serviu para que eu ficasse mais curiosa e ansiosa para ver minha irmã vestida de noiva. Quando o táxi parou na porta do hotel, saí correndo para encontrar mamãe e Melissa, no quarto localizado no quinto andar. Pilar veio atrás, carregando seu vestido num cabide e as sandálias na outra mão. Pelo menos minha mãe tinha levado meu vestido para o hotel, assim não precisava carregá-lo para cima e para baixo.

Ao abrir a porta, fui recepcionada por uma nuvem de laquê que me fez mergulhar em uma crise de espirros.

— Meu Deus, esse penteado não vai se desfazer nem daqui a cem anos! — Exclamei ao entrar no quarto.

Melissa estava sentada, digitando freneticamente no celular, enquanto o fotógrafo registrava cada detalhe da maquiagem e da finalização do penteado. Enquanto o tempo passava, fazíamos pose, ríamos e aproveitávamos aqueles minutos preciosos em companhia uma da outra. Os registros seriam no futuro as memórias de um dos dias mais especiais na vida da minha irmã, estava feliz por estar presente naquelas imagens.

— Posso fazer um vlog? — Implorei. — Só vai ao ar depois do casamento mesmo. Por favor!

Após muita insistência, Melissa concordou. Ela ainda estava um pouco traumatizada depois do viral no fim do ano passado, mesmo que a fama instantânea a tivesse ajudado a ter o casamento dos sonhos. O melhor de tudo foi que o pessoal que estava registrando os bastidores da preparação nos ajudou! Com o tempo, Mel até esqueceu que estava sendo filmada e relaxou.

Depois de maquiada, Pilar me ajudou a fechar meu vestido azul, inspirado no modelo usado por Grace Kelly em um dos seus filmes. Modéstia lá longe, eu estava maravilhosa e queria ver o queixo do Arthur tombar quando me visse.

— Pronto, terminei tudo — avisou o maquiador, liberando Melissa da cadeira. — Nunca vi uma noiva tão linda! — Exclamou ele. — Você tem a pele perfeita, garota. Tá um arraso.

Melissa deu um tapinha no ombro dele e riu.

— Você diz isso para todas — implicou, mas sabia que por dentro ela estava inflando de emoção. — E o tanto que gastei na dermatologista para minha pele estar lisinha no casamento tinha que valer alguma coisa!

Rebeca surgiu, sabe-se lá de onde, vestida também em um longo azul-marinho — que minha irmã havia estipulado como a cor oficial das madrinhas, para ter "uniformidade no altar" — e chamou nossa atenção.

— Linda sempre esteve, não sou amiga de gente feia. Mas agora a mocinha tem que se vestir, senão vai se atrasar e ela não quer dar a chance para o Mateus fugir do altar — comentou.

Aquilo acendeu um alerta-paranoia na minha irmã, que se levantou abruptamente.

— Ó meu Deus, você acha que ele pode fugir? — Perguntou, nitidamente preocupada com a possibilidade. Todos nós rimos, pois se tínhamos certeza de uma coisa, era que Melissa e Mateus foram feitos um para o outro, era impossível que ele desistisse daquele casamento, que era um sonho dos dois.

— Não viaja, Mel — falei. — É mais provável *você* fugir assustada e ele ir te buscar com medo de te perder pra sempre. O Mateus te ama e vocês vão ter o casamento mais lindo de todos e vão ser uma família muito feliz, forte e sólida como a que você cresceu. Tenho certeza disso.

Os olhos dela brilharam assim que disse aquilo. Para nós duas, o casamento dos nossos pais era um exemplo. Sabia que nem todos os meus amigos tinham aquela sorte de viver em uma família tranquila, mas precisava sempre agradecer a Deus por isso. Mesmo com desentendimentos ocasionais, nossos pais sempre foram um casal sólido, que se apoiava mutuamente. Foram raríssimas as vezes que os ouvi gritarem um com o outro e nunca presenciei uma vez que tenham faltado com respeito. Talvez eles só escondessem muito bem, mas era impossível disfarçar por tantos anos. E ninguém fingia aquele olhar apaixonado que mantinham um pelo outro até hoje.

Mamãe apareceu nesse instante, segurando o vestido da minha irmã com a ajuda da Rebeca. Pilar vinha logo atrás, carregando a caixa onde estava o véu e os sapatos.

Delicadamente, elas tiraram o vestido da capa que o protegia e penduraram na janela, para que o fotógrafo pudesse registrar algumas imagens. Era o mais lindo que eu já tinha visto, parecia saído de um sonho e combinava muito mais com minha irmã que o antigo modelo escolhido.

A saia de tule e salpicada de pérolas era rodada, como um vestido de princesa, totalmente delicada e leve. No tronco, as pérolas criavam um belo bordado por cima de renda, arrematado por um cinto de cetim e uma fivela de cristais. O colo era coberto por um tecido transparente, com pequenas pérolas que pareciam aplicadas na própria pele de quem o vestia, e a transparência e os bordados continuavam nas costas, onde o cinto se transformava em um laçarote. Nada combinava mais com Melissa do que aquilo.

Mamãe e Rebeca ajudaram-na a vestir-se, eu fiquei encarregada por fechar o traje. Abotoei as costas da roupa com cautela, como se fosse um ritual de passagem. Ao colocar a última pérola na última casa, meus olhos se encheram de lágrimas.

A cabeleireira prendeu o longo véu no cabelo da minha irmã, dando o toque final.

Ela estava pronta para realizar um dos seus maiores sonhos, eu estava mais feliz do que nunca.

14

— Eu, Mateus, aceito você, Melissa, como minha esposa. Não sou bom com palavras, quem vive disso é você, mas eu sei que de agora em diante somos um só. Seus problemas serão meus, assim como dúvidas, conquistas e sonhos. Quero trilhar meu caminho ao seu lado e ser seu suporte, da mesma forma que você sempre foi o meu. A única certeza que tenho sobre meu futuro é que quero envelhecer ao seu lado, ser fiel e estar com você até que a morte nos separe.

Ao dizer essas palavras, Mateus colocou a aliança no dedo esquerdo de Melissa, que provavelmente não conseguiu enxergar nada daquele gesto, com a visão borrada por tantas lágrimas de alegria.

"Chorona" era um adjetivo que cabia bem à minha irmã e ao restante da família Prudente, pois, ao olhar para os lados, vi que todos estavam mergulhando em lágrimas — papai precisou estender um lenço à minha mãe, que soluçava. Tinha certeza que em nosso DNA havia alguma coisa que nos fazia produzir mais lágrimas que outros seres humanos normais! Até minha avó, sentada no primeiro banco da igreja, chorava sem parar. Sorte a minha que a maquiagem era a prova d'água ou estaria completamente desmantelada naquele instante.

Não queria puxar saco só por ser casamento da minha irmã, mas tinha certeza que aquela era a cerimônia mais linda que já havia visto em toda minha vida. Melissa estava radiante, assim como Mateus, e a atmosfera de amor e carinho contagiava a todos, nos transportando um pouco para aquela história de amor, pelo privilégio que tivemos de dividi-la com os dois. Eu estava totalmente emocionada.

Durante a cerimônia não reparei em mais nada além dos dois, mas assim que cruzamos a nave na saída, procurei o rosto do Arthur entre os convidados. Só encontrei Nina e Pilar, que estavam uma ao lado da outra, esperando do lado de fora da igreja.

— Vocês viram o Arthur?

— Mari, não se preocupa com isso agora — pediu Nina. — A igreja está cheia e a gente estava lá na frente, nem prestamos atenção.

— Se ele não veio, vai se ver comigo e...

Mal consegui terminar minha frase, pois meus olhos foram cobertos por um par de mãos masculinas. Suspirei, aliviada, pois reconheceria aquelas mãos em qualquer lugar. Era o Arthur, ele havia cumprido a promessa.

Ao me virar, dei de cara com uma imagem que aqueceu meu coração. Seu lindo sorriso com covinhas sempre me deixava suspirando, mesmo em dias como aquele, onde não tinha muita certeza sobre nós dois. Ele estava usando um terno cinza escuro, que o deixava muito mais bonito – e *sexy* – que as roupas casuais que costumava vestir no dia a dia.

– É uma pena que eu esteja aqui e você não possa cumprir sua ameaça – disse, beijando minha testa em seguida. Ele se aproximou da minha orelha e sussurrou: – Eu disse que iria provar que merecia você.

Era incrível como Arthur tinha a habilidade de me deixar desconcertada – ou me deixar sem saber o que fazer, o que também acontecia com frequência. Aquele sussurro fez meu corpo arrepiar, tanto pela proximidade quanto pelo tom de voz, que parecia na medida para que minhas pernas bambeassem.

– Não é só isso que você precisa fazer – respondi, recuperando a compostura.

Ele se afastou, mas manteve a mão ao redor da minha cintura. Estendeu a mão livre para Nina, cumprimentando-a.

– Olá, Nina. Que bom ver você de novo. – Nina deu um sorriso desconfiado. Ela estava com os dois pés atrás no que dizia respeito a Arthur. – E você deve ser a Pilar. A Mari sempre falava sobre você enquanto estava no intercâmbio.

Arrisquei olhar para Nina, certificando-me que aquele comentário não a deixaria com ciúmes, mas ela parecia bem. Arthur chegou um pouco para frente, adiantando-se para saudar Pilar com o típico cumprimento de dois beijinhos, mas foi deixado no vácuo no segundo. Nina, Pilar e eu rimos.

– Isso sempre acontece – falei. – Em BH é um só.

– Sempre me disseram que em Minas dão três beijinhos. Me enganaram esse tempo todo? – Arthur quis saber, puxando-me mais para perto dele.

– "Três para casar" – disse Pilar, fazendo aspas com os dedos. – Só fazem isso quando querem ficar com você. É um saco, contato demais – completou, o que nos fez rir mais um pouco, descontraindo o ambiente.

Arthur estava com o carro, então avisei meus pais e nós quatro fomos para o salão.

Assim como o vestido da minha irmã parecia ideal para um conto de fadas, a decoração da festa também havia saído diretamente de um sonho.

Com muitas flores, velas e luzes indiretas, o clima era aconchegante. Melissa e Mateus chegaram pouco depois e foram recebidos por uma chuva de pétalas, tudo em clima de superprodução. Era lógico que minha mãe não teria dinheiro para pagar meu intercâmbio, acho que o tanto que gastaram naquela noite valia por umas cem viagens! Mas estava tão lindo e requintado que nem me importei, pois, no fim, tanto eu quanto minha irmã realizamos nossos sonhos.

Após o jantar (não sabia como me virar com todos aqueles talheres) e das fotos oficiais (na quinta fotografia minhas bochechas já estavam doendo de tanto sorrir), os noivos convidaram todos os presentes para assistirem sua primeira dança. O que Melissa e nenhum outro convidado esperava era que trariam um violão para o Mateus, que sentou-se num banquinho no meio da pista de dança. Quando todos estavam próximos, ele falou no microfone que alguém da equipe de som havia montado para ele:

– Há quase dois anos, eu cantei essa música para a mulher da minha vida. Demoramos muito tempo para descobrir que aquele amor que sentíamos um pelo outro era mais que cuidado ou amizade. Ainda bem que descobrimos a tempo de escrever nossa história, que é a mais linda que eu poderia pedir. Tenho sorte de amar minha melhor amiga e saber que vou dividir com ela todas as alegrias e tristezas pelo resto da minha vida. Eu te amo, Melissa.

Ele começou a tocar "Lucky", uma canção que o Jason Marz cantava com a Colbie Caillat, uma das cantoras preferidas da minha irmã. A mesma que usou para demonstrar seus sentimentos pela Melissa quando a pediu em namoro dois anos antes.

Só os dois que não conseguiam enxergar que tinham sido feitos um para o outro, pois o mundo inteiro já via aquilo há *muito* tempo!

♪ *Though the breezes through the trees*
Move so pretty, you're all I see
As the world keeps spinning round
You hold me right here right now[5] ♪

Melissa se juntou a ele no microfone para cantar junto e, ao final da música, todos os convidados estavam envolvidos e emocionados com aquele sentimento tão bonito. Era possível sentir no ar que eles formavam um par perfeito.

Mesmo que cada pessoa seja inteira por si só e ninguém precise de outro para ser completo; mesmo que não haja uma forma que crie pessoas sob medida para nós, sempre existe a sensação de que há alguém no mundo que vai nos fazer

---

[5] Embora a brisa através das árvores / As mova com tanta beleza, você é tudo que eu vejo / Enquanto o mundo continua a girar / Você me mantém aqui, agora

mais felizes, compreendendo exatamente o que queremos dizer. Melissa havia encontrado no Mateus aquela pessoa e era maravilhoso de se ver.

    Os braços de Arthur me enlaçaram assim que os noivos começaram a dançar, me puxando para uma dança também. Embora um pouco desajeitada, me deixei levar pelo ritmo, sentindo o coração dele bater forte enquanto estávamos abraçados.

    Encostei minha cabeça em seu peito, aproveitando o momento. Os braços de Arthur me seguravam com tanta firmeza que me lembraram o principal motivo que me fez confiar nele, desde que o conheci. Desde o primeiro momento, ele me transmitia isso, algo que não havia sentido em todo tempo que namorei Eduardo.

    Embora fôssemos tão diferentes um do outro, havia algo em Arthur que nos tornava próximos. Talvez nossos corações quebrados tivessem nos unido e eu sabia que mesmo que nossa história não tivesse um final feliz, nós fizemos diferença na vida um do outro.

    O perfume de Arthur me contagiava, seus braços me guiavam não apenas na dança, mas em sonho.

    Eu não tinha nenhuma certeza do futuro, mas naquele momento eu sabia que não queria deixar aquele abraço tão cedo. Arthur poderia não ser a pessoa com quem compartilharia a vida inteira, mas era meu presente, alguém com quem eu havia dividido meus segredos e quem me ouviu quando ninguém mais parecia disposto. Isso era o suficiente para que eu valorizasse cada tentativa de perdão.

    Isso e o beijo arrebatador que ele me deu assim que a canção terminou.

15

Na manhã seguinte ao casamento da minha irmã, tentei ligar para Nina, mas ela não me atendia. Assim que minha terceira tentativa foi frustrada, Pilar tirou o celular das minhas mãos e tentou me acalmar.

– Talvez ela esteja dormindo ainda – tranquilizou-me. – Ela deve estar cansada. Você deveria estar fazendo o mesmo. Aliás, nós duas. Eu estou quase capotando de sono.

Olhei para o relógio, que marcava dez da manhã. Eu também estava sonolenta, já que duas noites seguidas dançando eram além do que eu era capaz de aguentar (nunca serviria para frequentar festas todos os finais de semana), mas conseguir falar com a Nina era mais importante que dormir.

Ela saiu mais cedo na noite anterior, pois estava se sentindo mal. Enquanto não estava ocupada com Arthur, mantive meus olhos bem atentos à Nina, e pelo que pude constatar, ela não havia comido nada, nem mesmo um canapé ou um docinho. Aquele era seu último dia em casa, já que à noite viajaria para São Paulo, rumo ao primeiro dia de aula na USP. Tinha meus motivos para ficar preocupada.

– Você viu se ela comeu alguma coisa? – Perguntei para Pilar, levando minhas unhas à boca. Estava ansiosa.

– Perdão, Mari, eu não reparei – confessou. – Ela tem problemas, né? Com comida?

Balancei a cabeça, confirmando. Qualquer um repararia que aquela magreza excessiva não era apenas genética, mas doença, já que a aparência da Nina era sempre cansada, mesmo que tivesse melhorado um pouco.

– Estou preocupada – confessei. – Ela saiu de lá passando mal e não deu sinal de vida depois.

Nós duas havíamos levado-a até o táxi, nos certificando que o taxista a deixaria em casa, em segurança. Ainda assim, não conseguia relaxar.

– Mari, tenho certeza que ela chegou bem. Mais tarde você liga. Como eu disse, ela deve estar descansando e todo mundo na casa dela provavelmente está ocupado, já que ela vai para São Paulo hoje à noite. Não foi isso que você disse?

Balancei a cabeça, concordando, embora fosse difícil não pensar que da próxima vez que a Nina se sentisse mal, ela estaria sozinha, em uma cidade nova, e não haveria ninguém para zelar por ela. O que seria da minha melhor amiga em São Paulo e como me certificaria que ela estava bem? Aquele pensamento me preocupou, mas sabia que a partir de hoje, Nina precisaria ser mais responsável pelas próprias atitudes. Nem tudo no mundo estava sob meu controle, só me restava orar e pedir que ela ficasse bem o máximo possível.

Com essas ideias em mente, me permiti cochilar de novo, aproveitando o sono que me restava, só para ser acordada minutos depois pelo toque do meu celular. Era Melissa. Ela não deveria estar em lua-de-mel?

— Por que você está me ligando, sua doida?

— Bom dia para você também, Mariana. Dormiu bem? Comeu todos os bem-casados que sobraram? Se você acabou com os docinhos que mamãe separou, eu te mato! Ela prometeu deixar guardado na geladeira até eu voltar e…

— Melissa, você não tinha que embarcar num avião daqui a pouquinho pra ser feliz lá em Paris? – Perguntei. Se eu estivesse em lua-de-mel, a última coisa que faria era ligar pra minha irmã na manhã seguinte ao meu casamento.

— Eu esqueci meu passaporte em casa! – Disse, deixando transparecer o pânico em sua voz. – Se alguém não der um jeito de aparecer no aeroporto em 50 minutos, meu sonho de lua-de-mel estará destruído em picadinhos – dramatizou. Não acredito! Só a Mel para fazer uma dessas. – Estou tentando ligar para mamãe, mas ela não atende o celular e o telefone de casa só dá ocupado.

— Mamãe e papai estão *mortos* na cama. Não mortos, mas você entendeu. Vou falar com eles, espera. Como você faz uma coisa dessas, Melissa?

— Corre, Mariana! Agora só tenho 48 minutos, anda – pediu minha irmã, desesperada.

Levantei da cama, com Pilar me olhando com uma grande interrogação na cabeça. Tapei o microfone do celular e disse *Nem pergunte*, para que minha irmã não escutasse. Ao abrir a porta do quarto dos meus pais, me deparei com papai roncando e mamãe quase caindo da cama.

— Mãe, mãe, mãe… acorda, mamãe! Melissa está com um problema.

— Hein?

Mamãe acordou, meio grogue, mas apenas joguei o celular na mão dela e deixei que ela lidasse com a confusão.

Suas filhas até podiam casar e sair de casa, mas sempre correriam para o seu colo quando alguma coisa desse errado. Só que a Mel foi mais rápida do que eu havia previsto!

▶ ||

Mesmo com o desespero, tudo se ajeitou. Por um milagre, meus pais conseguiram chegar a tempo no aeroporto e entregar o passaporte para Melissa, que partiu com o marido rumo a cidade luz, uma cortesia dos convidados do casamento. Em vez de pedirem presentes, Melissa e Mateus optaram por cotas de viagem, onde cada convidado doava uma quantia para colaborar com a lua-de-mel dos pombinhos, que saiu bem em conta para os dois.

Era dia de todos partirem. Além da minha irmã, Pilar estava arrumando as malas para voltar a Belo Horizonte e Carina seguiria para sua nova vida em São Paulo. Enquanto ajudava Pilar a dobrar as roupas e colocá-las na mala, lembrei de nós duas fazendo praticamente o mesmo em Toronto, antes de seguirmos para nossos últimos dias de viagem em Nova York e depois para casa.

Aparentemente Pilar estava lembrando da mesma coisa, já que ao fechar a mala sem dificuldades, comentou:

– Pelo menos dessa vez não precisamos sentar em cima.

Nós enchemos nossas malas com tantas tralhas e lembrancinhas em Toronto – isso para não comentar Nova York, onde perdemos completamente a linha fazendo compras – que fechar a bagagem foi uma missão impossível, quase cena de um filme de comédia. Eu sentiria muita falta da Pilar, pois havia me acostumado à sua presença quase diária e o tempo que passamos separadas entre o retorno do intercâmbio e a visita dela foi bem curto.

Ao perceber minha expressão, Pilar se levantou e me abraçou.

– Que dia mesmo você vai participar da feira em BH? – Ela quis saber, ainda me abraçando.

– Mês que vem – respondi. – Pelo menos você tem um dia para me ver de novo, isso é, se você lembrar de mim até lá.

– É impossível esquecer de você, Mari. Sua amizade foi a melhor coisa que esse intercâmbio me trouxe – disse.

– Mentira, a gente sabe que a melhor coisa do intercâmbio foi seu iPhone novinho comprado pela metade do preço!

– Idiota, não se pode nem elogiar – falou, me dando um tapinha no ombro.
– Foi muito bom passar esse fim de semana aqui.

– Eu adorei que você veio. Minha casa sempre vai estar aberta, você sabe disso.

— Não oferece que eu vou abusar! Da próxima vez quero ir pra praia e você vai comigo, mocinha, não quero nem saber. Ninguém vai acreditar quando chegar em BH e disser que não fui pra praia um diazinho sequer.

Seguimos para o estacionamento, onde papai nos esperava no carro. Pobre coitado, teria que cruzar a ponte Rio-Niterói duas vezes naquele dia!

No caminho para o aeroporto, Nina mandou uma mensagem, dizendo que estava tudo bem e que estava saindo de casa para pegar o avião. Confirmei o local: Santos Dumont, o mesmo aeroporto de onde a aeronave que levaria Pilar de volta para casa partiria. Ao menos poderia dar um último abraço na minha melhor amiga antes que ela fosse embora.

— Pai, você não vai sair do carro? — Perguntei, assim que chegamos no aeroporto.

— Não, Maricota. Vou ficar aqui mesmo, ouvindo jogo e esperando você. Vascão tá jogando! — Exclamou, aumentando o som do rádio. — Não se preocupe, pode se despedir da sua amiga com calma.

Nunca entendi a paixão do meu pai e da minha irmã por futebol, um tema que pouco me interessava, tirando Copa do Mundo (onde o que realmente prendia minha atenção eram as seleções da Espanha e Itália).

— O senhor gosta de futebol, seu Oscar? — Perguntou Pilar, que era fanática pelo Atlético Mineiro.

— Gosto sim, Pilar. A Mariana é a única lá de casa que não gosta — acusou ele. – A Melissa gosta também, mas acho que é mais pra impressionar o namorado... ops, marido.

— Deixa ela te escutar falando isso pro senhor ver só — respondi, defendendo minha irmã, sabendo que ela ficaria irritadíssima se meu pai achasse que a paixão dela pelo esporte tinha intenção de encantar alguém.

— Pra que time ela torce? — Pilar quis saber.

— Vasco da Gama, óbvio – respondeu papai, como se qualquer outra resposta fosse inadmissível lá em casa. Odiar futebol tudo bem, mas torcer para outro time (especialmente o Flamengo), jamais.

— Pena que vocês não sabem escolher o que é realmente bom, né.

— Você torce para qual time, Pilar? — Perguntou meu pai, curioso.

— Pro Galo, óbvio. Melhor de Minas Gerais – disse ela, inflando o peito. Meu pai abafou uma risadinha, certamente pensando em alguma piada para fazer sobre o Cruzeiro, mas preferiu não arriscar. Acho que ele percebeu que quando o assunto era futebol, Pilar levava bastante a sério, e ele não queria transformar minha amiga em uma inimiga para ele.

— Boa viagem, Pilar.

— Obrigada, seu Oscar. E bom jogo, só cuidado para não cair de novo — falou, rindo, arrastando a mala pelo estacionamento e deixando meu pai para trás, contrariado.

▶ ||

Aos fins de semana, o aeroporto Santos Dumont tinha uma atmosfera diferente daquela que era possível encontrar durante os dias úteis. Os engravatados carregando suas mochilas de rodinhas davam lugar às famílias que tinham passado o fim de semana na cidade maravilhosa, a passeio ou visitando seus parentes.

Logo que Pilar fez o *check-in* e despachou as malas, subimos para o segundo piso, onde ficava o portão de embarque e algumas lanchonetes. Quando chegamos lá, avistamos Nina sentada ao lado dos pais, em uma das mesas da pequena praça de alimentação, próxima ao portão de embarque. Reparei que enquanto os pais dela comiam uma pizza, Nina bebia apenas uma garrafa d'água. Me aproximei lembrando que não era um momento para sermões.

— Olá — disse, com um aceno, cumprimentando todos na mesa. Nina se levantou para me dar um abraço e um beijo.

— Você veio! — Ela exclamou. — Pensei que não ia te ver mais.

— Nem que o voo da Pilar fosse pela manhã e ninguém se voluntariasse a me trazer aqui de volta eu deixaria de vir. Dormiria no aeroporto por você, magrela — afirmei, abraçando-a com firmeza.

Nina era tão frágil que parecia prestes a quebrar apenas com um abraço. Como sobreviveria àquela selva de pedra se não era capaz de vencer uma luta contra o próprio cérebro?

— Está melhor, Nina? — Mas não fui eu a questionar, sim Pilar.

— Estou sim, obrigada — respondeu Nina, em voz baixa, como se não quisesse ser ouvida. As anteninhas sempre atentas de Patrícia captaram a frase — ou melhor, quase sempre, já que não detectaram a presença do inimigo na vida da Nina como deveria.

— Melhor de que, minha filha?

— Ah, mamãe, só senti uma dorzinha de cabeça ontem no casamento, então voltei para casa um pouco mais cedo. Mas era só sono — falou minha amiga, em uma voz tranquilizadora. A nós duas ela lançou um olhar que significava "não me desmintam".

Pilar me olhou, como se perguntasse se havia feito algo de errado. Eu dei de ombros, pois preferia mil vezes que a mãe da minha melhor amiga finalmente tivesse a verdade esfregada em sua cara, antes que fosse tarde demais, mas infelizmente contar não cabia a mim. Não queria me meter tanto nesse assunto, mesmo sabendo que talvez fosse a única solução. Nina havia deixado bem claro que não queria minha opinião.

Pelos alto falantes, anunciaram o voo da Pilar e, segundos depois, o da Nina. As duas se levantaram de pronto, me abraçaram e se despediram. Cada uma partindo para um lugar, enquanto eu continuava no mesmo.

Abracei minhas amigas. Pilar, com a certeza de que a veria em algumas semanas, mas Nina, sem saber quando teria chances de revê-la e me questionando como cuidaria dela a distância.

Quando as duas cruzaram o portão de embarque, não pude deixar de ficar triste ao ver minhas únicas amigas irem para bem longe de mim.

16

O único caminho que fiz nos dias que se seguiram foi o trajeto entre minha casa e o cursinho pré-vestibular. Eu me sentia presa no mesmo lugar, enquanto as mensagens que recebia da Nina mostravam que em São Paulo a vida era completamente o oposto. Nos primeiros dias na universidade, Nina já havia participado de um trote solidário, saído depois da aula com os outros calouros e conhecido novas pessoas. Eu, por outro lado, continuava revendo conceitos de biologia que estudei durante todo o Ensino Médio, que só serviram para me lembrar o quão burra eu era, por não conseguir que nenhum deles entrasse na minha cabeça, mesmo após vê-los tantas vezes.

Na internet, a rotina também não havia mudado: entre meus estudos, postava e editava alguns vídeos, revia comentários e anotava ideias futuras. Arthur entrava em contato todos os dias, mandando mensagens ou até mesmo me buscando no cursinho para tomar um lanche depois da aula. Dia após dia, tentávamos nos acertar dentro daquela confusão que nossas vidas tinham se tornado e percebi que tínhamos muitas chances que o futuro desse certo.

Faltava pouco mais de dois meses até a primeira fase do vestibular da estadual e ainda não tinha certeza se me candidataria. Não havia Publicidade & Propaganda entre as opções, apenas Jornalismo e Relações Públicas, e havia descoberto que não queria nenhum dos dois. Estava na lista de espera para a reclassificação no segundo semestre, ainda no vestibular que tinha prestado no ano anterior, mas Design Gráfico não parecia tão tentador quanto antes.

Eu não fazia a mínima ideia do que fazer da vida!

Enquanto me desesperava com isso, mordiscando a ponta da caneta, meu celular começou a vibrar. Na tela, indicava que o número era desconhecido, mas desde que tinha entrado nessa vida de internet, sabia que chamadas vindas de números desconhecidos não eram apenas trote, muitas vezes podiam significar boas notícias. Muitas empresas ocultavam seus números na hora de fazer uma ligação.

Atendi o celular e percebi que estava certa: era Fernanda, a repórter da *SuperTeens* que havia me ajudado com a matéria sobre o meu intercâmbio.

— Oi, Fê, tudo bem? — Perguntei, fazendo a íntima, assim que ela se identificou do outro lado da linha. — O que você conta de bom?

— Mari, as meninas adoraram sua matéria. Choveu e-mails e *tweets* aqui na redação — disse ela, orgulhosa. — Daqui a pouco vão querer me demitir e colocar você no lugar — completou, brincando comigo.

— Não exagera! — Falei, sentindo minhas bochechas queimarem, mesmo estando protegida pelo celular. Se fosse pessoalmente, já teria morrido de tanta vergonha.

— Não estou exagerando! Mas não foi pra isso que liguei — respondeu. — Estou com convites para uma festa da *SuperTeens* que vai rolar aí no Rio amanhã. Separei um par pra você, quer participar? É um evento fechado, só pra artistas e patrocinadores, pra comemorar o aniversário da revista. Nossa vlogger favorita não poderia faltar.

Sabia que provavelmente só estava sendo convidada por que alguma estrela global havia desistido no meio do caminho, já que estava em cima da hora. Ainda assim, concordei prontamente.

— Ótimo, vai ser o máximo te ver amanhã! Tenho outras notícias boas também: a Italia Rossi se ofereceu pra aprontar você e alguns dos nossos patrocinadores vão vestir as celebridades convidadas — explicou. — A roupa será emprestada, mas amanhã de manhã você tem que estar no endereço que vou te passar pra escolher o vestido e depois ir pro salão da Italia. Aí você grava um vídeo dessa preparação. Vamos lançar também uma linha de maquiagens da revista, aí a gente pode ver um sorteio pras meninas que te seguem. O que você acha?

— Acho o máximo! Mas eu vou ganhar um desses também, né?

— Óbvio, Mari. Estamos combinadas?

Se estava combinado? Eu queria gritar por dentro! Meu sonho sempre foi ir a um evento desses e agora eu não só estava na lista de convidados, mas me aprontaria em um dos melhores salões de beleza do estado. E ainda ganharia presentes!

Ao desligar o telefone, tive vontade de sair pulando pela casa. Minutos antes, minha vida parecia a mais entediante de todas, agora iria para uma festa repleta de celebridades — e me consideravam uma! —, como se fosse uma atriz ou alguém importante, não uma menina que fazia vídeos dentro de casa.

Minha primeira reação foi digitar uma mensagem para informar a Nina sobre a novidade e convidá-la para ir comigo, mas então lembrei que ela não poderia me acompanhar. Tinha certeza de que ela se divertiria tanto quanto eu no meio de tantas pessoas que éramos fãs, mas agora teria que viver aquele momento sozinha — ou melhor, com o Arthur, que não entenderia metade da minha empolgação.

Ainda assim, criei uma conversa em grupo no Facebook com a Nina e a Pilar.

Nina, Pilar

Mari: Vocês têm três chances de descobrir o que vou fazer amanhã.

Pilar: Dormir. É o que eu vou fazer. Nada melhor que dormir.

Mari: Não ¬¬

Nina: O Arthur vai te levar pra um jantar romântico? *___*

Mari: Também não! As coisas entre a gente estão melhorando, mas ainda não chegamos nesse ponto. Mais uma tentativa!

Pilar: Você vai aprender dança do ventre pra seduzir o Arthur e consertar as coisas entre os dois de vez..

Mari: Estou falando sério, Pilar. Aff, não dá pra brincar com vocês duas! Acabaram as chances u.u

Nina: Ah, não! Injusto, eu estava levando a sério, a Pilar que não sabe brincar.

Pilar: Ei, eu sei sim! Hmpf.

Nina: Aham, até parece (y)

Pilar: Mari, pare de enrolar e conte logo!

Escreva uma mensagem

Nina, Pilar

Mari: Não sei se vocês estão merecendo minhas confissões.

Nina: Mariana Sant'Anna Prudente, se você não falar agora, você vai se ver comigo! Pare de charminho.

Mari: Ui, ela falou o nome todo, está brava.
Ok, vou contar.
Mas não morram de ciúmes, ok?

Nina: CONTA LOGO!

Pilar: CONTA LOGO!

Mari: Tá bem! Tá bem! Lá vai, hein?

Pilar: Já falou ou tá difícil? ¬¬

Mari: Assim não dá, vocês ficam cortando o clima.

Nina: Fica quieta, Pilar, deixa ela contar logo senão vou morrer de curiosidade.

Mari: Agora sim! Se segurem na cadeira para não caírem pra trás!
EU VOU NA FESTA DE DEZ ANOS DA SUPERTEENS!

Pilar: OMG NÃO ACREDITO!
Vi que um dos jogadores da seleção vai estar por lá, tira uma foto com ele POR FAVOR, MARIANA. POR MIM!

Nina: Não tira foto só dele, TIRA FOTO DE TUDO. Conta cada detalhe pra gente, eu quero acompanhar CADA DETALHE. NÃO ACREDITO QUE NÃO ESTOU AÍ!

Escreva uma mensagem

Elas continuaram a soltar frases empolgadas e distribuir ordens sobre o que eu deveria ou não fazer durante a festa. Aquela era a revista que todas nós lemos durante a adolescência e sempre acompanhamos fotos das festas organizadas por eles em edições anteriores. Em algum momento da vida, sonhamos em ir a uma delas.

A reação das minhas amigas foi mais eufórica do que eu esperava. Pilar ficou empolgadíssima e acho que Nina quase cogitou correr para a rodoviária e pegar o primeiro ônibus com destino ao Rio de Janeiro só para me acompanhar. Ficamos fofocando por horas sobre as celebridades que eu poderia encontrar na festa, especulando sobre a roupa que eu usaria e como seria estar em meio a gente famosa *de verdade*.

Foi Pilar quem me fez refletir como nada daquilo seria possível sem o canal e depois ficamos conversando sobre a loucura que era aquela vida dupla que eu levava. Eu não era famosa de verdade nem vivia em eventos, era uma menina normal, que tentava passar no vestibular, se acertar com o namorado e sobreviver à distância que me separava das minhas melhores amigas. E eu era conhecida por isso, por ser eu mesma.

Aqueles pequenos momentos de glamour, que aconteciam de vez em quando, eram quase uma realidade paralela. Quando eu ligava a câmera no meu quarto, não era por causa dos benefícios que aqueles vídeos podiam me trazer, mas sim pela necessidade que eu tinha de falar em algum lugar. Mas havia fãs, pessoas que se importavam com o que eu dizia e transformavam aquele espaço virtual cada dia mais em uma extensão da minha vida real.

Não era mais possível separar a Mariana de carne e osso daquela que se apresentava em vídeos pela internet.

Nina, Pilar

Pilar: Você sabe que precisa levar esse canal mais a sério, né, Mari?

Mari: Mas eu já levo a sério, Pilar. Você mesma me ensinou um monte de coisas para melhorar a qualidade dos vídeos e interagir mais com quem me assiste.

Nina: Você sabe que ainda não acredito que você é famosa na internet? Quer dizer, não dá pra acreditar que tem gente que é fã da minha melhor amiga!

Mari: Está dizendo que eu não sou uma pessoa legal para que alguém seja meu fã?

Escreva uma mensagem

Nina, Pilar

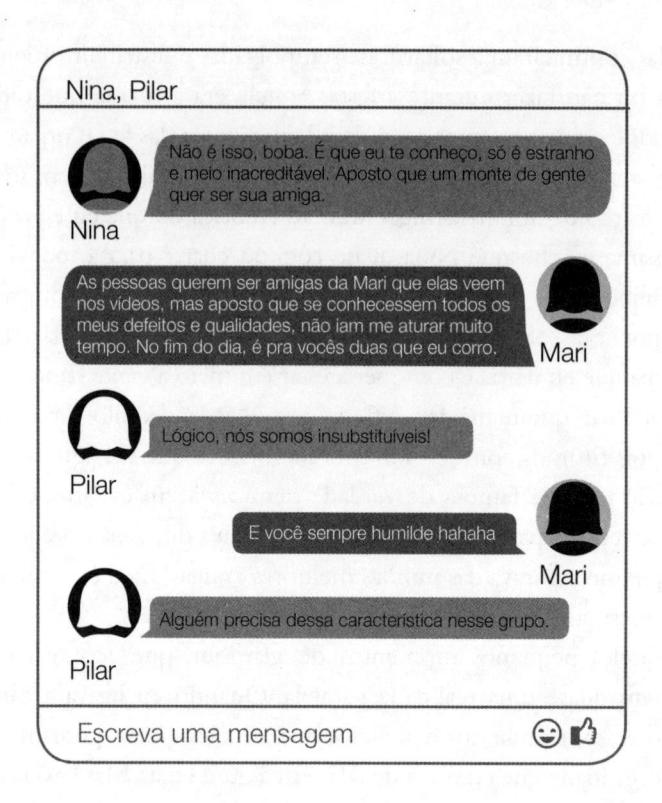

Nina: Não é isso, boba. É que eu te conheço, só é estranho e meio inacreditável. Aposto que um monte de gente quer ser sua amiga.

Mari: As pessoas querem ser amigas da Mari que elas veem nos vídeos, mas aposto que se conhecessem todos os meus defeitos e qualidades, não iam me aturar muito tempo. No fim do dia, é pra vocês duas que eu corro.

Pilar: Lógico, nós somos insubstituíveis!

Mari: E você sempre humilde hahaha

Pilar: Alguém precisa dessa característica nesse grupo.

Escreva uma mensagem

E foi assim que eu percebi que nós havíamos formado um trio. Uma diferente da outra, cada uma precisando lidar com problemas e vidas totalmente diferentes, unidas por uma conexão de internet que nos aproximava apesar da distância. Como sempre, a internet se encarregava de juntar as partes soltas da minha vida e eu era muito grata por isso.

17

Ao chegar na casa noturna onde seria a festa, percebi uma horda de adolescentes parada na porta, gritando para cada artista que descia de um veículo. Arthur e eu chegamos no carro dele, parando na fila de automóveis que esperavam sua vez. Algumas meninas começaram a bater no vidro, mas certamente só estavam eufóricas, sem conseguir distinguir quem estava dentro.

— Isso é surreal — exclamou Arthur, claramente impressionado com a histeria do lado de fora. Eu observava a comoção, admirada.

Estava suando frio. Me abanei com as mãos, tentando não borrar a maquiagem *ma-ra-vi-lho-sa* que a Italia Rossi, uma das maiores maquiadoras do país, tinha feito em mim. Me sentia uma diva de televisão! Registrei cada detalhe da preparação em um vídeo, como havia combinado com a editora da *SuperTeens*. Eu não gravaria nada na festa, já que a revista queria que todos os detalhes do evento fossem publicados no site e na próxima edição da revista.

Não estava arrasando apenas no *make*: meu cabelo estava impecável, assim como o figurino que eu havia escolhido, cortesia de uma marca de roupas chamada Wink. Era um vestido colado ao corpo, preto, com transparência nas costas e mangas curtas. As sandálias pretas eram as mais altas que eu tinha usado na vida! Mais um pouco e eu ficava da altura do meu namorado. Namorado que, aliás, estava lindo de doer.

Arthur saiu primeiro, entregando as chaves do carro para o manobrista. Assim que ele pôs os pés para fora, as meninas berraram ainda mais, mesmo sem saber quem ele era. Ao perceberem que não era nenhum famoso, acalmaram-se — embora tenha jurado ouvir uma gritar "gostoso" –, mas assim que abriram a porta para que eu desembarcasse, achei que fosse ficar surda.

Alguém disse: "Ah meu Deus, é a garota do *Marinando*!" e a gritaria se instalou ainda mais. Pisquei algumas vezes antes de reparar que elas *realmente* chamavam meu nome, com as câmeras e celulares estendidos em minha direção, tentando tirar uma foto minha. Eu acenei para elas, desconcertada, sem saber muito bem o que fazer em seguida.

Percebendo que eu estava sem reação, Arthur me deu um empurrãozinho.

— Vá pra perto delas, aposto que elas estão loucas por uma *selfie*.

Quase tropecei no meio do caminho – e morri de medo que todas aquelas pessoas tivessem registrado aquele instante –, mas segui até as meninas que estavam debruçadas na grade esquerda, que separava o público do tapete rosa-choque por onde os convidados passavam para chegar à festa. De repente, vários caderninhos e canetas surgiram na minha frente, assim como celulares.

Como se dava um autógrafo? Eu só tinha uma assinatura horrorosa, que usava na minha carteira de identidade, mas não podia ser algo assim. Quando peguei o primeiro pedaço de papel, inventei uma assinatura qualquer. "Beijos da Mari ♥", escrevi.

Achei que seria sugada por aquelas meninas, que repetiam sem parar que me amavam e assistiam meus vídeos todas as semanas. Arthur sacou o celular e exclamou, registrando meu momento ao lado das garotas:

– Diga xis!

Sorri, um pouco inebriada pelo que tinha acabado de acontecer. Ao encostar nas meninas ou posar para uma foto, elas começavam a dar gritinhos, como se eu fosse alguém *realmente importante* no mundo.

Permaneci ali até um dos seguranças me tirar de perto das meninas, que começavam a puxar meu braço.

–Venha, vamos entrar, senão você não sai dali tão cedo.

Uma mulher com o crachá da *SuperTeens* me ajeitou, antes que eu posasse para os fotógrafos no painel à frente do evento com o logotipo da revista e dos patrocinadores.

– Se você continuasse ali mais um segundo, seu cabelo ia bagunçar todinho – falou enquanto arrumava uma mecha que havia saído do lugar. – Aposto que você não queria ninguém morrendo de vergonha alheia vendo sua foto no site e na revista, não é? – Perguntou, dando uma piscadinha para mim.

A situação inteira era inacreditável demais para processar. Estava tão estupefata que aposto que saí com cara de choque na foto oficial.

▶ ||

Luzes coloridas iluminavam a pista de dança e um *barman* fazia malabares enquanto preparava drinks – sem álcool, já que aquela era uma revista adolescente e boa parte das celebridades ali ainda não tinha atingido a maioridade. Todos os adereços eram cor-de-rosa e o logotipo da revista estava reproduzido em todos os lugares, desde copos a almofadas.

Esbarrei com diversas personalidades da música, TV e internet pelos corredores. Eu olhava de um lado para o outro, encantada, imaginando como Pilar e Nina reagiriam se estivessem ali comigo.

— Nunca vi tanto rosa-choque no mesmo lugar — resmungou Arthur.

— Isso por que você não foi na festa de 15 anos da Heloísa — comentei.

Há um tempo que não lembrava dela, a "melhor amiga" que havia me apunhalado pelas costas. Sorri de satisfação ao pensar como a Heloísa morreria de inveja ao me ver naquela situação. Desde os onze anos nós assinávamos a *SuperTeens*. Aquilo me fez pedir que Arthur clicasse uma foto de nós dois em frente a um dos grandes logotipos da revista. Peguei meu celular e compartilhei a foto na internet no mesmo instante, assim como a imagem que Arthur clicou na entrada. Tinha certeza que ela veria.

Circular por aqueles espaços e ver tantos rostos que eu conhecia de estamparem páginas de revista ou sites de fofocas era surreal. Todas aquelas pessoas eram de carne e osso — algumas mais osso que carne, mas ainda assim pareciam lindíssimas e muito mais elegantes do que eu jamais conseguiria ser.

Havia algumas leitoras da revista espalhadas pelo salão, provavelmente estavam ali por terem ganhado ingressos pela internet. Muitas me pararam e pediram para tirar fotos, o que me deixou surpresa. Eu jamais esperava ser reconhecida na vida real.

— Eu adoro seu canal — disse uma das meninas, após Arthur bater uma foto com o celular dele. — Aquele vídeo que você fez esses dias sobre nos importarmos muito com o que pensam da gente foi ótimo. Também gostei muito daqueles que você fez no Canadá. Você é uma fofa, Mari — completou ela, me derretendo por dentro.

Quando a menina se afastou, continuei olhando-a, ainda incrédula. Percebi então que nunca tive real noção de que as pessoas que acompanhavam meu canal eram isso, *pessoas*. Não apenas números no contador ou nomes de usuário que deixavam comentários. Eu entendia, é claro, mas me aproximar delas e sentir aquele carinho era completamente diferente de ler algumas palavras pela tela do computador. Eu me sentia extremamente grata.

—Você fica linda quando está empolgada — sussurrou Arthur ao pé do meu ouvido, me puxando pela cintura.

— As pessoas gostam de mim, Arthur!

— Ficaria surpreso é se elas não gostassem — respondeu, sorrindo, suas covinhas bem marcadas me deixando encantada.

— Isso é inacreditável.

— Não é não, Mari. Tudo isso é prova do trabalho que você faz quase todos os dias, quando reserva um tempo para cuidar do seu canal. Você merece tudo isso.

Apesar de ser parada por muitas meninas, eu também era fã de muita gente. Por isso, quando via algum artista que eu gostava passar perto de mim, não hesitava em pedir uma foto. Quase caí para trás quando uma das atrizes que eu mais admirava, de uma série que eu acompanhava, disse que já tinha assistido os meus vídeos.

Mesmo se ficasse uma má impressão, não resisti e pedi autógrafos para quase todo mundo – inclusive para o tal jogador da seleção que a Pilar tinha dito que estaria no evento. Eu estava igual pinto no lixo.

Passei a noite conversando com pessoas completamente diferentes daquelas que costumavam fazer parte do meu dia a dia. Elas falavam sobre outras celebridades, contratos, pessoas do mundo artístico que eu sequer sabia que existiam, mas escutava tudo com muita atenção. Sabe-se lá quando estaria outra vez em um ambiente daqueles, cercada por pessoas que eu só tinha me acostumado a ver na TV!

Não havia nada de muito especial neles, só viviam em um universo diferente do meu, mas, ainda assim, não conseguia evitar ficar admirada com a presença de cada um. Apesar disso, após alguns minutos de conversa jogada fora, fiquei cansada de tanto papo e resolvi andar um pouco na companhia de Arthur.

Ele pediu dois *drinks* para o *barman* e entregou um para mim, erguendo em sinal de que deveríamos fazer um brinde.

— Brindar o quê?

— Seu sucesso, Mari. Brindar o fato de você ser uma garota incrível e por ter me dado uma segunda chance. Brindar por estarmos juntos e ver como seus olhos brilham cada vez que alguém para você pra comentar que gosta daquilo que você produz. Eu estou orgulhoso da minha namorada e acho que isso merece um brinde.

Corei, mas estendi o copo para que brindássemos, bebendo em seguida. Ele me deu um beijo na ponta do nariz e me arrastou para a cabine de fotos, do outro lado do salão, onde tiramos muitas fotos bregas. Elas saíram em uma só tira, cinco imagens em diferentes poses para mim, cinco para ele.

— Você fica ainda mais bonita fazendo careta – disse, apontando para uma das fotos. – Acho que me apaixono por você cada dia mais.

Eu sorri, sem saber lidar muito bem com os elogios. Guardei as fotos na minha bolsa, sabendo exatamente para onde elas iriam quando chegasse em casa: minha parede do quarto, ao lado do mapa. Aquele lugar precisava de novas lembranças.

Quando anunciaram que a principal atração da noite subiria ao palco, não pude evitar a euforia. Eu conhecia bem a banda que tocaria em seguida.

Assim que os acordes da guitarra do Saulo preencheram o lugar, senti meu corpo vibrar com a canção. A voz do Deco encheu o salão e minha música preferida começou a tocar. Arthur e eu começamos a dançar, lembrando de como tudo começou no ano passado, por causa daquela mesma banda.

Ao som do Tempest, Arthur me beijou, como se tentasse me mostrar que daquela vez faria tudo certo. Com um beijo intenso como aquele, era impossível acreditar no contrário.

18

Os dias seguintes à festa foram repletos de adrenalina. Já não estava tão entediada por assistir as aulas chatas do cursinho, pois, ao fim de cada uma delas, corria para casa para fazer novos vídeos e investir mais tempo no canal. Todo aquele reconhecimento que senti pessoalmente funcionou como um combustível para me animar em relação aos vídeos e ao tempo que dedicava à internet.

Contei a história milhões de vezes, tanto para minhas amigas quanto para minha mãe, que começou a dizer para os vizinhos que eu tinha um monte de fãs que gritavam por mim. Lógico que ela exagerava o ocorrido, para me fazer parecer mais importante do que realmente era. Aquela história me deixou sonhando alto, pois saber que muitas pessoas enxergavam o que eu fazia com tanto carinho era o melhor combustível para continuar a me dedicar.

No entanto minha vida não acontecia só no mundo virtual, por isso precisei me concentrar ainda mais nos estudos. O vestibular para ingressar na PUC no segundo semestre seria em poucas semanas e eu precisava rever todos os conceitos, por mais que quisesse ficar conectada. Como sempre, continuava sem entender nada de matemática e física, então o Arthur me ajudava em suas horas livres a refazer problemas de vestibulares anteriores, já que não conseguia absorver tudo que revia no cursinho.

Enquanto isso, minhas amigas estavam às voltas com os trabalhos da faculdade, que começavam a acumular, então sobrava pouco tempo para jogar conversa fora pelo celular ou nas redes sociais. Tirando os dias que via o Arthur, estava cada vez mais solitária – de novo.

Foi numa tarde de tédio, depois de queimar meus neurônios resolvendo uma questão de Biologia que havia caído no Enem do ano anterior, que resolvi jogar tudo para o alto e ligar o computador.

Quando o vídeo da "vergonha alheia" ficou famoso na internet, aprendi a não procurar o que diziam sobre mim nas redes sociais. Tirando os comentários no meu próprio canal ou menções que recebia no Twitter, preferia permanecer alheia por saber que às vezes era melhor a ignorância que o conhecimento. Porém, ao abrir a minha caixa de e-mail naquela tarde, minha curiosidade acabou falando mais alto quando vi mais um boletim do Google Alerts.

Essa ferramenta monitorava tudo que diziam na internet com determinada palavra-chave. Era só programar que, a cada nova ocorrência do termo nos sites, ele enviava avisos para o seu e-mail, informando os links onde a palavra foi citada. Eu tinha programado para receber avisos sempre que meu nome ou do canal fossem citados, mas costumava deletá-los sem ler, com medo do que poderia encontrar assim que abrisse o link.

No corpo da mensagem, dois endereços haviam me mencionado durante o último monitoramento. Um deles era uma reportagem no site da *SuperTeens* falando sobre a festa de comemoração do aniversário da revista. Meu nome aparecia em um *slideshow* de fotos dos convidados, com um pequeno textinho logo abaixo.

> Mariana Prudente (18), do canal *Marinando*, apareceu ao lado do namorado. Eles foram vistos em clima de love a noite inteira. Quando Mari passou pelo tapete rosa-choque, as fãs da ST, que esperavam na porta, fizeram a festa e tiraram muitas selfies! Ela com certeza foi uma das queridinhas da noite. Mari veste *Wink*. Cabelo e Make por Italia Rossi.

Eu ri com o "uma das queridinhas da noite". Se mostrasse aquilo para minha mãe, tinha certeza que ela daria um jeito de compartilhar o link com o maior número de pessoas possível. Ela tinha recortado a capa da *SuperTeens* que eu aparecia e mandado emoldurar, pendurando na sala para todo mundo ver. De vez em quando era meio desconcertante abrir a porta de casa e dar de cara comigo mesma!

Abaixo do texto e da imagem – uma montagem com duas fotos, uma onde eu aparecia sozinha mandando um beijinho de frente ao painel da festa, a outra, uma *selfie* que havia postado com Arthur nas minhas redes sociais –, havia uma breve descrição das roupas que eu vestia no dia. Fiquei super chateada em ter que devolver o vestido, queria guardar para sempre.

Desci um pouquinho para ler os comentários e me surpreendi com o que vi.

Alana S.: A Mariana e o namorado formam um casal muito fofinho! Pena que ouvi dizer que ela é super nojenta, não interage com nenhum outro vlogger.

Júlia P.: Sério, *Alana S.*? Nossa, ela parece tão simpática.

Alana S.: Pois é, *Júlia P*. É o q todo mundo diz, q ela não se mete com ninguém, deve se achar mais especial pq foi capa de revista.

Júlia P.: Aff, ngm merece gente assim! ¬¬

Aparentemente, minha má fama de metida corria solta, pois várias outras garotas comentaram o mesmo que a tal Alana, dizendo que nunca me viam interagir com outros vlogueiros nas redes sociais. Eu mal sabia que isso chegava a ser um problema!

Nunca fui uma pessoa da internet. Quando minha vida ainda era "normal" (embora hoje em dia duvide bastante desse conceito de normalidade), meu tempo gasto na internet era para conversar com poucos amigos, postar fotos do meu fim de semana, assistir filmes e séries ou ouvir músicas. Não costumava realmente *navegar* na internet, o máximo que fazia era ler alguns blogs de moda e maquiagem, assistir a uns vídeos engraçadinhos no YouTube, que viravam fenômenos da noite para o dia, e só. Para ser sincera, não tinha muita ideia de como fazer amigos virtuais – embora eu entendesse a dinâmica da história, eu tinha bastante vergonha de comentar em tópicos e interagir com outras pessoas.

Isso soava um pouco controverso, já que uma das primeiras coisas que fiz quando me vi completamente sozinha foi correr para a internet. Mas ali parecia a única opção que tinha para compartilhar meus temores. Não era o que a maior parte das pessoas costumava fazer quando tudo parecia um pouco confuso?

Nos comentários, uma das meninas me defendia.

Flávia L.: Meninas, eu sou Marinete, acompanho TODOS os vídeos que a Mari posta no canal dela e fico MUITO FELIZ de ver o sucesso que ela tem hoje. Dá pra ver como isso mudou a vida dela e a fez realizar um supersonho, que era o intercâmbio. Quem vê os vídeos sabe como ela queria isso. Pelos boatos que vi uma vez por aí, parece que ela sofreu uma decepção na escola e então passou a desconfiar de muita gente! Eu entendo ela não querer se misturar com esse povo dos vlogs, vocês sabem que tem muita gente legal, mas outros só se aproximam pela fama. Desde que ela continue fazendo vídeos legais e respondendo os fãs, eu vou continuar AMANDO e DEFENDENDO a Mari! De que adianta ela ser amiga desse bando de gente e NUNCA responder quem assiste e dá audiência pra ela? Tipo a Lolo, que só fica postando foto com outros vlogueiros, mas nunca vi ela dar reply pra fã. #TeamMari #MarinetePraSempre

Carla T.: Concordo, *Flávia L.*! #palmas A Lolo é uma que NUNCA vi responder fãs. Você viu a indireta que ela postou pra Mari no Twitter?

Júlia P.: Indireta? Contem essa treta, meninas!

Carla T.: Só olhar no Twitter dela. Ficou dizendo que a Mari era uma nojenta que não falava com ninguém na festa da ST e se fazia de estrela! Duvido que tenha sido assim, porque vi várias meninas postando *selfies* com ela e dizendo que foi uma fofa. E pra piorar, a Lolo deve estar no recalque porque não foi convidada pra festa da ST, então ela nem pode falar isso de verdade, já que não estava por lá. Ela diz que não foi porque tinha compromisso. Fala sério, quem não iria, ainda mais com show do Tempest? Nenhum compromisso seria mais importante que isso! Também sou Marinete e fico indignada com essas coisas! #TeamMari

Era muita informação para um só clique! Além de terem inventado uma história entre eu e a tal Lolo – que eu nem sabia que existia até entrar no site –, tinha meninas (fofas!) que me defendiam na internet.

Fiquei curiosa para saber quem era a tal vlogueira que estava falando mal de mim e me chamando de metida sem sequer me conhecer. Antes, queria saber exatamente o que ela tinha falado sobre mim por aí, então entrei no Google e joguei na busca: *Lolo + vlog + Twitter.*

Cliquei no segundo link da busca, que redirecionava para a página da tal Lolo no Twitter. A foto de perfil era apenas do olho esquerdo e um pouco do cabelo castanho, mas não dava para ver o rosto dela. Na localização, não constava estado ou cidade, apenas o país, Brasil. A descrição era breve e clichê: *Apaixonada pela vida. Às vezes faço vídeos.*

Desci a timeline, já que os últimos Tweets eram comentando um programa na TV e reclamando sobre a rotina. Então encontrei a mensagem que procurava.

> **@LoloDreams**
> A "queridinha" de todo mundo só por que sai em capa de revista acha que pode ser vlogger sozinha.
> Retweet   Responder

> **@LoloDreams**
> Vou te contar, "queridinha": você se fecha no seu mundinho de nariz em pé e cada vez menos as pessoas gostam de você!
> Retweet   Responder

> **@LoloDreams**
> Supermetida, não fala com ninguém, só porque se acha importante. Não tenho papas na língua #falomesmo
> Retweet   Responder

Irritada, abri meu Twitter, pronta para deixar uma indireta para aquela tal Lolo, mesmo que a vontade fosse mandar uma direta diretíssima, para aprender a só falar de quem conhece.

> **@MariSPrudente**
> Não sabia que era obrigada a conhecer todo mundo e falar com gente que nem sei que existe!
> Retweet   Responder

> **@MariSPrudente**
> Amei a festa de 10 anos da @RevistaST! Conheci um monte de gente fofa e legal.
> Retweet   Responder

> **@MariSPrudente**
> Adorei conhecer todo mundo por lá. Me marquem nas fotos, quero curtir todas. ♥
> Retweet   Responder

> **@MariSPrudente**
> Meu compromisso é com quem assiste meus vídeos e curte! :)
> Retweet   Responder

> **@MariSPrudente**
> E pra você que não pode ir, não tem problema. Quem sabe da próxima alguém não te convida e a gente pode tirar uma foto? Bjs
> Retweet   Responder

Esperava que minha abordagem passivo-agressiva atingisse em cheio a tal Lolo, já que o primeiro e último tweets tinham sido direcionados completamente a ela. Pelo que havia percebido através dos comentários no site da *SuperTeens*, aquele tipo de fofoca voava e tinha certeza que a tal Lolo entenderia o recado, pois ela parecia mais ligada nessas intrigas do que eu. Talvez aquilo desse mais argumento para ela choramingar, mas não queria ou podia ficar calada.

Estava prestes a fechar o Twitter e mandar uma mensagem para Pilar comentando essa história, já que ela se interessava mais por esses assuntos do que a Nina, mas resolvi assistir a um vídeo da tal Lolo para tirar a prova se ela era tão boa quanto se julgava.

Ao clicar no link, porém, minha surpresa foi outra e não tinha a ver com a qualidade do vídeo. Eu *definitivamente* não estava esperando por aquilo.

19

Lolo não era uma vlogger qualquer, um rosto anônimo que resolveu me escolher como alvo ao acaso. Assim que a imagem começou a rodar, meu queixo caiu ao me deparar com uma velha conhecida.

Heloísa, ou melhor, "Lolo", gesticulava sem parar. Sua voz, um som comum nas minhas manhãs durante os anos de escola, ecoava pela caixinha de som do computador. Ouvi-la me deixava irritada, me lembrava todos os problemas que precisei aprender a lidar nos meus últimos meses no colégio, um passado que eu tentava deixar para trás, mas sempre voltava para me incomodar.

O pior de tudo era o discurso que ela parecia trazer na ponta da língua, dito com muita naturalidade. O título do vídeo era "Como identificar amigas falsas" e eu teria rido se não fosse tão patético.

— Todo mundo tem aquela amiga que se faz de sonsa – começou ela. Queria atravessar a tela para responder "você", mas sabia que por mais que gritasse palavrões para o computador, nenhum deles chegaria até ela. – Você conhece o tipo: a menina se faz de santa, veste aquela cara de anjinho, mas pelas costas apronta *todas*. Quando o mundo descobre quem ela é, a mosca-morta ainda tenta disfarçar, fazer as pessoas acreditarem que ela é um amor, quando você sabe que a tal é totalmente o contrário.

A descrição caía perfeitamente para ela, é claro. Tinha certeza que na despensa da Helô – ou Lolo, como ela parecia preferir ser chamada agora – constava um carregamento de Óleo de Peroba, só assim para ter tanta cara de pau!

— Tive uma amiga dessas, acho que toda garota tem. A criatura ainda teve a coragem de tentar se fazer de vítima. Mas, no final, ninguém acreditou nela, é claro. Máscaras sempre caem e se aquela *vaca* que você chama de amiga é mais falsa que nota de três reais, vou dar umas diquinhas pra você identificar e desmascarar essas pessoas, para mandar pra longe enquanto é tempo!

Queria ensinar uma palavrinha para a Helô chamada *sororidade* – essa eu aprendi com a Pilar. Ela tinha uma explicação bem mais longa e complexa para o termo, mas basicamente era uma "irmandade" entre mulheres: você não chama outra mulher de vaca se não quiser que façam o mesmo com você. Tinha certeza que aquela palavra não tinha vez no vocabulário daquela que um dia chamei de melhor amiga.

Minha vontade era digitar uma série de verdades na caixinha de comentários que ficava logo abaixo do vídeo, mas resolvi assistir aquele tormento até o final.

No restante do vídeo, Heloísa, que havia cortado um pouco o cabelo e feito mechas cor de mel, listava características que, segundo ela, ajudavam a identificar uma pessoa falsa: desde tapinha nas costas até elogiar demais suas roupas e aparência. Para ela, tudo aquilo era sinal de falsidade, assim como aparecer com coisas que você desejava ou ficar muito próxima do seu namorado ou do carinha que você está interessada. Ou aquela menina não tinha o mínimo de bom senso ou era louca. Ou as duas coisas!

Assim que terminei de assistir, estava tão enraivecida que senti vontade de escrever um comentário gigante, refutando todas as colocações da Heloísa e dizendo quem ela *realmente* era off-line. Mas quando estava prestes a clicar no botão de enviar, pensei que aquilo só alimentaria ainda mais a Helô e eu acabaria mostrando que ela ainda é capaz de me atingir. E esse gostinho eu não daria a ela novamente!

Ainda com raiva acumulada, pensei em conversar com a Nina, que conhecia de ponta a cabeça toda minha história com a Heloísa, mas, pelo horário, ela ainda estaria na faculdade. Então resolvi mandar uma mensagem para Pilar, que podia não saber todos os detalhes, mas tinha um talento especial para aconselhar, especialmente quando o assunto era internet.

> Mari (15h18)
> S.O.S. Você pode ir pro Skype? Tenho uma coisa URGENTE pra te contar. URGENTE!
>
> Mari (16h24)
> Eu já disse que é URGENTE?

Não precisei chamar de novo. Um minuto depois, uma ligação do Skype apareceu no canto da minha tela com o avatar da Pilar ao lado.

— Eu espero que isso seja realmente *muito* urgente, já que você acaba de interromper minha maratona de *Teen Wolf* pra saber a fofoca – reclamou.

— Você trocaria qualquer maratona por uma fofoca — falei. Apesar do pouco tempo de convivência, podia afirmar que conhecia bem minha amiga.

— Verdade, mas isso não vem ao caso. Agora conta, tem que ser uma fofoca muito boa, já disse. Precisa valer meu tempo!

Contei para Pilar toda a história, começando pelo que li nos comentários da *SuperTeens*, até chegar ao vlog da Heloísa. Sem entrar em muitos detalhes sobre o que aconteceu com o Léo, expliquei um pouco sobre o meu último ano da escola e como a Helô, que costumava ser minha melhor amiga, começou a namorar meu ex-namorado — ou melhor, roubou ele de mim.

— Essa menina perdeu completamente a noção das coisas! Chega a dar pena. Está louca, só pode.

— Preciso concordar. Ai, Pilar... eu não sei o que fazer! Agora estou meio arrependida de ter mandado as indiretas no Twitter. Se eu soubesse que era ela, nunca teria feito isso. Agora a Helô vai ter mais armas contra mim e talvez eu esteja fazendo *exatamente* o que ela quer.

— Olha, Mari, eu odeio o argumento do "recalque", mas parece ser exatamente isso que essa menina tem. Ela roubou seu namorado, suas "amigas" — nessa parte, ela fez aspas no ar — e agora quer roubar seu espaço na internet. Isso não tem outro nome a não ser inveja!

— Ela não pode simplesmente me deixar em paz? — Perguntei, mas não queria uma resposta. Só estava revoltada com a situação e comigo mesma, por me abalar com aquilo.

— Poder, pode, mas tenho certeza que essa tal de Lolo não quer. Ela se sente incomodada com você, Mari. Ela quer tudo que você tem e isso inclui aqueles que assistem seu canal. Acho que se ela pudesse, faria cirurgia plástica só pra ficar com a sua cara.

Por mim, ela podia levar tudo, desde que nunca mais aparecesse no meu caminho. Eu estava farta daquela história e daquela garota, queria que meus dias no Ensino Médio ficassem exatamente onde deveriam estar, no passado.

— Eu não sei o que fazer, Pilar.

— Se é briga que essa menina quer, é exatamente o que ela vai ter — afirmou minha amiga e naquele instante até eu fiquei assustada com a ameaça. — Mas a gente vai brigar com estilo.

▶ ||

Quando a noite caiu, atualizei Nina sobre os acontecimentos. Ela ficou revoltadíssima e tenho certeza que se ainda morasse em Niterói, bateria na porta da casa da Helô e tiraria satisfações ali mesmo.

– Eu não acredito na cara de pau dessa garota – comentou, ultrajada. Nós duas estávamos no Skype, conversando. Uma história daquelas não poderia ser compartilhada por mensagens no celular.

– Nem eu, Nina, nem eu. Mas a Pilar tem um plano...

– Pilar, sempre Pilar. Pilar pra lá, Pilar pra cá... Até pra me despedir de você no aeroporto precisei dividir com a Pilar!

– Quanto drama, Nina!

– Não é drama, é a realidade. Mas eu vou *tolerar*, só por que ela é legal – disse ela.

– Sabia que vocês iam se dar bem – comemorei. – Tinha certeza que sua implicância inicial ia passar rapidinho assim que a conhecesse.

Visualizei Nina rolando os olhos assim que disse essa frase.

– Não enche, Mariana – falou. – Continua a história que isso é importante.

Comecei a contar para Carina o que eu e Pilar tínhamos combinado durante a nossa conversa pela tarde. Precisaria da ajuda das duas durante meu plano, já que não daria conta de tudo que precisava fazer, mas tinha certeza que assim o canal cresceria e aos poucos eu conseguiria ter aliados suficientes para que qualquer investida da Helô fosse malsucedida.

Havia acabado de entrar numa guerra e o campo de batalha era o YouTube.

▶ ||

Arthur tocou o interfone no dia seguinte, às três horas em ponto. Ele me ligou, dizendo que tinha uma surpresa para mim.

Meus pensamentos estavam bem longe do carro no qual entramos, rumo a um destino que só ele conhecia. Ainda pensava na Helô – ou deveria passar a chamá-la de Lolo? Talvez estivesse me importando demais com as opiniões de alguém que já tinha mostrado que não valia meu tempo.

O grande problema era que, se eu a conhecia bem, estava apenas no início. Heloísa não sossegaria até que eu desistisse do canal e abandonasse o que havia mudado minha vida. Não conseguia entender o que a motivava a ser tão mesquinha, mas aquela era a realidade. Como Pilar havia dito, o único argumento plausível era inveja. Só não entendia inveja de quê!

— No que você tanto pensa? — Perguntou Arthur, ao parar o carro no sinal.

— Na vida, Arthur, na vida — falei, não querendo enchê-lo mais ainda com aquela história.

Pegamos o caminho para as praias oceânicas. Arthur ligou o som e uma música calma tomou o carro, no estilo daquelas que minha irmã costumava ouvir, que parecia nos transportar diretamente para o clima de férias e praia.

— Quais são seus sonhos agora, Arthur?

Percebi que nunca conversávamos sobre nossos desejos, o que esperávamos para nossas vidas. Nossas conversas eram sempre sobre o presente, como se uma barreira invisível nos impedisse de falar sobre o que ainda estava por vir — talvez pelo medo de não estarmos nos planos futuros.

— Não sei... Eu falei para o meu pai que não quero mais trabalhar na Lore — disse ele, me pegando de surpresa.

— Não? Mas era a forma que você tinha de estar perto da música. Um dia tudo aquilo vai ser seu — comentei. Eu não conhecia o pai do Arthur e ele falava pouco sobre a família, mas sabia que era dono da casa noturna e pretendia dá-la para o filho.

— Eu quero outras coisas, Mari. Hoje na faculdade um professor disse que sabe de uma vaga de estágio numa construtora. Eu quero pelo menos tentar fazer alguma coisa por conta própria, quero ter minhas conquistas. Não estou aqui para depender do meu pai.

Pensei na minha situação. Meus pais me davam uma quantia por mês para gastar com lanche na escola ou ingresso para o cinema, mas eu tinha que me virar para que aquilo rendesse por trinta dias. Volta e meia nós comprávamos roupas e às vezes minha irmã e eu recebíamos um presentinho, mas nunca fui mimada. Se eu espernasse no shopping querendo algo, minha mãe continuaria andando e me deixaria para trás, chorando. Dramalhões nunca tiveram efeito e dona Marta sempre me ensinou que eu deveria merecer minhas conquistas e fazer minhas escolhas em relação ao meu futuro.

Já o Arthur tinha um negócio nas mãos, dado como um presente caso ele desistisse daquilo que estudava e resolvesse seguir um caminho aparentemente mais curto para crescer na vida. Como seria ter essa opção?

Abrir mão de uma escolha segura era um risco, mas ele parecia disposto a correr.

— Eu quero tentar construir meu próprio futuro — falou.

Não sei direito o motivo, mas fiquei orgulhosa do meu namorado. O caminho para ele seria cheio de dificuldades e riscos, e não era assim para todos? Uma vida sem desafios não vale realmente a pena.

20

A surpresa do Arthur ficava ao fim do caminho entre as praias de Camboinhas e Piratininga. A Praia do Sossego era acessível apenas por trilha ou pelo mar, o que a deixava ainda mais deserta naquela época do ano. Arthur, que segurava uma grande sacola térmica, abriu o zíper e tirou de lá uma canga, sanduíches e um suco de caixinha. Após arrumar tudo, nos sentamos, encarando as ondas do mar.

— Isso me lembra a primeira vez que você me levou para uma surpresa — falei, enquanto Arthur servia suco de uva num copinho descartável.

— Não pense que eu esqueci que você tem uma promessa a cumprir se passar no vestibular — lembrou Arthur, referindo-se ao dia que me levou até o Parque da Cidade para ver alguns amigos saltarem de asa-delta.

— Você nunca vai esquecer isso? Eu não tenho a menor pretensão de me jogar num penhasco. Prefiro que raspem minha cabeça.

— Bom, se você prefere, posso providenciar isso também — respondeu, rindo. — Você ia ficar sexy careca. Mas ia sentir saudade de pegar no seu cabelo...

Arthur se aproximou, falando a última frase ao pé do meu ouvido, enquanto puxava meu cabelo com desejo, me envolvendo em um beijo. Perdi meu equilíbrio com o calor do toque e agradeci mentalmente por estar sentada.

Nosso beijo foi ficando cada vez mais forte e quando vi estávamos caídos na areia. Eu dei uma risadinha, mas Arthur tornou a me beijar, uma de suas mãos passeando por minha coxa enquanto a outra mexia no meu cabelo, seus lábios quentes e macios contra os meus. Eu fechei meus olhos e me deixei levar, mas um alerta piscou na minha cabeça quando as mãos quentes de Arthur passaram por baixo da minha blusa.

Eu sabia onde estava e como me sentia em relação a ele, mas aquele movimento ativou uma memória dolorosa em minha mente. Quando Arthur tentou avançar o toque, eu o empurrei para longe, tomando fôlego.

— Desculpa, Mari, eu achei que...

Não estava ouvindo o que ele dizia, pois senti que a qualquer instante começaria a chorar. Minhas lágrimas que estavam prestes a brotar não tinham a ver com não desejar o carinho do Arthur, mas ao fechar meus olhos, tudo que conseguia enxergar era o Léo, seu beijo roubado e as mãos que eu não queria tentando passar por baixo da minha roupa.

Eu era toda errada.

Afastei a mão do Arthur, que tentava secar minhas lágrimas que agora caíam insistentemente. Meu choro não era apenas por lembrar do Léo, mas sim pela consciência que aquilo continuava a afetar minha vida e minhas memórias, por mais que eu insistisse que já tinha passado, havia noites em que fechava meus olhos e ouvia a voz do Léo me dizendo palavras que até hoje doíam.

As lágrimas eram por perceber que talvez aquela história fosse me perseguir como uma sombra por muito tempo, transformando prazer em dor e me deixando cada vez menos à vontade com um toque de carinho.

Sem saber o que fazer, Arthur permaneceu ao meu lado, em silêncio. Arrisquei olhar para ele, envergonhada demais por ter ficado desestabilizada, o mesmo escândalo que dei quando entrei no quarto dele, no dia que contei a verdade sobre o que tinha acontecido entre meus colegas de escola e eu. Continuava sem chão, sendo a menininha frágil que não sabia lidar com os grandes problemas que a vida colocava no meu caminho. Quando me livraria daquilo?

Ao perceber que eu havia me acalmado, Arthur me puxou para perto dele. Ele tentava, ao seu modo, me tranquilizar e retomar minha confiança. Eu tinha estragado nossa tarde, que ele certamente tinha planejado para ser agradável. Eu via seu esforço em tentar apagar a memória da Clara, sua ex-namorada, que pairava entre nós dois e estava me sentindo mal por não responder à altura.

— Vamos embora — anunciou, me ajudando a levantar, recolhendo o lixo e guardando o que havia sobrado.

— Eu não queria estragar tudo, Arthur...

Não consegui terminar meu pedido de desculpas, pois ele trouxe o indicador até meus lábios, sinalizando que eu me calasse. Com ternura, prosseguiu:

— *Shhh*, não precisa se desculpar. — Sua voz era doce e tranquilizante, me trazendo de volta para o mundo real. — Você tem seu tempo e seus fantasmas, eu estarei aqui esperando por você.

Era reconfortante saber que ele entendia. Me senti tão boba por toda briga gratuita que puxei nas últimas semanas, quando tinha ao meu lado um namorado disposto a me ajudar.

— Mariana, me escuta — pediu, enquanto caminhávamos de volta para o carro. — Eu sei que tem muita coisa errada aí dentro — sua mão encostou no meu coração —, mas você é capaz de vencer tudo isso. Só que nem sempre vai conseguir sozinha. Você precisa de ajuda e não só a minha.

Ele segurou minha mão e juntos caminhamos perdidos em nossos próprios receios.

▶‖

Digitei "Psicólogo + Icaraí" na barra de pesquisas do Google, mas havia algo que me impedia de apertar o "enter". Fiquei pensando como minha mãe reagiria se eu dissesse que queria conversar com um terapeuta. Provavelmente ficaria muito preocupada, pensando que algo terrível tinha acontecido e perguntaria sobre isso com exaustão. Não tinha certeza se era uma boa ideia procurar aquele tipo de ajuda, mas e se fosse a única saída?

Tinha desabafado, tinha tentado ignorar, mas nada parecia adiantar. Talvez eu realmente precisasse conversar com um profissional.

Anotar os nomes e endereços não faria mal, por isso resolvi clicar em "pesquisar" e guardar. Talvez meu pai pudesse ajudar, já que não era de fazer perguntas, mas havia uma pequena barreira entre nós dois que me impedia ter conversas mais íntimas, como teria com minha mãe. Não que ele tenha montado essas muralhas, talvez fosse minha própria timidez, apenas me sentia levemente incomodada.

Guardei o telefone de todos que encontrei na região, para pensar no que faria depois. Então, resolvi dar uma olhadinha no Facebook.

Foi quando me deparei com a tela de *login* que resolvi fazer algo não muito aconselhável.

Depois de *stalkear* o perfil dos meus antigos amigos sem parar, tinha bloqueado todos eles, para não cair novamente em tentação. Mas os últimos dias me deixaram pensando em como eles estariam e minha curiosidade falou mais alto que o bom senso. Em vez de digitar meu e-mail e senha, preenchi os campos com os dados da Nina, que eu sabia de cor – ela usava as mesmas informações para tudo, e nós duas sabíamos o *login* uma da outra, de tanto dividir conta em sites.

A Nina não tinha me emprestado a senha para aquele tipo de uso – tinha certeza que se ela descobrisse que fiz isso, mudaria a senha de todas as redes e só me diria novamente se eu criasse juízo –, mas aquela ignorância estava me matando. Assim que o perfil da Nina apareceu para mim, digitei o nome da Heloísa na barra de busca.

Muita coisa havia mudado desde a última vez que tinha fuxicado sua página. Agora, em vez das breguíssimas fotos de casal, a foto de capa era a frase "Vida longa às inimigas", com um design bonitinho. Na imagem de perfil, uma foto dela sorrindo, usando batom vermelho e óculos escuros gigantes, cheia de filtro.

Novas informações tinham sido adicionadas. De acordo com a página, ela agora era estudante de Administração numa universidade particular no centro da cidade, não muito conhecida por sua qualidade. Sabia que aquilo não faria muita diferença na vida da Helô, já que os pais eram donos de dois salões de beleza, um no nosso bairro e outro em São Francisco. Salão esse onde ela estava trabalhando, pois a informação constava lá.

Não havia nenhum sinal de que Heloísa mantinha um canal no YouTube, mas seu *status* de relacionamento ainda mostrava o nome do meu ex, Eduardo Monteiro.

Aquele ainda era o perfil da Heloísa, não da Lolo. Por isso digitei o nome que ela usava no YouTube – Lolo Dreams – e encontrei uma página dedicada ao canal, com pouco mais de cinco mil curtidas. O número era alto, mas sequer chegava perto do número de pessoas que acompanhavam minha página no mesmo site.

A primeira publicação era uma provocação:

Lolo Dreams
Adoro quando as pessoas fingem que não se importam, mas estão lá jogando indireta e acompanhando. O que é bom brilha, eu sei. É difícil não ficar acompanhando! #KeepCalmInimiga

Aquela menina realmente tinha um parafuso a menos para criticar tanto algo que ela mesma fazia! Talvez por isso mesmo criticasse, já que sabia quão irritante aquelas atitudes eram, no entanto não conseguia deixar de viver assim.

Saí do perfil, para não dar mais ibope a quem não merecia, mas quando me preparava para deslogar da conta da Nina, uma mensagem piscou na tela. Eu já estava ali sem a permissão dela, por isso ia fechar a janela de conversa sem ler, para não violar sua privacidade. Mas algo no nome da menina que puxou assunto me chamou atenção: "Ana Mia".

Em outros tempos, deixaria aquilo passar batido, mas as palavras de repente gritaram, pedindo que eu lesse o que estava ali. Era assim que as meninas com anorexia costumavam se referir à doença, "ana". E pelas pesquisas que fiz sobre o assunto, sabia que "mia" era um apelido para bulimia. Eu queria estar informada para ajudar a Nina, mesmo sem saber direito como.

Senti que aquela mensagem sinalizava perigo, com toda certeza.

Estava prestes a deletá-la para que a Nina também não lesse, quando vi que uma resposta foi digitada. Nina estava *on-line* naquele momento, conversando com a garota.

Meu coração apertou e, mandando meus princípios éticos para a China, abri a conversa.

Ao fim, não sabia se deveria ter lido.

21

A foto do perfil da Ana Mia era uma menina magérrima, de costas. Cabelos pálidos caíam nas costas e isso era tudo que eu conseguia ver. Em sua página, só uma postagem estava visível, uma foto com os dizeres "De negativo só quero a barriga" e nada mais. Enquanto o bate-papo rolava no canto da tela, eu tentava vasculhar o perfil da menina, tentando encontrar qualquer outra informação sobre ela, mas não havia nada em seu mural.

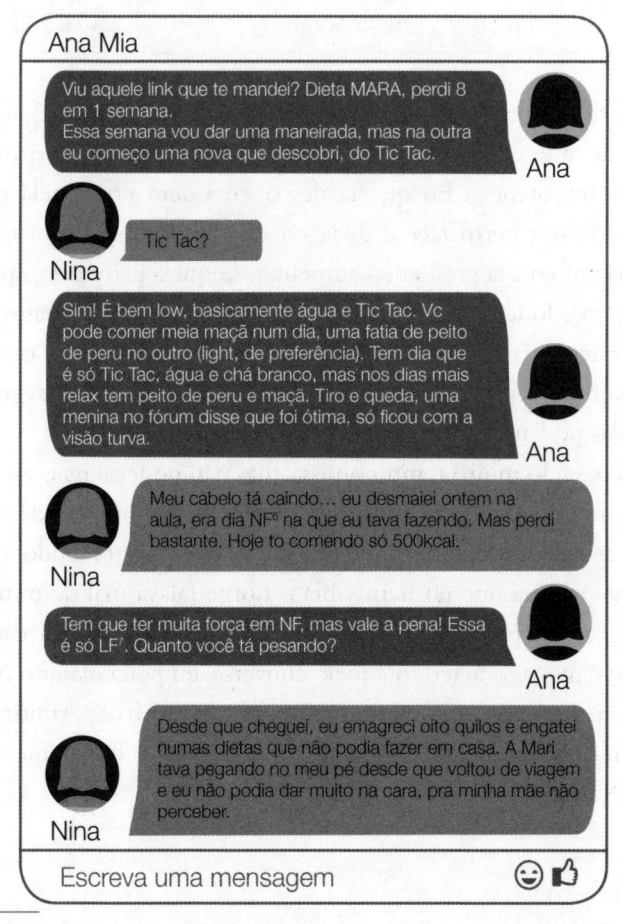

> **Ana Mia**
>
> **Ana:** Viu aquele link que te mandei? Dieta MARA, perdi 8 em 1 semana.
> Essa semana vou dar uma maneirada, mas na outra eu começo uma nova que descobri, do Tic Tac.
>
> **Nina:** Tic Tac?
>
> **Ana:** Sim! É bem low, basicamente água e Tic Tac. Vc pode comer meia maçã num dia, uma fatia de peito de peru no outro (light, de preferência). Tem dia que é só Tic Tac, água e chá branco, mas nos dias mais relax tem peito de peru e maçã. Tiro e queda, uma menina no fórum disse que foi ótima, só ficou com a visão turva.
>
> **Nina:** Meu cabelo tá caindo... eu desmaiei ontem na aula, era dia NF[6] na que eu tava fazendo. Mas perdi bastante. Hoje to comendo só 500kcal.
>
> **Ana:** Tem que ter muita força em NF, mas vale a pena! Essa é só LF[7]. Quanto você tá pesando?
>
> **Nina:** Desde que cheguei, eu emagreci oito quilos e engatei numas dietas que não podia fazer em casa. A Mari tava pegando no meu pé desde que voltou de viagem e eu não podia dar muito na cara, pra minha mãe não perceber.
>
> Escreva uma mensagem

---

[6] "NF" significa *no food* na gíria usada pelas meninas que lidam com o distúrbio. É um dia sem se alimentar.

[7] "LF" significa *low food*, ou seja, pouca comida.

> **Ana Mia**
>
> **Ana:** Essa sua amiga é um porre! Ela não entende nada de nada. Mas e aí, quanto você perdeu? Não vai no papo dela que você sabe que é furada, ela tá megagorda, tá com inveja que você tá LINDA.
>
> **Nina:** Me levaram pra enfermaria ontem e lá fizeram um monte de perguntas, tive que ficar inventando. No próximo NF não vou pra aula.
>
> **Ana:** Faz bem. A Ana é sua única amiga de verdade.
>
> Escreva uma mensagem

Se eu fiquei revoltada quando li e assisti o vídeo da Heloísa, aquilo não se comparava ao que estava sentindo naquele instante. Era muito mais que ódio ou revolta, era impotência. Eu queria descobrir quem era aquela garota que se escondia atrás de um perfil *fake* e dizia coisas como aquela para minha melhor amiga. Se Nina enfrentava problemas alimentares, aquela garota era a personificação do mal, não apenas louca e doente, mas maligna por afundar outras junto com ela.

Elas falavam da "Ana" como se realmente se referissem a uma pessoa, não a um distúrbio horrível que poderia trazer consequências drásticas para a vida das duas. Como elas podiam enxergar aquilo dessa maneira?

Já tinha passado muito tempo omissa, mas não poderia mais esconder aquilo. Se eu não me mexesse, talvez quando alguém além de mim entendesse a gravidade do que estava acontecendo, fosse tarde demais. Não estava tomando aquela decisão só porque uma menina que eu nem sabia o nome falava mal de mim para minha melhor amiga, e sim pelo medo repentino de perdê-la. Aquela doença sempre pareceu abstrata, mas agora, lendo aquela conversa, eu percebia que Nina estava se afundando cada vez mais, em vez de melhorar. Eu não iria permitir. Peguei meu celular e digitei uma mensagem gigante, torcendo para que Nina visualizasse o mais rápido possível.

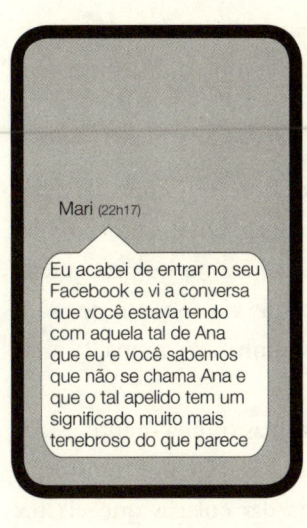

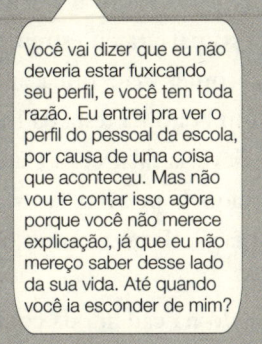

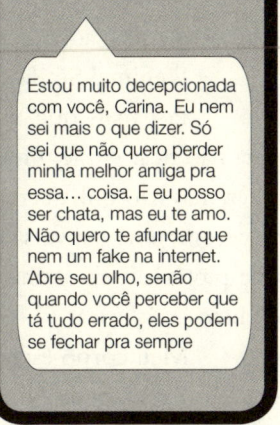

> **Mari** (22h17)
> Eu acabei de entrar no seu Facebook e vi a conversa que você estava tendo com aquela tal de Ana que eu e você sabemos que não se chama Ana e que o tal apelido tem um significado muito mais tenebroso do que parece

> **Mari** (22h21)
> Você vai dizer que eu não deveria estar fuxicando seu perfil, e você tem toda razão. Eu entrei pra ver o perfil do pessoal da escola, por causa de uma coisa que aconteceu. Mas não vou te contar isso agora porque você não merece explicação, já que eu não mereço saber desse lado da sua vida. Até quando você ia esconder de mim?

> **Mari** (22h24)
> Estou muito decepcionada com você, Carina. Eu nem sei mais o que dizer. Só sei que não quero perder minha melhor amiga pra essa... coisa. E eu posso ser chata, mas eu te amo. Não quero te afundar que nem um fake na internet. Abre seu olho, senão quando você perceber que tá tudo errado, eles podem se fechar pra sempre

Os minutos passaram, mas não recebi nenhuma resposta. Nenhuma das mensagens tinha sido visualizada. Olhei para a tela do computador, onde a conversa com a outra garota continuava aberta. Nina não havia digitado uma resposta.

Era muito tarde para fazer uma visita aos pais da Nina, mas na manhã seguinte eu certamente ligaria para Patrícia e conversaria sobre a filha dela. Sabia que isso poderia tirar Carina para sempre da minha vida, mas preferia não tê-la por perto, mas saudável e em tratamento, a vê-la morta por causa de uma doença como aquela. Eu havia tomado minha decisão e nada seria capaz de mudar.

▶ ||

Mal preguei os olhos durante a noite e, o pouco que dormi, tive sonhos estanhos com corpos esqueléticos me perseguindo enquanto eu corria segurando uma caixa de balas Tic Tac. Acho que nunca mais queria ver uma caixinha daquelas na minha frente!

A primeira coisa que fiz ao levantar foi ligar para a casa da Nina, mas ninguém atendeu. Nas minhas mensagens, não havia nenhum novo recado da minha amiga, embora mostrasse que ela tinha lido, e aquilo começava a me deixar inquieta, pois provavelmente significava que Carina havia decidido não falar comigo, ao menos por enquanto. Não pude deixar de sentir um aperto no peito ao pensar que poderia estar perdendo-a, ainda mais quando estava tão longe fisicamente. Eu queria ajudar e a distância me tornava mais impotente que nunca.

— Por que você está tão inquieta, Mariana? — Mamãe quis saber durante o café da manhã. — Come um pãozinho, você não encostou em nada. Não me vem com essas palhaçadas de regime, senão vai ficar doente.

Regime! Só de ouvir essa palavra eu estremecia.

Por mais que tentasse comer, não tinha apetite. Bebi um copo de leite para não ficar em jejum e dei um beijo na testa da minha mãe. Queria saber o que fazer, mas não tinha certeza se deveria falar com ela. Mamãe era muito precipitada às vezes e uma conversa como aquela poderia fazer com que ela tomasse decisões que piorariam ainda mais a situação. Estava, como diria minha avó, numa "sinuca de bico".

Meu corpo estava sentado na cadeira da cozinha, mas minha mente estava em São Paulo, onde Nina estava livre para se jogar nas loucuras de um transtorno alimentar, sem ninguém para estender a mão. Nenhuma das colegas que ela fez na semana de calouros se importaria em ajudá-la em um problema tão complexo quanto àquele.

Dona Marta, que tinha o sexto sentido de mãe, não se deu por satisfeita com meu silêncio. Ela continuou a insistir.

— Mari, você *tem certeza* que está tudo bem?

Nada estava bem, percebi. Tanto na minha vida quanto na das pessoas que eu gostava. Nem a internet, que costumava ser meu refúgio, estava livre de conflitos. Quando tudo finalmente se ajeitaria? Mas nenhum daqueles problemas parecia tão grande quanto a aflição que eu sentia sempre que pensava na situação da Nina. A conversa que havia lido ainda me atormentava, o resultado disso estava visível nas minhas unhas roídas.

— Mãe... se uma pessoa que você gosta muito estivesse passando por um grande problema e fazendo mal a si mesma? O que você faria já que essa pessoa não te escuta?

— Tem alguma amiga sua usando drogas, Mariana?

O tom de voz de dona Marta era preocupado. Se ela estivesse próxima ao telefone, provavelmente estaria se preparando para discar 190 e ligar para a polícia, denunciando quem quer que fosse por porte ilegal de drogas.

— Não, mãe — falei. — Só queria saber o que você faria.

— Se eu já tivesse tentado de tudo, eu conversaria com outra pessoa que tivesse mais autoridade e realmente pudesse ajudar — aconselhou. — Eu tenho uma leve suspeita do que tudo isso pode ser, mas como não é problema meu, quero que você saiba que no seu lugar, eu falaria.

— Obrigada, mamãe.

— De nada, minha filha. — Ela me deu um beijo na testa, enquanto eu pegava minha mochila para seguir até o cursinho.

Quando estava quase na porta, ela me chamou de novo.

— Mari... Mais cedo eu fui colocar as roupas que tirei da corda na sua gaveta e achei uns telefones de psicólogos em cima da sua mesa. Se você precisar, eu ligo para uma amiga minha me indicar uma pra você. E você não precisa me explicar nada.

Por um instante, paralisei. Nada passava batido aos olhos da minha mãe — até mesmo as palavras ditas mostravam que ela entendia o que se passava na minha cabeça. Em seguida, sorri, grata por ter uma mãe que prestava atenção em mim.

— Você pode tentar marcar uma sessão para eu conhecê-la? — Perguntei, com um sorriso.

— É claro. Nesse mundo louco, acho que todo mundo precisa de terapia. Até eu!

Estava atrasada para a aula, mas não resisti: voltei e dei um abraço apertado na minha mãe.

22

Estava de malas prontas para passar o fim de semana em Belo Horizonte e para conversar sobre o canal em uma feira de conteúdo digital que aconteceria na cidade.

Passei a semana tentando entrar em contato com Nina, mas todas as tentativas foram em vão. Por mais que eu mandasse mensagens, ela não respondia, e o celular só dava caixa postal. Com certeza estava brava comigo por ter invadido sua privacidade e provavelmente demoraria muito a dar o braço a torcer. Aposto que ela tinha bloqueado meu número para receber chamadas! Tentei até mandar um e-mail, sem sucesso. Talvez devesse respeitar o tempo dela. Sabia que quando Nina se enfiava em um dos seus momentos de silêncio, a história não mudava de uma hora para a outra.

Não havia desistido de falar com a mãe dela, pelo contrário. Após não conseguir contato por telefone, resolvi ir até o prédio onde eles moravam. O porteiro me disse que dona Patrícia e o marido tinham feito mais uma de suas viagens a trabalho e que não voltariam tão cedo. Eles eram professores universitários e sempre viajavam para congressos, por isso era bem comum que ficassem longe de casa muitas vezes. Nina era quem mais sentia essa ausência.

Resolvi que, durante o fim de semana, tentaria não me preocupar com aquilo, aproveitando mais uma oportunidade que se abria para mim por causa do canal. Pilar estava animadíssima com minha chegada, fazendo mil planos para que eu conhecesse sua cidade natal e também aproveitasse o tempo no evento para "limpar" minha imagem de antipática, espalhada na *web* pela "Lolo". Teríamos muito trabalho a fazer.

Mais uma vez estava sozinha em um aeroporto, com uma câmera na mão para registrar cada detalhe.

Quando o avião decolou rumo a Confins, senti um friozinho na barriga típico, que sempre acompanhava minhas viagens. Era a primeira vez que visitaria a capital mineira, mas, acima de tudo, era a primeira vez que participaria oficialmente de um evento.

Um dos meus maiores medos era que ninguém aparecesse para ouvir o que eu tinha para falar. Imaginem só tagarelar apenas para meia dúzia de pessoas? Pior do que isso, e se ninguém gostasse do que eu tinha para dizer? Havia caído de paraquedas naquela vida virtual e sabia que muitas pessoas eram bem mais preparadas que eu, não queria me sentir uma intrusa.

Meus medos tiveram que ficar para outra hora, pois logo o piloto anunciou que pousaríamos. Pela janelinha, via uma imensidão verdejante abaixo de mim. Sempre me impressionava quando encarava paisagens pela janela do avião. Eu era tão pequena diante daquele mundo enorme! O meu país era incrível, cheio de recantos desconhecidos, queria viver mil vidas apenas para ver o mundo inteiro, conhecer pessoas dos mais diversos tipos e aprender um pouquinho com cada uma delas.

Ao sair pelo portão de desembarque, encontrei Pilar, que já me esperava ansiosíssima.

– Bem-vinda ao melhor estado desse Brasil! – Exclamou.

– Ué, mas eu não estou no Rio de Janeiro – brinquei.

– Vocês criaram pão de queijo? Vocês têm doce de leite de Viçosa? Não. Sabe o motivo de Minas não ter mar? Pro resto do país não sentir inveja além da conta.

Dei uma risada, dando o braço para a minha amiga, enquanto puxava minha mala de rodinhas com a outra mão.

– Você tem cada uma que parece duas, Pilar.

Ao dizer isso, seguimos juntas até o estacionamento.

▶ ||

O aeroporto de Confins fazia jus ao nome! Ele ficava em outra cidade e passei menos tempo voando entre as duas capitais do que tentando chegar ao hotel. A organização do evento tinha pago minha hospedagem, além de um bom cachê e custos de alimentação. Eles tinham até oferecido um carro para me buscar no aeroporto, mas Pilar me obrigou a recusar.

– Você já vai fazer desfeita de não ficar na minha casa, ainda quer recusar minha carona? – Resmungou, quando comentei com ela uma semana antes que talvez não precisasse me buscar. Depois daquela frase, acabei aceitando que ela fosse minha motorista nos dias que passaria por lá.

Era sexta-feira à tarde e Pilar precisou me abandonar para ir ao estágio, com a promessa de que voltaria mais tarde para me levar a algum lugar. Assim que me vi sozinha no quarto de hotel, com aquela cama *king size* só para mim, fiz o que qualquer pessoa em sã consciência faria: comecei a pular em cima! Sempre quis fazer isso.

Depois de alguns minutos já estava entediada. Abri meu perfil no Twitter e fui buscar ajuda dos meus seguidores sobre soluções para matar o tédio.

@MariSPrudente
Cheguei em BH! Amanhã vou falar às 14h na WebFair, espero vocês.
Preciso de sugestões para matar o tempo até lá.

Acabei decidindo por conta própria, apesar das mensagens que recebi pela rede. Descobri que estava bem próxima à Praça da Liberdade e fui andar pela rua, dar uma voltinha pela região.

Passei algumas horas andando, parando em lojas e comendo – é claro. Aproveitei para gravar algumas imagens para o vlog e comprar doces para mamãe, que com certeza não me perdoaria se voltasse para casa de mãos abanando. Ao olhar o relógio, vi que era melhor voltar para o hotel, pois Pilar chegaria em pouco tempo para sairmos.

No horário combinado, ela passou no hotel, toda arrumada – tirando um detalhe.

– Cadê seus sapatos? – Perguntei, quando a vi parada ao lado de fora do carro, de pés descalços.

– Dentro do carro. Odeio salto alto.

– Não sei por que você usa então – comentei, sentando no banco do carona. As sandálias estavam jogadas no chão, desafiveladas.

– Você já viu meu tamanho?

Pilar era uns dez centímetros mais baixa que eu, o que dava uma aparência fofinha, mas a deixava complexada. Fazer piadas com sua altura era sinônimo de ganhar uma cara amarrada de presente – o que fazia Juan, um dos meninos que andavam com a gente no Canadá, implicar sempre com ela. Quase perdi minha cabeça quando o ensinei a chamar a Pilar de "pintora de rodapé", em português mesmo.

– Você parece uma criança atrás do volante – falei, já me esquivando, sabendo que levaria um belo tapa no braço pelo comentário. Ele veio logo depois que passamos um quebra-molas.

– Continue assim que te deixo no meio da rua.

– Você não tem coragem!

– Ah, não!? – Pilar parou o carro na primeira chance que teve e desafivelou o próprio cinto de segurança, debruçando-se sobre mim, tentando abrir a porta. Com seu braço curtinho, não conseguiu. Eu comecei a rir. Ela bufou, fazendo uma expressão muito engraçada e indignada, dando-se por vencida. Tinha certeza que ela prendia o riso, mas não queria transparecer. – Você venceu. Por agora. Mas não pense que vai ficar barato! – Ameaçou. – Espera só até a gente chegar no Soho e você vai se ver comigo.

O Soho era uma luderia, ou seja, além de um cardápio normal de restaurante, tinha também um com jogos de tabuleiro. Quando chegamos ao lugar, ele estava quase cheio, mas três amigos da Pilar já nos esperavam por lá, ocupando uma mesa.

– Mari, esses são Felipe, Laura e Rafael – disse ela. O último, claro, chamou minha atenção, pois era a primeira vez que via o tal Rafael ao vivo. Pilar não tinha dito que ele viria! Ela me lançou um olhar que significava "você está morta se disser 'então você é o famoso Rafael'", por isso me contentei em cumprimentar educadamente cada um deles – com um beijinho, não ia pagar mico de ficar no vácuo – e me sentar à mesa. Pilar deslizou pelo sofazinho até sentar ao lado do Rafael, eu me espremi ao lado dela.

Duas amigas da Pilar ainda estavam para chegar, mas isso não nos impediu de pedir uma porção de batatas fritas, nossas bebidas e um jogo.

– Vamos de Uno enquanto elas não chegam? Depois a gente escolhe um mais complexo – sugeriu Laura.

Eu era péssima com jogos de tabuleiro, preferia jogar com um console – mas só na companhia do Arthur, que me ensinava os macetes. Fiquei bem feliz de começarmos a noite com algo que eu sabia jogar, assim não ficaria pedindo explicações até tentar entender como a brincadeira funcionava.

Entre uma rodada e outra, ficamos conversando. Laura parecia uma índia, a pele em contraste com os cabelos negros, lisos e pesados. Ela era supersimpática e conhecia Pilar desde os tempos de escola, assim como Felipe, um menino branquelo e levemente desengonçado, de cabelos crespos e castanhos, que havia estudado no mesmo lugar. Rafael era da faculdade, mas não cursava o mesmo que Pilar. Eles pegaram uma matéria juntos e começaram a se conhecer melhor, o que logo garantiu a entrada de Rafael ao grupo de amigos dela – e ao coração da Pilar, embora não admitisse com todas as palavras.

Dava para perceber que ela ficava diferente ao lado dele, sorrindo e prestando mais atenção ao que dizia, para se mostrar interessada. Precisava confessar que Rafael não era de se jogar fora: pele parda, corpo definido por academia, mas parecia que ele malhava o cérebro também, já que tinha um papo interessante. O cabelo era raspado e ele tinha uma tatuagem no braço esquerdo, além de um sorriso de menino, que contrastava com seu tamanho – ele era tão alto que devia ter o dobro da altura da Pilar!

Quando Pilar gritou "Uno", Isabela e Viviane, suas vizinhas, chegaram para juntar-se ao grupo. Eu só prestava atenção na conversa, reparando no sotaque superfofo e nas frases terminadas com "uai". Com minha língua grande, fui comentar, o que fez todo mundo prestar atenção no *meu* sotaque!

– Fala um trem pra mim, Mariana – pediu Felipe. – "Esqueci o isqueiro na esquina da escola".

Revirei os olhos, sabendo onde aquilo ia dar. Pilar *sempre* fazia isso comigo.

– Esqueci o isqueiro na esquina da escola – falei. – Viu? Normal. – Comentei, com uma bufada.

– "*Ixqueci o ixxxqueiro na ixquina da ixxxxxcola*" – remendou Isabela, fazendo todos da mesa rirem de mim. Aff, não era tão carregado assim!

– Deixa a menina, gente – Rafael saiu em minha defesa. – Aposto que vocês adoram comer um *bixxxcoito* Globo quando vão à praia. – Mais risadas e de repente eu havia me transformado no bobo da corte da mesa, só por causa do meu jeito de falar!

Apesar das zoações, eu estava me sentindo à vontade entre eles. Acabamos com a torre de batatas fritas – era muita batata, me senti no paraíso! – e brincamos com outros jogos. Pilar, com seu espírito competitivo e como forma de vingar minha piadinha no carro, ganhou todas as partidas, deixando todo mundo chateado, já que ninguém conseguia ganhar nada, pois ela deixava todo mundo comendo poeira.

– Não sei por que vocês estão tão irritados comigo ganhando tudo!

– Uai, se não fosse roubado ninguém estaria bravo – reclamou Laura. – Não pense que não vi você olhando por cima do meu ombro quando a gente tava jogando Combate!

– Ai, que calúnia – exclamou. – Vocês que não sabem perder. – Ao dizer isso, Pilar se esticou, a deixa perfeita para Rafael passar o braço por cima do sofá, aproximando-se ainda mais da minha amiga. Ela deu um sorrisinho quase imperceptível com aquele gesto.

Apesar das reclamações, o clima não era de disputa. Eles pareciam bem confortáveis em contar histórias, implicar um com o outro e se divertir. Aquilo me deu saudades de ter um grupo de amigos por perto, para compartilhar momentos como aquele. Tem coisas que ficam muito mais divertidas em grupo!

Ao pensar em amizade, peguei meu celular. Ele estava em modo silencioso e quando vi, havia vinte chamadas perdidas da minha mãe. Vinte!

Podia ser só exagero, já que dona Marta era *expert* no assunto, mas não custava nada ligar para confirmar. Quando mamãe atendeu e me contou o que era, a hipótese de ser só exagero foi imediatamente descartada. Mas não havia nada que eu pudesse fazer para voltar pra casa.

23

Me senti culpada por interromper a noite mais cedo, mas Pilar repetiu inúmeras vezes que não tinha problema algum em sair antes e me levar de volta para o hotel, já que eu estava muito abalada. Nós acertamos nossa parte da conta, nos despedimos dos amigos dela e fomos embora, enquanto eles continuaram a se divertir.

— Desculpa, Pilar — pedi pela milésima vez, quando estávamos quase em frente ao hotel. — Eu vi que você parecia querer ficar mais com o Rafael e...

— Mari, sossega! O Rafael eu posso ver quando quiser, ele mora aqui pertinho e se for pra gente se ajeitar, vai ser — disse ela. — Você mora a quilômetros de distância e acabou de receber uma notícia ruim. Eu também fiquei preocupada, não teria clima pra continuar lá.

Estacionamos a poucos metros do hotel e Pilar subiu comigo. Eu levei minhas mãos à boca, como sempre acontecia quando estava nervosa, quase roendo as minhas unhas. Levei um tapa na mão, de reprovação.

— Para com isso — falou. — Nenhum problema se resolve roendo unha.

Aquela frase me lembrou a Nina, que costumava dizer algo parecido sempre que eu fazia aquilo. Nina, motivo pelo qual eu estava roendo as unhas naquele instante. A apreensão que eu sentia era cada vez maior, só de lembrar do que mamãe tinha me contado.

Assim que Pilar abriu a porta do quarto — já que eu estava tão nervosa que mal conseguia inserir o cartão na fechadura —, me joguei na cama, de sapatos e tudo, afundando a cara no travesseiro para abafar o choro que viria em algum momento.

— É culpa minha — comentei. Podia sentir Pilar fazendo carinho na minha cabeça, tentando me acalmar. — Eu devia ter dito alguma coisa antes, isso não teria acontecido.

— Mari, ninguém tem culpa nisso — comentou Pilar. — Nina está doente e agora só os médicos que podem ajudá-la. Agora me explica, com calma, o que aconteceu. Eu não entendi nada do que você falou, de tão nervosa que está!

Sentei na cama, respirei fundo e tentei localizar Pilar na história, contando o que mamãe havia me dito pelo telefone.

Tudo começou no mesmo dia que vi a conversa da Nina com a tal *fake* no Facebook. Ela não continuou a conversa e muito menos respondeu minhas mensagens não por ter se incomodado com as colocações da menina ou ficado com raiva de mim. Carina havia desmaiado.

Na queda, ela bateu a cabeça na quina da mesa do computador, o que lhe rendeu um ferimento na testa e um sangramento. Quem a encontrou foi uma das meninas da república onde ela morava, que chegou pouco depois do incidente. Ela ligou para a ambulância e para os pais da Nina, que seguiram para São Paulo na mesma noite, dando ao porteiro a desculpa que viajariam para um congresso e não sabiam quando voltavam.

A garota, cujo apelido era Carol, viu a conversa entre Nina e a tal Ana no Facebook, já que o computador estava ligado. Provavelmente também viu a que eu havia mandado pelo celular e, por isso, a mensagem constava como lida. Essas informações foram essenciais para que os médicos entendessem por que Nina tinha desmaiado.

Os pais da minha amiga só lembraram da minha existência naquela manhã, em meio a toda confusão. Eles ligaram para minha casa avisando o que tinha acontecido e para explicar que Nina ficaria incomunicável por um bom tempo, pois seu celular e computador foram confiscados. Se eu quisesse conversar, teria que ligar para o número da mãe dela.

Ela continuava internada e provavelmente seria assim até que começasse um tratamento específico para a doença, em São Paulo mesmo, com acompanhamento de psicólogos, psiquiatras, nutricionistas e endocrinologistas. A mãe dela não hesitou em trancar a matrícula da filha na faculdade, para que sua saúde fosse prioridade durante o semestre. Pena que para perceber a gravidade do problema aquilo tivesse que acontecer.

— Eu sabia disso há tanto tempo... Se eu tivesse vencido o medo e contado para os pais dela, talvez o tratamento tivesse começado muito antes e agora ela estaria bem — comentei. Era impossível não sentir que tive inúmeras oportunidades de ajudá-la e não soube tomar a decisão certa em nenhum momento. Se não fosse a tal Carol, talvez eles ainda continuassem na ignorância e sabe-se lá o que teria acontecido com ela.

— Mariana, me escuta: você não é responsável pelo mundo — disse Pilar, me segurando pelos ombros. — Pelo que você me contou, assim que viu a conversa tentou entrar em contato com os pais dela, mas não conseguiu. Você viu que aquele problema era maior do que você conseguiria lidar e tentou ajudar da sua maneira. A Nina não aceitou sua ajuda e não tinha muito que você pudesse fazer sozinha para mudar esse quadro. Agora, felizmente, ela vai ter todo apoio necessário para se curar.

— Eu não sei quando vou vê-la de novo... — Lamentei. Sabia que agora era bastante provável que Nina não voltasse tão cedo para a casa dos pais, devido ao tratamento. — Mamãe me disse que depois que ela sair do hospital, vai direto pra casa de uma tia que tem em São Paulo, para morar com ela e se tratar.

— Vocês sempre vão poder conversar — falou, tentando me acalmar —, tenho certeza que a Nina vai te ligar assim que puder.

— Queria falar com ela. — Olhei para o relógio ao lado da cama, indicando que já passava da meia-noite.

— Amanhã de manhã você liga — orientou Pilar. — Agora você precisa descansar. Sua amiga vai ficar bem, tem um monte de gente capacitada, pronta para cuidar dela. Você precisa ficar tranquila, já que amanhã é o dia da sua palestra. — Por alguns minutos, tinha até me esquecido da apresentação no dia seguinte. Aquilo era a última coisa que queria pensar, quando minha melhor amiga estava passando por um momento tão difícil. — Eu sei que sua cabeça está bem longe daqui, mas pense nas chances que isso pode te dar daqui pra frente, ok? Vai tudo dar certo. Você precisa ficar feliz, pois apesar das circunstâncias serem ruins, pelo menos a Nina vai ter um tratamento.

Queria ter a mesma clareza que Pilar para pensar daquela maneira. Ela sempre parecia ver além da curva, uma habilidade que eu gostaria de ter.

— Obrigada, Pilar — agradeci, puxando-a para um abraço.

— De nada, Mari. Você é minha amiga, é para isso que amigas servem. Espero que você saiba que pode contar comigo pra tudo daqui para frente, mesmo à distância. Amizade não é medida em tempo ou quilômetros de proximidade, mas em sentimento.

Com outro abraço, ela se despediu, dizendo que passaria na manhã seguinte para me levar para uma voltinha pela cidade antes da minha palestra. Concordei, embora naquele momento não estivesse com ânimo algum. Eu só queria que tudo se resolvesse, num passe de mágica.

▶ ||

A manhã chegou, me lembrando que era dia de conversar em público com quem me acompanhava pela internet. Resolvi gravar um vlog do dia, que com certeza renderia alguma coisa no canal. Apesar de tudo, "o show tem que continuar", por mais difícil que seja.

Filmei toda a minha preparação, desde acordar, me arrumar, tomar café e até fiz uma tomada da tela do meu celular, com uma mensagem do Arthur me desejando boa sorte no bate-papo. Isso me lembrou que ainda não tinha contado para ele a história da Nina, mas isso era assunto para conversar pessoalmente. Quando já estava pronta, desci para o saguão para esperar a Pilar, que já estava chegando.

Primeiro Pilar me levou até a Lagoa da Pampulha, que ficava numa região mais afastada de onde estava hospedada. Fiz algumas imagens por lá e também filmei e fotografei em frente a bela igrejinha da Pampulha. O bairro era cheio de casas belíssimas e ficava bem próximo ao estádio de futebol, o Mineirão, por onde Pilar fez questão de passar para me mostrar.

Dali seguimos para o Mercado Central, onde ficava a parte boa: ou seja, queijo minas! Comprei duas peças de queijo canastra, pois o vendedor me garantiu que era a melhor para levar no avião – lógico que não o fiz sem antes provar um pedaço de praticamente todos os queijos disponíveis no lugar. Também comprei requeijão preto, doce de leite, doce de abóbora e mais um tanto de doces, louca para chegar em casa e comer cada um deles.

Antes de almoçar, resolvemos passar no hotel, para deixar tudo no frigobar. Fechamos nossa manhã e abrimos a tarde com um almoço em um tradicional restaurante mineiro, sugestão da Pilar, para em seguida partirmos até a feira. Tinha me acalmado um pouco mais em relação à Nina, pois no meio do caminho liguei para o celular da mãe dela. Nos falamos pouco, mas foi o suficente para saber que ela estava bem, na medida do possível. Agora podia me concentrar no principal motivo da minha viagem: a WebFair.

Com o coração acelerado, chegamos até o local do evento. Pilar se dirigiu para a entrada de convidados e eu apresentei minha identidade. O segurança parrudo permitiu que passássemos e chamou uma mulher para nos guiar.

Pilar nos seguia, com a minha câmera em punho, sem perder um só segundo de registro. Paramos em frente a uma porta, com meu nome nela. Oh, meu Deus! Eu tinha um camarim só para mim!

– Bom, meninas, fiquem à vontade. Se precisarem de alguma coisa, é só chamar. Daqui a pouco é hora da sua palestra, eu venho aqui com os seguranças te buscar. – Ela disse seguranças? – Ela já está aqui – disse a mulher, mas dessa vez no *walkie-talkie*. Virando-se para nós, continuou: – Até daqui a pouco —, e fechou a porta em seguida.

Assim que ela nos deixou sozinhas, Pilar e eu começamos a pular e dar gritinhos empolgados. Havia até um espelho enorme, com luzinhas em volta, igual ao que encontrei no estúdio onde fui fazer as fotos para a *SuperTeens*.

– Isso é *tão legal* – exclamou Pilar, correndo até uma mesa onde havia sucos, refrigerantes e guloseimas, atacando tudo – exemplo que imitei logo em seguida.

Mais uma vez, pensei como a Nina adoraria estar comigo em um momento daqueles. Saquei meu celular e fotografei os detalhes, para que ela visse tudo assim que pudesse.

Pouco depois, a moça do *walkie-talkie* voltou, acompanhada de dois seguranças grandões e outro rapaz, chamado Pedro, que também tinha um *walkie-talkie* pendurado na cintura.

– Pilar, você vem comigo – disse ela, estendendo um crachá de convidado para colocar no pescoço da minha amiga. – Mari, os meninos vão levar você até o palco. Boa sorte – desejou, com um sorriso.

Pelo tanto que minhas pernas bambeavam no caminho, eu realmente iria precisar.

24

Para chegarmos até o palco, precisamos passar pela multidão. Havia um segurança de cada lado e Pedro, que agora era o responsável por nos acompanhar, seguia à nossa frente. Nos primeiros quinze metros, passei despercebida. Já estava começando a achar um exagero tremendo me mandarem ser escoltada até que ouvi um grito:

— *Olha lá a menina do* Marinando!

Não sei bem como aconteceu, mas de repente havia uma dezena de pessoas ao meu redor, celulares prontos para tirar uma foto, tentando vencer os dois seguranças para chegar mais perto de mim. Olhei para os dois, assustada, pois não estava acostumada com aquele tipo de coisa. Sorri e dei tchauzinho, torcendo para que aquilo fosse o certo a fazer, mandando beijos para quem quer que estivesse à minha volta.

Mal consegui prestar atenção ao meu redor, nos estandes e atrações montados no espaço do evento. Em vez de ficarem para trás, as pessoas continuavam seguindo os seguranças, ou melhor *me seguindo*.

— Mari, olha pra mim! — Gritou uma.

— Mari, eu te amo — declarou-se outro.

— Mari, tira uma foto comigo — pediu uma menina, correndo para conseguir chegar mais perto.

— Mari, autografa minha testa — insistiu mais um, sabe-se lá quem.

— Mari, Mari, Mari, Mari, Mari!

Era tanta gente chamando meu nome que no fim todas pareciam uma só.

— A Mari vai participar do bate-papo, pessoal. Depois vai ter foto e autógrafos — repetia Pedro, sem parar. *Autógrafos?* Como assim ninguém tinha me contado essa parte?

Quando finalmente chegamos ao palco, senti que havia vencido um campo de batalha. A coroa final era aquela poltrona branquinha e macia, bem no meio. Tomei um susto ao perceber que os 200 lugares reservados para o bate-papo já estavam ocupados e havia várias pessoas em pé em volta da grade, esperando para me ver. Aquilo era surreal!

Uma mulher subiu ao palco, vestindo jeans e uma camiseta do evento. Ela era magra, alta e usava saltos. Mesmo uniformizada, era superelegante! Encarei meu próprio visual, para ter certeza que não havia derrubado comida na roupa ou algo do tipo. Meu vestido listrado, presente que uma marca havia enviado para minha caixa postal, estava limpinho, ainda bem. Nervosa, passei a língua nos dentes só por precaução. Minhas mãos estavam suando.

— Olá, pessoal — saudou ela. — Bem-vindos ao Papo Informal, na primeira edição da WebFair BH. Hoje nós vamos receber uma convidada muito especial, e tenho certeza que vocês *não vão* morrer de vergonha alheia quando a conhecerem! Além de linda e talentosa, ela é uma fofa e superdivertida. Tenho certeza que vocês já sabem de quem eu estou falando. Quero que vocês façam muito barulho para receber Mariana Prudente, a Mari do canal preferido dos adolescentes: o *Marinando*!

Eu poderia ficar surda com a barulheira que se seguiu. A multidão começou a bater palmas, assobiar e gritar "Mari! Mari! Mari!", sem parar. Eu parei no primeiro degrau que levava ao palco, sem saber muito bem o que fazer. Era inacreditável: aquelas pessoas gritavam por minha causa!

Era impossível descrever a sensação de ouvir meu nome repetido e ovacionado por tantas pessoas. Me sentia abraçada por elas, o que fez cada coisa valer a pena. Meus problemas sumiram por alguns segundos ao receber tanto carinho, pois percebi que havia um grande número de pessoas que se importava com o que tinha para oferecer.

Quando subi ao palco, tropecei de leve, mas logo me recompus. A plateia riu e eu fiz uma piadinha. Recebi mais gritos e assobios. Até ouvi alguém me pedir em casamento! Mas assim que sentei, a gritaria parou, com um público superatento, esperando para ouvir o que eu tinha a dizer.

— Eu estou tremendo — falei, assim que a entrevistadora me perguntou como eu me sentia no momento. — É a primeira vez que eu participo de um evento assim, estou muito nervosa. Eu não esperava por isso, pode perguntar pra minha amiga que está ali na plateia: estava morrendo de medo dela ser a única a vir me ouvir! — O público riu, como se achasse inacreditável o que eu tinha acabado de dizer.

— Você realmente não tem ideia do alcance dos seus vídeos, não é mesmo, Mari?

— Pra falar a verdade, não mesmo. Na época que o vídeo com minha irmã começou a fazer sucesso, eu fiquei muito assustada. Quer dizer... vocês já pensaram como é todo mundo comentando seu vídeo sem parar? A Melissa ficou uma fera, todo mundo no trabalho estava zoando ela.

— Eles devem ter morrido de vergonha alheia também — brincou a entrevistadora, arrancando mais risos da plateia. Eu também dei uma risada.

— Com certeza! Mas foi muito assustador. A Mel ficou irritada no começo, mas depois adorou, isso deu um dinheirinho pra ela, por que ela começou a fazer fotos para algumas revistas de noivas! Acabou ganhando desconto no vestido de noiva também, o estilista dela *amou* a exposição. Só que minha irmã disse que os 15 minutos de fama dela já foram, não quer mais saber de YouTube. Mas eu sou um pouco tímida, fiquei sem saber o que dizer e quase acabei com o canal.

— Não acredito que você pensou nisso — comentou ela. Um burburinho atravessou a multidão, que voltou a ficar atenta quando retomei minha fala.

— Pensei, mas foi rápido. Algumas coisas boas aconteceram por isso, como meu intercâmbio. Foi inacreditável! Mas eu tentei me guardar da exposição — expliquei. — Só aceitei dar uma entrevista, por ser muito fã da revista *SuperTeens*. Acabei sendo convidada pra fazer parte da equipe de leitoras colaboradoras. Foi muito rápido e diferente do que eu imaginava, mas é muito bom ter a oportunidade de viver isso.

— As pessoas dizem que você não interage muito com os outros do mesmo meio. Como você lida com esses boatos?

— Não vou mentir pra você — comecei, pois já esperava uma pergunta como aquela e já tinha até treinado com Pilar a resposta que daria —, eu realmente não costumo interagir. Enquanto muita gente que começa a fazer vídeos já acompanhava outros canais, eu entrei nesse mundo por acaso. Tive um grande problema com colegas de escola e essa decepção me deixou sozinha — falei. Pilar havia dito que falar um pouquinho sobre minha vida pessoal antes do canal talvez chamasse atenção do público, me tornando mais real. — Eu vi na internet uma chance de desabafar e foi por isso que comecei. As coisas aconteceram por acaso, mas agora estou começando a acompanhar muitos canais e a conhecer mais esse mundo. Quero levar a sério minha vida on-line, assim como a off-line.

— E quais canais você costuma acompanhar, Mari? — Perguntou a entrevistadora. Essa resposta também tinha treinado com a Pilar: na semana anterior, nós olhamos alguns vloggers que estariam no evento. Assisti alguns vídeos de cada um deles e decorei seus nomes, para tentar interagir na própria feira.

— Eu gosto muito de assistir o *Papo Gourmet*, do Fernão — respondi, referindo-me a um canal de culinária cujo dono parecia bem simpático. — Não sei fritar um ovo, mas fico com água na boca sempre que assisto. De viagens, eu gosto da May, do *Rota Perdida*, e de variedades, assisto sempre o *Canal do Zac* e o *Louca Nani*.

— Ah, alguns deles estão aqui, você sabia? O Fernão vai cozinhar daqui a pouco, o que vocês acham de levar a Mari lá, produção? — Quis saber ela, virando-se para a lateral do palco, onde estavam alguns responsáveis pelo evento. Uma delas levantou o polegar, acenando positivamente. *Perfeito*, pensei. Aquilo seria ótimo para os meus planos. Olhei para a primeira fileira, onde Pilar estava sentada. Ela fez um sinal de positivo para mim e deu uma piscadinha, pensando exatamente o mesmo que eu.

Continuamos nossa conversa com perguntas sobre o canal, sugestões para quem queria começar a fazer vídeos, entre outras. Quando abrimos as perguntas para o público, morri de rir com as declarações que vinham antes de cada uma delas, mas estava muito feliz em ver que aquelas pessoas realmente gostavam de mim.

Ao fim da palestra, Pilar correu até mim:

– Isso foi perfeito! – Exclamou, enquanto caminhávamos para o espaço onde faria fotos com os visitantes da feira. – Ouvi alguém comentar que Lolo estava por aí, mas não ia participar de nenhuma mesa, é claro. Só veio passear. Se ela viu isso, deve estar se coçando até agora.

Tinha certeza que ela tinha visto, mas meu incômodo real era por outro motivo: *sério mesmo* que aquela menina tinha voado até Minas Gerais só para tentar colher migalhas de uma falsa fama que ela jurava que tinha (ou só pra fazer intriga e jogar olho grande)? Era demais para o meu cérebro conseguir processar.

– A única coisa que eu realmente desejo é que ela esqueça que eu existo!

Assim que chegamos ao local de fotos – um enorme painel com logotipo do evento e dos patrocinadores – percebi que já tinha uma fila de pessoas me esperando. Havia uma mesinha com uma pilha de *cards*, todos eles com minha foto e um logotipo da WebFair, além de canetas. Recebi uma breve explicação de como funcionaria aquela parte e me preparei para conhecer pessoalmente cada assinante do canal que estava por ali.

A primeira a aparecer foi uma menininha, que não tinha mais que doze anos. Eu assinei o cartão e entreguei para ela, que parecia radiante. Nós posamos para a foto e ela me deu um abraço apertado.

– Você é tão fofa, Mari! Obrigada.

Eu que precisava agradecer, pensei, mas também disse. Me sentia totalmente sortuda por cada abraço que dei. Já no meio da fila minha boca estava doendo de tanto sorrir e mal sentia meus dedos após assinar tantos cartões, mas a felicidade era palpável.

Uma menina – essa talvez uns três anos mais nova que eu – pediu que eu autografasse a testa dela – provavelmente a mesma que havia gritado isso enquanto eu caminhava até o palco –, o que acabei obedecendo. Ela deu um gritinho de euforia assim que assinei e um abraço apertado. Morri de rir. Não foi a única testa que autografei, mas também não foi a única parte do corpo: deixei minha marca em bochechas e braços de diversas pessoas. Me sentia a garota mais sortuda do mundo e todo cansaço tinha uma grande recompensa.

A organização do evento teve que fechar a fila, senão nunca sairíamos dali. Depois disso, fui até o espaço Gourmet formado no evento, onde encontrei o Fernão, primeiro vlogger que conhecia ao vivo.

– Então você é a tal Mari! – Constatou ele, como se antes disso eu fosse apenas uma grande ilusão coletiva. – É um prazer te conhecer. Quer me ajudar a cozinhar hoje?

Acenei, concordando, e quando as pessoas se juntaram ao redor para vê-lo cozinhando, eu fiquei o tempo todo perto, auxiliando.

Fernão cozinhava coisas simples e práticas, que qualquer um conseguia fazer na cozinha. Por isso, não tive muita dificuldade em acompanhar a receita. Pilar também foi convidada para se juntar a nós, mas enquanto eu passava os ingredientes para o hambúrguer gourmet, ela só beliscava o que tinha em volta. Ficou uma delícia e ainda oferecemos uma versão em miniatura para algumas pessoas que estavam nos assistindo cozinhar!

Tratei de fotografar tudo e enviar para minhas redes sociais. Pilar aproveitou para sacar minha câmera e registrar o momento – queria colocar todos os detalhes no vlog que eu faria sobre o evento. Quanto mais fotos, vídeos, comentários e curtidas, melhor. Estava disposta a acabar com a fama de metida que haviam atribuído a mim.

Seguimos de volta para o corredor dos camarins escoltadas por seguranças. Essa coisa de ser seguida por homens de preto com *walkie-talkies* fazia minha adrenalina subir! Estava me sentindo mega importante. Mas dessa vez, nos levaram para uma salinha onde outros vlogueiros da programação oficial nos esperavam.

Aproveitei para tirar mais fotos e conhecer melhor May, Zac e Nani, dos canais que já havia mencionado propositalmente durante o bate-papo.

Eles pareciam exatamente os mesmos que via em vídeo, talvez um pouco mais magros na vida real – dizem que a câmera engorda uns dez quilos! May foi a primeira a me cumprimentar. Ela tinha cabelos coloridos e um sorriso enorme, me puxando para um abraço apertado como se fôssemos velhas amigas.

– É um prazer te conhecer, Mari. Adorei saber que você assiste meus vídeos – comentou, seu sotaque maranhense era uma delícia de se ouvir. As madeixas rosa-chiclete e azul-turquesa contrastavam com sua pele branca como leite. Será que um dia eu teria coragem de fazer mechas coloridas? Sempre tive vontade. – Estava assistindo sua palestra, mandou muito bem.

– Obrigada. Estava supernervosa, nunca tinha feito uma coisa dessas – confessei. – Espero que as pessoas tenham achado legal.

— Pelo que ouvi, todo mundo amou — disse Nani, me abraçando também. Ela era bem mais alta que eu, cabelos crespos e negros e olhos amendoados. Em seus vídeos, ela falava sobre assuntos variados, mas volta e meia dava dicas sobre cabelos ou maquiagem. Ela se vestia muito bem e estava impecável, usando um vestido colorido e um turbante laranja. — Você é uma fofa.

— É, não sei por que a Lolo disse que você era nojentinha — falou Zac, aparentemente deixando a frase escapar. Ele levou uma cotovelada de Nani. — Desculpa.

— Ah, não é nada demais. Nem todo mundo gosta do que a gente faz, é normal — respondi, tentando não deixá-lo constrangido por sua gafe. — Mas acho que as pessoas não devem julgar sem conhecer — falei.

— Pois é, nesse meio da internet sempre tem essas coisas — comentou Fernão. — Mas seria bem mais divertido se as pessoas se preocupassem com o conteúdo que produzem em vez de fazer intrigas — concluiu.

— Também acho — disse. — É por isso que geralmente fico na minha, não quero que ninguém pense que estou me aproximando por interesse. Não sou caça-fama!

Uma rápida olhada nas redes sociais que a Heloísa usava para divulgar o canal me mostraram que era exatamente isso que ela tentava fazer ao chegar perto dos vloggers mais conhecidos. Além de tentar ficar conhecida como eles, ela queria espalhar o veneno dela por aí contra mim, podia apostar.

— Não dá pra dizer isso de você — disse May. — Quer dizer, olha só tudo que você conseguiu *sozinha*.

Continuamos conversando e estendemos para a Savassi, um bairro com inúmeros bares e restaurantes que não ficava tão longe do meu hotel. Trocamos contatos, gravamos um vídeo juntos e Nani até me colocou em um grupo do WhatsApp com outros vloggers. Confesso que não controlei o sorrisinho ao perceber que Heloísa não estava entre eles.

Uma batalha de cada vez e aquela eu tinha vencido.

25

Dizer adeus estava se tornando rotina. Sempre precisava me despedir de alguém e deixar para trás bons momentos. Quando fui embora de Minas, voltei para casa já com saudades – das pessoas, da cidade e, principalmente, da comida. Fala sério, quem resiste?

Naquela semana enfrentaria mais uma prova, dessa vez o vestibular da PUC. Até quando ficaria estagnada nesse limbo pré-vestibular, onde eu não era mais uma estudante de Ensino Médio, mas também não era uma universitária? Aquilo já estava me tirando do sério e, além de tudo, eu só podia falar com a Nina uma vez ao dia, quando a mãe dela deixava.

– Queria conversar direito com você – disse ao telefone na terça-feira, depois de cansar de resolver problemas matemáticos.

– Sem chances – comentou Nina. – A vigilância está cerrada aqui.

Carina ainda estava no hospital e os médicos deram a previsão que receberia alta no fim de semana, quando estaria mais nutrida e hidratada. Quer dizer, isso aconteceria se ela continuasse colaborando.

–Você está assustada? – Perguntei, mesmo sabendo que ela não responderia mais que "sim" ou "não", já que dona Patrícia provavelmente estava como sentinela ao lado da filha.

– Uhum – respondeu, com a voz trêmula. – Vai passar, né?

Eu rolei na cama, com o celular na orelha, pensando o que dizer em um momento como aquele. Queria prometer que passaria, embora tivesse lá minhas dúvidas.

–Vai sim, Nina. Você só precisa estar disposta. Todo mundo só quer te ajudar – falei.

– Eu sei.

Fiquei pensando no peso que ela carregava nos ombros. Havia se esforçado tanto para passar no vestibular e precisou interromper aquele sonho de uma hora para a outra, trancando a matrícula por causa dessa doença. Se eu achava que tinha problemas, Carina tinha o triplo de complicações na vida.

– Preciso desligar – disse, quando vi mamãe de pé na porta do meu quarto. – Amanhã eu te ligo. Fica bem.

–Vou tentar – prometeu. – Você sabe quando vai poder me ver?

— Hum-hum. Mas espero que seja o mais rápido possível, não consigo ficar em paz sabendo que você está longe e precisando da minha ajuda — confessei. — Amo você, Nina. Se cuida.

— Eu também, Maricota.

Mesmo após desligar a chamada, fiquei encarando meu celular, preocupada, esquecendo que mamãe me esperava.

— Posso entrar? — Perguntou, fazendo isso antes que eu respondesse.

Mamãe sentou na beira da cama, ficando em silêncio por algum tempo.

— Querida, lembra que falei sobre a psicóloga? — Acenei, concordando. Lembrei da sugestão do Arthur, que eu deveria procurar ajuda para lidar com os meus fantasmas do passado. Também pensei na Nina e como custava para ela admitir que tinha um problema. Será que eu também estava passando por um e me recusava a enxergar? — Bem, eu pedi indicação pra uma amiga e tomei a liberdade de telefonar. Ela disse que está livre para te conhecer hoje mesmo, no fim da tarde. Você quer?

Uma completa estranha, pronta para ouvir minha história. Se tinha sido difícil falar com Nina e Arthur, como seria conversar com alguém que não sabia nada sobre mim? Não tinha certeza se seria capaz de contar minha vida para alguém que não conhecia, mas talvez devesse tentar, exatamente por ela não saber nada de mim e poder me ajudar.

Não tinha nenhum vínculo com ela — não podia decepcioná-la ou muito menos havia a necessidade de impressioná-la. Ela não estava emocionalmente ligada a ninguém que fazia parte daquela confusão e talvez fosse a única que pudesse me fazer entender o que acontecia comigo sempre que as coisas esquentavam com Arthur.

— Eu acho que pode ser uma boa ideia, mamãe.

▶ ||

Fui a pé até o consultório, que ficava a três quarteirões de distância da minha casa. Preferi seguir sozinha, embora minha mãe tenha se oferecido para me acompanhar e esperar do lado de fora. Quando toquei a campainha, fui recepcionada por uma mulher negra, cheinha e usando um vestido estampado muito colorido.

Ela era sorridente e acolhedora, bem diferente do que eu havia imaginado — na minha cabeça, seria uma mulher com aparência séria, roupas em tons pastéis e um óculos na ponta do nariz. Com sua voz calorosa, ela disse:

— Você deve ser a Mariana! Entre, entre. Muito prazer, eu sou a Fátima.

Fátima abriu outra porta, que nos levava ao consultório. Havia uma grande janela, mas cortinas cobriam a visão. Um divã branco estava bem no meio e as paredes eram ocupadas por uma enorme estante, coberta de livros, desde títulos sobre psicologia até obras de ficção.

Dois baús, também brancos, completavam a decoração – imaginei que as caixas estavam repletas de brinquedos e jogos, para as crianças que faziam terapia. Uma mesa com muitas canetas e papéis espalhados, com duas cadeiras confortáveis davam o toque final ao ambiente, bem menos intimidador do que tinha esperado.

– Sente-se onde você achar melhor – disse. Escolhi o divã, que parecia bem confortável, abraçando uma almofada. – Agora me conte, querida, o que trouxe você até aqui.

Fiquei imaginando o que mamãe tinha dito a ela, quais eram as suposições que passavam pela sua cabeça, mas não me senti preparada para perguntar. Resolvi olhar para dentro de mim mesma, afinal de contas, era uma pergunta pertinente: o que tinha me motivado a ir até lá?

– Você tem tempo? – Perguntei, pensando que uma longa história seria contada a partir daquele momento.

– Já terminei minhas sessões do dia. Estou aqui só para te ouvir, não precisa se preocupar. Pode falar o que quiser, é só contar.

– Bem, eu tinha um grupo de amigos e...

Mal percebi como foi fácil contar minha história para aquela mulher, localizando-a em toda loucura que minha vida havia se tornado. Passei por diversos tópicos – desde a traição envolvendo meus antigos amigos, o que Léo fez comigo, minhas preocupações com a Nina e meu relacionamento com Arthur, parando especialmente na história da praia. Comentei sobre o canal, meus medos envolvendo vestibular e os pesadelos ocasionais relacionados ao Leandro. Também falei sobre como a Heloísa tinha ressurgido das cinzas, para me atormentar mais uma vez. Mal percebi a bagunça que estava minha vida, só quando coloquei tudo para fora!

Fátima ouviu tudo, fazendo anotações em seu bloquinho e me interrompendo ocasionalmente para fazer algumas perguntas.

– Acho que são muitos problemas para uma garota só – disse ela, em um tom doce.

– Às vezes mal consigo dormir pensando neles – confessei. – Queria deixar o passado onde deve estar.

– Mariana, parece que você não quer realmente deixar isso para trás.

Me aprumei no divã, confusa e um pouco irritada com aquela colocação. Como assim *não* queria deixar isso de lado? Era o que mais desejava na vida!

– Não me entenda mal – disse ela, percebendo minha reação. – Só acho que você precisa encarar seus medos, ao invés de empurrá-los para debaixo do tapete – falou. – E parar de se culpar por coisas que não são sua culpa, como o tal Leandro ou os problemas da sua melhor amiga.

– Mas são... – Eu tinha plena certeza disso, que poderia ter impedido ambas as situações se minha postura fosse diferente.

– Não, Mariana. Mas com o tempo nós vamos trabalhar isso e você vai perceber – respondeu, com doçura. Sua colocação era tão firme que me fez parar para refletir nas palavras que dizia. Era a segunda vez que alguém me falava que eu não tinha a menor culpa no que aconteceu com o Léo. Seria verdade? – Quer dizer, se você quiser.

– Eu quero – falei, cheia de certeza, surpresa com minha própria firmeza. – Não aguento mais saber quanto essas coisas me incomodam.

– É provável que algumas delas você nunca esqueça, Mariana – contou. – Mas você pode aprender a conviver com elas.

Aquilo já era mais do que eu pensava ser capaz de lidar sozinha.

Antes de sair do consultório, dei um abraço apertado em Fátima. Me senti como se ao contar aquilo para alguém, que efetivamente poderia me ajudar, estava tirando o fardo das costas para carregar em uma mala de rodinhas.

– Muito obrigada – falei. – Nos vemos semana que vem?

– Lógico, Mariana. Vou esperar por você.

Já no elevador, digitei uma mensagem para Arthur.

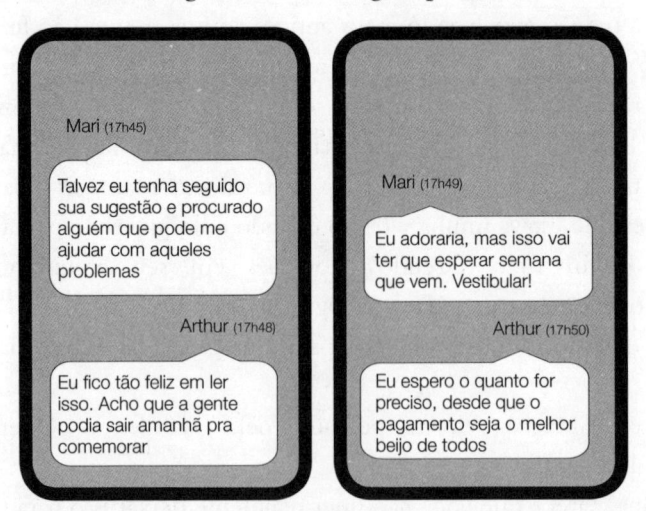

> **Mari** (17h45)
> Talvez eu tenha seguido sua sugestão e procurado alguém que pode me ajudar com aqueles problemas
>
> **Arthur** (17h48)
> Eu fico tão feliz em ler isso. Acho que a gente podia sair amanhã pra comemorar

> **Mari** (17h49)
> Eu adoraria, mas isso vai ter que esperar semana que vem. Vestibular!
>
> **Arthur** (17h50)
> Eu espero o quanto for preciso, desde que o pagamento seja o melhor beijo de todos

Corei com a última mensagem, desejando revê-lo o mais rápido possível, para enfim pagar o preço, que eu achava mais do que justo.

26

Após a prova no domingo, assinei a minha carta de liberdade provisória. Quando saí, ainda com as respostas frescas na minha mente, abri um sorriso gigante ao ver o dono das covinhas mais lindas do mundo me esperando do lado de fora.

— Que saudades — disse ele, após me dar um beijo. Eu também estava morrendo de saudades, já que não o via desde antes de ir para Belo Horizonte. Mamãe havia me obrigado a ficar trancafiada em casa, estudando, pois disse que eu estava me distraindo demais para alguém prestes a fazer vestibular. Depois que tudo terminasse, queria overdose de Arthur!

Arthur cheirava a sua colônia de sempre, um perfume que me deixava com vontade de enchê-lo de beijos ali mesmo, na frente de todo mundo. Mas eu tinha outras prioridades além dessa, pois meu estômago estava roncando.

— Vamos almoçar? *Por favorzinho* — pedi, fazendo minha melhor carinha do Gato de Botas, do *Shrek*.

— Estava esperando você pedir — respondeu, me puxando para um abraço e caminhando assim até o carro.

O nosso destino foi inesperado — a confeitaria Colombo do Forte de Copacabana! Ele pediu uma mesa para dois do lado de fora, com vista para o mar, e o cardápio. Escolhi uma omelete e ele um sanduíche, com sucos para acompanhar. Ter Arthur e aquela vista como companhias era uma dádiva.

— Achei que a gente merecia depois de tanto tempo sem se ver — explicou, me lançando um daqueles sorrisos que mesmo após meses de namoro, continuava a fazer meu coração bater acelerado. — Agora eu quero que você me conte pessoalmente todas as novidades dos últimos dias, não tem a mesma graça quando é por chat ou celular.

Repeti então todas as histórias que já tinha contado, dando atenção especial a Nina, já que não havia explicado em detalhes. Nosso almoço chegou e continuamos a conversar enquanto comíamos. Arthur por vezes largava o garfo (sim, ele estava comendo sanduíche com garfo e faca! Nunca conseguiria aquele feito) para fazer carinho na minha mão, em um gesto carinhoso que me deixava feliz.

— Eu queria ver a Nina — falei. — Mas não tenho como ir pra São Paulo agora. Estou me sentindo muito mal por estar longe.

— Por que você não pode?

— Eu não tenho dinheiro, né, amor — expliquei, deixando escapar o apelido. Era a primeira vez que me referia assim a ele e fiquei encabulada. Arthur percebeu meu desconcerto e sorriu, segurando minha mão. Prossegui: — Não tenho como ir agora.

Ele ficou em silêncio, como se as engrenagens do próprio cérebro estivessem trabalhando, em busca de uma solução.

— E se eu desse uma ideia? — Ele quis saber, sorrindo triunfante, pensando na carta que tinha na manga.

▶︎ ❙❙

— Nem pensar! — Mamãe exclamou assim que contei a ideia do Arthur. — Você só viaja com namorado por cima do meu cadáver.

— Mãe, mas é pra ver a Nina. Por favor — implorei. — Eu preciso ver como ela está.

— Mês que vem você vai, Mariana. Você não tem milha sobrando? — Perguntou ela, referindo-se às milhagens que acumulei a caminho do Canadá. — E aquele dinheiro que você não gastou no intercâmbio?

— A companhia aérea só faz viagens internacionais — expliquei. — E estou guardando o dinheiro pra outras coisas. Não faz sentido gastar quando posso viajar de graça!

— De graça, Mariana? E onde você vai ficar? E vai comer vento? — Mamãe parecia realmente irritada com minhas ideias. Não entendia! Passei dois meses fora do país e ela mal reclamou, mas foi só sugerir passar dois dias em São Paulo, que é logo ali, para ver minha melhor amiga, e ela tinha dado um ataque de nervos.

— A tia do Arthur ofereceu ficarmos na casa dela. E você não precisa ficar com medo de *nada* acontecer, por que ele disse que tem um quarto de hóspedes e eu fico lá, sozinha, enquanto ele dorme no quarto do primo — disse, tentando tranquilizá-la. Aparentemente mamãe não estava com vontade de ficar calma.

— Ahá, tá vendo! Significa que vocês pensaram nisso!

Será que ela tinha escutado *alguma* palavra que eu disse? Ô neurose! Quase falei que não precisava ir pra outro estado para fazer sexo com o Arthur, muito menos dormir sobre o mesmo teto. Parecia até que ela não sabia disso. Se eu quisesse, faria em qualquer lugar.

Além disso, podia jurar que mamãe achava que eu já tivesse perdido minha virgindade com o Eduardo, de tantas indiretas que ela costumava jogar na época. Estava ficando irritada com aquela história, pois o que eu mais queria era ir para São Paulo rever a Nina e me certificar que ela estava melhorando. Não estava com vontade de esperar mais um mês para isso.

— Ô mãe, eu sou virgem. *Virgem* – gritei. – Eu não vou *dormir* com o Arthur, eu só quero rever a Nina. Estou realmente preocupada – completei, medindo as palavras, pois dependendo do que eu dissesse, todas as minhas chances iriam por água abaixo. No mesmo minuto que gritei isso, Melissa e Mateus abriram a porta da sala. Fiquei vermelha feito um pimentão!

— Uau, o que foi isso? – Mel quis saber. Não a via desde o casamento, embora o casal 20 tivesse retornado de Paris há pouco mais de uma semana. Era estranho rever minha irmã, parecia que uma nova aura tinha se instalado ao redor dela. Se fosse qualquer outra hora, teria corrido para dar um abraço e perguntar as fofocas, já que estava morrendo de curiosidade para ouvir as histórias da lua-de-mel, mas no momento eu não queria assunto.

— Você não bate na porta não? – Rebati.

— Ai, como é educada. Estava até com saudades! Oi pra você também, irmãzinha. E não, não bato na porta, eu tenho chave. – *Aff*, aposto que ela morreu de saudades de implicar comigo, isso sim. – Agora posso saber o que está acontecendo?

Mateus já ia sair de fininho, prevendo uma confusão entre as mulheres Prudente – super esperto, se quer saber –, mas a nova Sra. Navarro não deixou ele sair do lugar.

— Não precisa fugir, Mateus – disse Melissa. – Agora você é parte oficial da família.

Tinha certeza que ele não esperava discussões familiares no pacote, não em tão pouco tempo.

— Sua irmã tem vento no lugar de cérebro! – Mamãe disse, sem esclarecer nada.

— Isso eu sei, mas quero saber o que ela fez dessa vez – completou Melissa.

— Ei, eu estou aqui, sabiam? Parem de falar de mim na terceira pessoa – reclamei. Em seguida, tratei de esclarecer por minha conta: – A Nina está doente. Ela foi internada depois de desmaiar, ela tá com anorexia e os pais dela foram pra São Paulo. Agora eu quero ir lá visitar, mas mamãe não quer deixar! – Aquela era a única parte realmente relevante da história, pois mal me importava em chegar lá de jegue, eu só queria ir para São Paulo.

— Ok, agora eu estou confusa – disse minha irmã. – Quando foi que isso que a Mari disse se transformou num grito de "eu sou virgem" que a vizinhança inteira escutou?

Depois daquela frase, eu queria ser um avestruz, só para enfiar a minha cabeça debaixo da terra e não tirar de lá.

– Sua irmã quer ir pra São Paulo com o namorado – explicou mamãe. – E, ainda por cima, com ele dirigindo!

– Ai, Mari, aí você já está forçando a barra – intrometeu-se Mateus.

– Viu, não disse? – Mamãe empolgou-se com a ajuda do cunhado. – O Mateus é homem, entende o que estou falando!

Sempre gostei do Mateus, mas naquele instante queria esganá-lo! "Ele é homem, sabe do que está falando" era o pior argumento de todos.

– Como se você e a Melissa nunca tivessem viajado juntos. Ela até dormia na sua casa – apontei. Já que não podia fazer picadinho do meu cunhado, poderia colocá-lo contra a parede.

Touché. Os dois ficaram quietinhos na mesma hora, com medo que sobrasse para eles. Mamãe suspirou, cansada.

– Mãe, eu já sou maior de idade e tenho plena consciência das coisas que eu faço – prossegui. – Eu podia simplesmente dizer que estou indo, mas eu estou pedindo permissão. Eu só quero rever minha melhor amiga, que está precisando muito de mim.

– Sabe, Mariana... Você está impossível desde que voltou desse intercâmbio, achando que é a única dona do próprio umbigo – resmungou minha mãe. – Vai, problema é seu. Você escolhe o que quer fazer da sua vida, só espero que você saiba medir suas escolhas.

As palavras me atingiram com maior eficiência que um soco no estômago. Mamãe nunca havia falado daquele jeito comigo. Estava tão chateada que bati o pé e segui para o meu quarto, deixando minha irmã e meu cunhado na sala, sem saberem o que fazer. Eu agi como uma criança mimada, mas a irritação foi mais forte que a razão.

Minutos depois, ouvi a porta do meu quarto abrir, para em seguida, a mola do meu colchão ranger assim que alguém se sentou. Sabia que não era minha mãe, que naquele momento provavelmente estava soltando fogo pelas ventas em outro canto da casa. Não me virei quando Melissa começou a falar.

– Não liga para o que ela disse – falou. – Mamãe só está com medo de perder você.

– Eu estou aqui, ela não me perdeu – respondi, com a cara enfiada no travesseiro.

– Nem a mim, mas ela está confusa – disse minha irmã. – Eu casei e não estou mais aqui toda hora. E agora você não é mais uma adolescente que ela pode controlar. Você cresceu tanto, Maricota. Acho que você nem se deu conta como esse intercâmbio mudou você por dentro! Mamãe só não sabe como lidar com tantas mudanças ao mesmo tempo.

Sentei na cama, agora para olhar minha irmã nos olhos.

– Eu só quero ver a Nina. Nada mais, eu juro.

– Eu sei. Ela também sabe, Mariana, pode apostar. E ela sabe também que se você for fazer alguma coisa com o Arthur, isso vai acontecer de qualquer jeito. Acho que por isso nunca impediu que eu viajasse com o Mateus – explicou. Quando Melissa tinha se transformado de noiva histérica à dona da razão? – Mas aposto que ela quer ter algum controle sobre você e essa foi a forma que ela encontrou. Só que agora ela viu que às vezes existem coisas que não pode controlar.

Abracei meus joelhos, pensando naquilo. Não queria ser dura demais com minha mãe, mas também não estava disposta a voltar atrás. Precisava abrir meu próprio espaço, para ela entender que eu havia crescido. Depois de alguns segundos, perguntei:

– Como foi?

– O quê?

– Sua primeira vez com o Mateus, ué.

Melissa deu uma risadinha, encabulada.

– Ah, irmãzinha, aí você quer saber demais! – Ao dizer isso, levantou e bateu a porta.

27

Era sexta-feira quando Arthur foi me buscar no cursinho para partirmos em direção a São Paulo.

Após dobrar minha mãe, não foi muito difícil convencer meu pai. Tudo que seu Oscar fez foi nos alertar sobre os perigos da estrada, enquanto minha mãe bufava, inconformada. Não esperava que papai aceitasse tudo tão facilmente. Mas com tantas desventuras amorosas da minha irmã mais velha, já estava vacinado. O mais importante, ele disse, era que eu pudesse visitar a Nina e ver como ela estava. Queria que mamãe fosse racional do mesmo jeito.

Ela, por outro lado, só foi convencida após inúmeros telefonemas para a tia do Arthur e muitas, muitas promessas. Passei a semana fazendo tudo que me pedissem, sem medir esforços para ganhar o posto de "Melhor filha do mundo" e aliviar minha barra. Arrumei minha cama, deixei todas as minhas coisas organizadas e até lavei louça!

Fora isso, esperei a chegada do fim de semana da mesma forma de sempre, estudando, cuidando do canal e fofocando com a Pilar. Nosso plano tinha dado certo, já que depois do evento em Belo Horizonte, eu tinha começado a conversar com todo mundo que valia a pena conhecer na vlogosfera – o que não incluía a Lolo, com toda certeza – e os boatos sobre minha antipatia evaporaram rapidamente, já que agora estava sempre conversando publicamente com aquelas pessoas. Os vídeos que fiz em BH com outros *youtubers* fez muito sucesso, todo mundo estava comentando e assistindo.

Difícil mesmo foi guardar segredo da Nina! Queria que fosse surpresa, por isso não mencionei que iria visitá-la em nenhuma conversa. Lógico que deixei a mãe dela avisada, pois não queria problemas. Ela era meio louquinha, então era bom me preparar. Ao contrário do que eu esperava, ela não ofereceu nenhuma resistência.

– Ah, Mariana – disse, suspirando. – Seria ótimo se você viesse! A Carina ficaria tão feliz. Ela está precisando de companhia agora que está na casa da tia. Está se sentindo muito sozinha, já que nenhum dos amigos que ela fez na faculdade apareceu pra visitar.

Bando de falsos, sabia que deixariam minha melhor amiga na mão em um momento tão crítico quanto aquele!

— Eu teria ido antes – falei —, mas tive uma prova de vestibular e o compromisso em BH. Meu namorado disse que me leva.

Em outros tempos, tinha certeza que ela teceria um comentário maldoso, mas aquilo estava no passado. Acho que o problema da Nina a fez reavaliar algumas coisas – tanto que ela tinha até pedido licença do trabalho para ficar mais tempo em São Paulo, acompanhando o início do tratamento da filha.

Contei tudo isso para Fátima em nossa sessão, pois estava feliz em ter confrontado minha mãe, mesmo que na hora tenha doído. Sabia que aquilo ajudaria mais para frente. Ela também pareceu achar que foi um bom passo, mas pediu que eu tivesse cuidado ao confrontar daquele jeito, pois em alguns momentos poderia me arrepender.

— Tente achar um equilíbrio, Mari. Mas de qualquer forma, você foi muito bem – elogiou.

Equilíbrio. Isso parecia muito difícil de encontrar em minha vida, mas eu sentia que estava caminhando para isso.

A ansiedade foi minha maior companhia enquanto aguardava a sexta-feira e quando o dia finalmente chegou, parecia não ter fim. O que eu mais queria era ver minha melhor amiga, pois não aguentava mais me contentar com conversas pela metade no telefone – além de tudo, a conta estava bem alta!

Assisti as aulas da manhã no pré-vestibular contando as horas para ir embora. Olhava para o relógio de cinco em cinco segundos e saí em disparada quando a professora de Física terminou uma aula chatíssima sobre termodinâmica.

— Onde estão suas coisas? – Perguntou Arthur assim que me viu.

— Deixei em casa, tenho que passar lá pra buscar e me despedir de mamãe – falei, o que me rendeu um olhar irritado do Arthur. – Não me olhe com essa cara! Você sabe como foi um parto a convencer da viagem.

Se eu não passasse em casa para me despedir como manda o figurino, tenho certeza que mamãe arrancaria meu pescoço.

— Tudo bem, mas não pode demorar, quero evitar pegar trânsito.

Dei um toque para casa e mamãe concordou em me esperar com a mala do lado de fora, para poupar tempo. Quando paramos em frente ao meu prédio, ela já estava lá.

— Quantos dias você pretende passar em São Paulo? Pensei que fosse só um fim de semana – implicou Arthur com o tamanho da minha bagagem.

— Cala a boca – falei, dando um tapinha no ombro dele e descendo do carro em seguida.

Mamãe entregou a mala para Arthur e me encheu de recomendações. Podia jurar que ela era capaz de resumir seus conselhos em apenas uma frase:

"Use camisinha!" Conseguia sentir nos seus olhos o pânico de que algo a mais acontecesse.

— Eu prometo que vou ligar de cinco em cinco minutos, mamãe.

— Cuidado com a estrada, Arthur — aconselhou mamãe.

— Cuidado com a gente, não com a estrada! — Ele brincou, o que o fez ganhar um beliscão discreto. — *Ai* — reclamou para mim.

— *Faz mais gracinha que a gente não sai daqui.*

— Você entendeu! Dirija com cuidado e não esqueçam de dar uma parada. Dei um abraço caloroso em mamãe, antes de partir.

— Muito obrigada, mãe.

— Pelo quê? — Ela quis saber.

— Por ser a melhor mãe do mundo — respondi, dando um beijo estatelado em sua bochecha.

Antes de virarmos a esquina, ainda podia vê-la parada no mesmo lugar, com a mão na bochecha onde dei um beijo, acompanhando nosso caminho e zelando para que nós dois chegássemos ao destino em paz.

▶ ||

A briga para decidir qual música embalaria nossa viagem não durou muito, pois eu logo caí no sono e só acordei quando já tínhamos atravessado a fronteira do estado.

— Mas que ótima companhia de viagem — comentou Arthur, sarcástico.

— Eu estava cansada — disfarcei. Sempre caía no sono com o balanço do carro. — Que banda é essa?

— Dire Straits — respondeu. Mais uma daquelas bandas antigas que ele gostava de ouvir. Tinha impressão que já tinha me apresentado outras músicas deles antes. Gostei do som, de qualquer forma. — E então, sonhou com o que?

— Com você — falei, embora não fosse verdade. Uma mentirinha daquelas não faria mal. Quem sonha cochilando?

— Se você continuar me provocando com essa voz *sexy*, eu vou ser obrigado a parar o carro aqui mesmo e tomar uma providência — disse Arthur, seu tom de voz mil vezes mais provocante que o meu. Senti um calor percorrer a espinha ao mesmo tempo que Arthur repousou a mão na minha coxa. As sensações que ele me passava eram infinitamente mais fortes do que tudo que já havia sentido com

Eduardo. Era algo totalmente novo, um desejo acendia apenas com palavras. – É bom saber que eu estou habitando os sonhos da garota que eu amo – completou.

O tempo pareceu suspenso com aquela última frase. Desde aquele dia na Lore, nunca mais havia dito que o amava – tirando aquela vez constrangedora que o chamei de "amor". Na verdade, eu sequer cheguei a falar aquelas palavras com a convicção de quem se declara.

A fala do Arthur foi diferente da minha – natural, cheia de convicção, como se não fosse a primeira vez que me dissesse aquelas palavras. Embora seguíssemos a mais de cem quilômetros por hora, a sensação era que o mundo estava em câmera lenta. De repente me senti segura, deixando de lado todos os meus medos e inseguranças que ainda rondavam minha cabeça depois de tanto tempo. Ele estava ali, dizendo que me amava e isso era o suficiente. Mesmo assim, ainda era difícil repetir em voz alta o que eu sentia, como uma corrente me puxando de volta ao terreno de medos e dúvidas. Mas, aos poucos, sentia que ela estava arrebentando.

Percebendo minha expressão, Arthur falou, me trazendo de volta para a realidade:

– O que foi?

– O que você disse...

– Foi exatamente o que você ouviu e o que eu quis dizer – falou, sem tirar os olhos da estrada. – Eu amo você, Mariana.

– Eu sei – falei, embora soubesse que aquela não era a resposta que ele realmente desejava ouvir. – Se você não me amasse, não estaria aqui comigo, agora, indo pra São Paulo só para que eu visite a minha melhor amiga.

– É o mínimo que eu posso fazer por você – disse ele. – Eu prometi que faria valer a pena, que faria você acreditar em mim – completou, cheio de determinação. – Eu quero que você acredite que é você que eu quero.

– *Shh,* isso já passou – falei. Não queria lembrar da Clara agora, não quando só nós dois importávamos. Estiquei minha mão, fazendo carinho na nuca dele enquanto ele dirigia, observando-o. – O que importa é que nós dois estamos aqui e eu amo você também. – As palavras saíram com um pouco de dificuldade, como se eu estivesse rompendo uma barreira que ainda era dolorosa, como se cada vez que eu repetisse que o amava, eu me livrasse aos poucos de tudo que me prendia.

Fiz uma careta, pensando em quanto minha declaração se parecia com aquelas que minha irmã fazia para Mateus, mas depois percebi que aquilo não importava. Eu queria dizer, então disse. Arthur piscou para mim de um jeito doce e seguimos assim, rumo a São Paulo, naquele silêncio que era capaz de valer mais do que mil palavras.

28

Meus olhos não desgrudavam da janela do carro quando chegamos em São Paulo, mesmo o engarrafamento de sexta-feira à noite não me desanimava – afinal, já esperava que seríamos recebidos por um. Ainda assim, mesmo presos no trânsito, a cidade parecia bonita a sua maneira, guardando milhões de histórias dentro de cada carro ou prédio.

Arthur não parecia minimamente cansado quando chegamos à casa da tia dele, que ficava bem pertinho de uma das estações de metrô da linha verde. Eliane era irmã do pai dele, parecia estar na casa dos cinquenta anos, com um aspecto amigável, nos recebendo de braços abertos quando chegamos. Suas fartas bochechas não conseguiam esconder as covinhas. Descobri de qual lado da família Arthur as tinha herdado!

– Ah, meu menino, finalmente você veio visitar a gente – disse ela, puxando-o para um abraço. – E você deve ser a Mariana. É linda, como o Tuca me disse.

Estava tão acostumada a chamá-lo de Arthur que havia até me esquecido do apelido que era unânime entre a família. O apartamento de três quartos era parte de um prédio antigo, mas muito aconchegante. A sala era ampla e bem longe do que mamãe costumava chamar de "caixinha de fósforo". Era um apartamento bem mais espaçoso que o que eu morava. Arthur abriu a porta do quarto de hóspedes e colocou minha mala no cantinho.

– É aqui que você vai ficar – explicou Eliane. – Tuca vai dormir no quarto do Paulinho, que está viajando.

– Poxa, pensei que ia vê-lo – comentou meu namorado, aparentemente chateado.

– Quando a gente vai ficando mais velha, querido, todo mundo nos larga. O Paulinho não para mais em casa. Agora viajou pro litoral com a namorada, pelo menos acho que dessa vez a coisa é séria. Bom, vou deixar vocês dois à vontade e sair pra fazer compras.

– Se for por nossa causa, não precisa se preocupar com a gente – falei. – Não viemos pra dar trabalho, nós vamos jantar fora. Sempre falam muito bem da pizza de São Paulo.

– Mas vocês vão sobreviver de pizza? Precisam comer comida de verdade – resmungou.

— Relaxa, tia. Só vamos tomar um banho e dar uma volta, como a Mari disse, não precisa se preocupar com nós dois.

— Então, já que é assim, vou dar uma voltinha no shopping – sentenciou. – Fiquem à vontade, queridos.

Ela pegou a bolsa e saiu, nos deixando a sós. Era possível cortar a tensão no ar com um bisturi.

Arthur se aproximou de mim, tirando uma mecha de cabelo que havia caído em meu rosto. Meu corpo se contraiu apenas com aquele pequeno contato.

— O que você quer fazer? – Perguntou, sussurrando próximo à minha boca. Seu hálito tinha frescor de menta e se ele continuasse com os lábios tão próximos ao meu, não iria resistir. Não que eu realmente tivesse pretensão de resistir a ele.

— Sinceramente, se você falar mais perto, acho que esqueço até o meu nome – falei. – Não estou conseguindo pensar com clareza desse jeito. – Ao dizer isso, Arthur me puxou para um beijo daqueles que tiram os pés do chão – primeiro, figurativamente, depois, literalmente.

Ele me levantou e continuou a me beijar, como se eu pesasse o mesmo que uma pluma. Arthur me jogou contra a parede e o beijo ficou cada vez mais quente, até que ele parou, ofegante, e me encarou, como se estivesse testando meus limites, com medo que eu tivesse outra reação como a da praia.

As minhas duas únicas conversas com a psicóloga já tinham sido suficientes para que eu mandasse o Léo para a China, pois ele não ia atrapalhar meu momento!

Sem dizer nada, eu avancei para um beijo ainda mais forte e coloquei a mão no bolso traseiro do short do Arthur, enquanto a outra acariciava a barriga dele por baixo do pano da camisa. Isso foi um sinal verde para que ele fizesse o mesmo comigo. Nós tínhamos tanta urgência, como se o espaço tivesse diminuído de um segundo para o outro, com nossas mãos indo parar em outros lugares.

De repente, Arthur me soltou, deixando-me sem ar.

— Eu acho melhor tomar um banho frio, senão não vou conseguir cumprir a promessa que fiz pra sua mãe.

Ainda com a respiração falha, encontrei forças para falar:

— Que promessa?

— A que você voltaria do mesmo jeito que veio. Mas ela parece mais difícil do que pensei.

Ao dizer isso, ele bateu a porta do quarto, me deixando sozinha. É, eu também precisaria de um banho frio, já que a temperatura tinha acabado de subir demais por ali.

▶ ||

A Avenida Paulista era linda à noite, completamente iluminada e movimentada. Descemos na estação do metrô do MASP, o museu de arte de São Paulo, caminhando de braços dados. Os artistas de rua, os jovens andando de skate, as pessoas passeando pelas calçadas, cada um mais autêntico que o outro, tudo era suficiente para me deixar encantada com o clima pulsante da região. Havia muita vida naquelas calçadas e uma energia que me contagiava.

Caminhamos até virarmos uma esquina e chegarmos na Bella Paulista, a padaria 24h mais conhecida de São Paulo.

— Essa região é tão linda — comentei. — Sei lá, sempre imaginei São Paulo *não-acolhedora*, mas acho que ela é acolhedora do seu jeito.

O máximo que conhecia da cidade de São Paulo era o aeroporto, onde passei horas esperando uma conexão certa vez. Fora isso, o mais perto que tinha chegado era o parque Hopi Hari, que ficava a alguns quilômetros de distância da capital. Eu só esperava conhecer a cidade em outras circunstâncias, não quando minha melhor amiga estava passando por um momento tão delicado e complexo.

— São Paulo é uma cidade ótima, ela tem um charme diferente do Rio, só isso — comentou Arthur, com voz de quem era apaixonado pela metrópole. Podia nos imaginar passeando por ali muitas outras noites, desvendando os mistérios da cidade mais agitada do país.

— Estou gostando mais ainda de visitar em boa companhia — falei, tentando afastar da minha mente a ansiedade que sentia para rever a Nina. Tinha combinado com Patrícia de visitá-los na manhã seguinte.

— Vamos ter outras chances de voltar aqui, em um momento melhor — afirmou, como se lesse meus pensamentos. — Como você está?

— Preocupada — respondi. — Acho que só vou ficar completamente tranquila quando ver a Nina. Foi pra isso que eu vim.

Arthur acenou, concordando.

— Ela já está melhor, não?

— Pelo que a mãe dela disse, sim. Senão não estaria em casa. Mas ela estava começando a experimentar a liberdade — lembrei. — Vai ser muito difícil pra ela ter que lidar com uma vigilância ainda mais constante agora.

Se eu já sentia diferenças desde que havia voltado do intercâmbio, mesmo que minha mãe não fosse extremamente rígida, ficava imaginando como seria para a Nina sair de uma república para morar com a tia, que prestaria o triplo de atenção nela, com medo que algo parecido acontecesse novamente.

— Nem todo mundo sabe lidar com a liberdade — ponderou Arthur. — Ela foi boa pra você, mas prejudicial pra Nina. Talvez ainda não fosse a hora dela.

Arthur estava certo, eu sabia, mas não deixava de ser triste. Nina continuaria sem viver por completo, presa em seus próprios pesadelos e na sensação de que não se encaixava dentro do seu próprio corpo. Esperava que ao fim do tratamento ela fosse livre.

— Queria descobrir quem era a menina que mandou as mensagens para ela — comentei. Eu tinha pedido à Pilar e ao Arthur que pedisse aos amigos para denunciarem o perfil. Depois de um tempo, vi que a rede social tinha tirado a página do ar.

— Você conseguiu que tirassem o perfil do ar, mas com certeza existem milhões de outros *fakes* com a mesma proposta — elucidou. — Você não vai conseguir cortar o mal pela raiz.

— Aquela menina também precisa de ajuda — lamentei. — Todas elas precisam. As que se escondem atrás do anonimato, as que procuram novas formas de ficar mais magras só para fugir da própria vida.

— Eu acho que é um grito de socorro — sugeriu. — No fundo, elas tentam chamar atenção para que alguém perceba que elas precisam de ajuda. Ou que as compreendam. A Nina encontrou nessa menina anônima uma compreensão que ninguém mais ofereceu. Infelizmente, agora não tem como você descobrir quem ela é. O máximo que pode fazer é torcer para que essa garota também seja ajudada a tempo, assim como a Nina.

Fitei meus pés, pensando em como pude representar ajuda para minha amiga e não consegui compreendê-la completamente. Estava fora do meu alcance, eu sabia. Mas ainda era difícil aceitar que havia falhado com uma das pessoas mais importantes para mim.

— Ei, eu não quero você se culpando — ordenou Arthur, levantando meu queixo. — A gente não sabe tudo, Mari. Você não sabia como ou o quê fazer. Agora tem gente que sabe, pronta pra fazer o que é preciso. Vai dar tudo certo.

— Você promete? — Perguntei, lembrando da Nina me dizendo aquelas mesmas palavras.

— Prometo — disse ele, para me deixar segura. Eu sabia que na realidade ele não podia prometer nada, mas naquele instante, eu não me importava com falsas promessas. Ao menos elas me traziam algum consolo.

29

Não estava pronta para o que me esperava, mas ainda assim apertei o número 301 no interfone. Ao contrário do condomínio luxuoso onde Nina morava em Niterói, aquele era um velho prédio sem porteiro, uma portinha não muito longe do centro da cidade.

— É a Mariana — falei, quando alguém atendeu. Com um estalo, o portão foi destrancado e Arthur empurrou, abrindo espaço para que eu passasse.

Mal tinha dormido à noite, apesar da cama confortável e do silêncio na vizinhança. A ansiedade tomou conta de mim e tratei de acordar o Arthur bem cedo, para que ele me acompanhasse, já que não queria andar sozinha por São Paulo. Mesmo sendo sábado, o metrô estava cheio e seguimos em pé.

Enquanto esperávamos o velho elevador chegar ao térreo, ficava um pouco mais calma.

Assim que as portas metálicas se abriram, entrei, como se fosse um portal que me levaria para outra dimensão. Meu nervosismo ocupou todo elevador, pois Arthur não disse uma só palavra enquanto subíamos até o terceiro andar.

A porta do 301 estava aberta. Era o único apartamento que tinha um capacho no corredor, com os dizeres "Seja Bem-Vindo". Na porta, uma mulher alta, de longos cabelos pretos cacheados, nos esperava de braços cruzados, encostada no batente.

— Oi, Mariana — disse, descruzando os braços para me cumprimentar. Ela era bem mais jovem do que eu esperava, devia estar beirando os trinta anos. Era o que minha avó chamava de "raspa do tacho", a filha bem mais nova que todos os outros. Alguns traços lembravam um pouco o pai da Nina, mas não pareciam ter muito em comum. — A Carina ainda está dormindo. Não contei pra ela que você vinha, a Patrícia pediu pra ser uma surpresa. Sou a Carla, tia dela.

Estendi a mão e a cumprimentei, com um aperto firme. Fiquei feliz ao ver que a mãe da Nina tinha seguido meu pedido, mas estranhei ela não estar por lá. Imaginei que não sairia de perto da filha.

— Onde está dona Patrícia? — Perguntei.

— Ah, ela não dorme aqui. Fica num hotel — explicou, enquanto entrávamos na sala. — Até parece que ela ia ficar na minha casa, hmpf — falou, mais para si mesma que para o resto de nós. Aparentemente, a mãe da Nina continuava a mesma em certos aspectos. — Ela aparece aqui sempre a tarde, fica algumas horas e vai embora. Fiquem à vontade, vou acordar a Nina.

— Não precisa — falei. — A gente espera ela acordar por conta própria.

— Ah, você não conhece sua amiga? Se for assim, a Nina só acorda duas da tarde — comentou. — E ela precisa acordar pra tomar remédio. Não se preocupe, já volto.

Arthur segurou minha mão ao perceber que eu tremia de tanta preocupação. Os minutos pareceram uma eternidade e tentei matar o tempo analisando toda decoração da sala. Estava tentando identificar os títulos na estante quando ouvi a voz da Nina. Pulei da poltrona onde estava sentada, correndo até ela e a pegando de surpresa.

Por pouco não matei minha melhor amiga de susto, mas ela logo se recuperou e me deu um abraço de volta. Eu não queria largá-la, pois não a via há muito tempo.

— Nunca, *nunca*, nunca mais me assuste assim — falei, abraçando-a ainda mais forte. — Eu não iria suportar se alguma coisa acontecesse com você.

A segurei pelos ombros, tentando dar uma bela olhada em seu corpo, para certificar-me que estava tudo bem.

— Eu não acredito que você veio — disse Nina, ainda se recuperando do sobressalto causado pela minha presença súbita no meio do apartamento da sua tia. Ela olhou para o lado, notando a presença do Arthur pela primeira vez. — E o Arthur também! Uou, acho que estou um pouco confusa.

Carla, ao ver que estávamos bem, pediu que eu fizesse companhia a Nina enquanto ia ao mercado. Seria ótimo podermos conversar à vontade, sem interrupções ou um adulto vistoriando nosso papo.

— Como vocês vieram parar aqui? — Nina quis saber, o que deu espaço para uma longa conversa, contando como tentei convencer mamãe a me deixar ir vê-la. Na parte da conversa com a intromissão da Mel e do Mateus, fiquei vermelha feito um tomate, já que havia escondido aqueles detalhes do Arthur.

— Quer dizer que isso aconteceu? — Perguntou Arthur, sem disfarçar que achava aquilo engraçadíssimo. Amarrei a cara, sem ver graça alguma naquela história.

— Não estou rindo — comentei, mas ao ver Nina rir ao lado de Arthur, acabei me rendendo e rindo também. Fiquei pensando quando foi a última vez que ela deu uma risada sincera em meio àquele caos e me senti bem por saber que a viagem ao menos tinha servido para arrancar um sorriso. — Está vendo o que eu passo por sua causa? — Disse para Nina, que ainda achava graça da história.

— É por isso que eu digo que você é a melhor amiga do mundo — afirmou, enlaçando o braço ao meu.

Nina estava um pouco mais magra do que quando veio para São Paulo, mas ela me disse que se a visse algumas semanas antes, tomaria um susto. Ela havia emagrecido muito em pouquíssimos dias e sua aparência estava fantasmagórica.

— Como você está?

— Eu não sei – respondeu, com sinceridade. – Eu só sei que estou disposta a fazer alguma coisa para mudar essa situação. Eu quero ficar boa.

— Isso é a melhor coisa que você pode desejar nesse instante – encorajei. – Tenho certeza que isso vai acontecer e você vai poder voltar pra faculdade, ainda há tempo.

— E o canal, como vai? – Nina quis saber, mostrando se preocupar comigo, mesmo no momento em que ela era a única pauta que interessava.

Contei para ela sobre o evento em Belo Horizonte, onde recebi a notícia que ela estava mal. Ainda assim, foi divertidíssimo compartilhar as fotos e os comentários sobre o dia com ela, que pareceu interessada em cada detalhe que eu tinha para contar.

— Estou tão feliz por você, Mari – disse, parecendo realmente sincera. – Fico feliz em ver que você está encontrando seu caminho.

Ela não falava apenas do vlog, eu sabia. Os olhos da Nina pousaram rapidamente em Arthur, como se estivesse incluindo-o no que ela chamava de caminho. Só mesmo alguém muito especial para encarar horas de estrada e aguentar outras tantas esperando que eu e Nina colocássemos nossos assuntos em dia.

— Você também vai encontrar o seu – disse. Não me referia a um amor, embora ache que invariavelmente as pessoas o encontram em algum momento da vida. Eu falava sobre um caminho, o sentido que a colocaria de volta nos eixos e a faria superar seus problemas e seguir em frente, por mais difícil que fosse.

— Espero que sim. – Foi a resposta que recebi.

Passei o dia inteiro ao lado dela e Arthur não quis sair para passear, dizendo que estava ali para nos fazer companhia. Ele sacou o celular e ficou jogando, enquanto nós duas colocávamos a fofoca em dia e assistíamos a filmes. Conseguimos até fazer uma conversa via Skype com a Pilar, que desejou melhoras à Nina e pareceu aliviada ao ver que ela estava melhor.

Quando a noite caiu, precisamos ir embora para que minha amiga pudesse descansar. Já sentia saudades antecipadas por não ter certeza de quando a veria outra vez.

— Vou tentar convencer mamãe a liberar o computador – disse Nina. – Assim a gente pode conversar mais.

— Só se você me prometer que não vai voltar a usar para procurar aquela gente – insisti. – Eu quase morri de preocupação quando li aquela conversa. E ela disse que eu era um pé no saco! – Exclamei, ainda ofendida.

— Eu tenho conversado bastante sobre isso com a psicóloga — falou. — Acho que vai ajudar. E você não é um pé no saco! Você é a melhor amiga de todas.

— Te contei que estou indo a uma também? — Perguntei, pois não lembrava se tinha colocado a Nina a par do assunto, em meio a tanta confusão. — Acho que preciso aprender a lidar melhor com o que ficou para trás.

— Isso é ótimo, Mari — disse ela, com sinceridade.

— Tenho certeza que vai dar tudo certo pra gente. Nós vamos conseguir lidar com nossos problemas.

— Vamos sim — afirmou, me puxando para um abraço.

Aquele abraço me deixou feliz e reconfortada. Eu sabia que o caminho seria difícil, mas nós duas conseguiríamos vencer nossos medos e sempre teríamos uma a outra.

▶ ||

De metrô, seguimos até o bairro da Liberdade, reduto da comunidade japonesa em São Paulo. Fiquei encantada com o local e observava tudo ao meu redor atentamente.

— Eu deveria ter trazido minha câmera — comentei, enquanto caminhava de mãos dadas com Arthur. Ele puxou minha mão e me levou para mais perto.

— Nada de câmera, nada de vídeos. Eu quero que essa noite seja uma lembrança só nossa — falou, antes de me dar um beijo na ponta do nariz.

— Você não existe — respondi, roubando-lhe um beijo em seguida. — E é por isso que eu te amo — completei, quando nos afastamos.

— Você me ama por que eu não existo?

— Não, seu bobo — falei, dando uma risadinha. — Eu te amo por você ser essa dose de sonho.

Nos acomodamos em um pequeno restaurante, onde pedimos uma barca de comida japonesa. Arthur fez graça com os hashis — carinhosamente chamados por mim de palitinhos — e até me deu comida na boca. Parecíamos dois bobos apaixonados. E éramos.

— Muito obrigada por hoje — agradeci. Ninguém faria por mim o que ele fez.

— Faria tudo outra vez só para ver esse sorriso tranquilo em seu rosto. Eu sabia o quanto era importante para você.

— Mais importante ainda foi viver isso ao seu lado.

— Pretendo viver muito mais. E vou — prometeu. —Você foi a melhor coisa que me aconteceu nos últimos tempos, Mari.

Aquela era a melhor declaração que eu poderia receber. Senti que era capaz de flutuar ali mesmo, só de ouvir aquelas palavras.

No caminho de volta, próximos à casa da tia dele, um vendedor ambulante nos parou e nos ofereceu uma rosa vermelha. Arthur comprou duas e se ajoelhou para me entregar, beijando minha mão.

— Eu quero viajar para mil destinos ao seu lado, Mariana.

Eu também queria.

▶ ||

— Bom dia, minha linda.

Quando abri os olhos, encarei Arthur e suas lindas covinhas. Fui desperta por um carinho nos cabelos e ele já havia se acomodado ao meu lado na cama.

— Eu poderia acordar todo dia desse jeito — disse, ao receber um beijo na testa e sentir a mão dele acariciar minha barriga.

— Quem sabe um dia? — perguntou, mordiscando o lóbulo da minha orelha e beijando meu nariz.

—Você não vai me beijar com bafo — falei, me esquivando.

— Você consegue estragar todo o romantismo — comentou, dando uma mordidinha na minha bochecha e me abraçando.

Quando ia rolar para me colocar de pé e escovar os dentes, meu celular começou a tocar sem parar.

Atendi sem sequer olhar quem ligava. Ao ouvir a voz do outro lado, reconheci na mesma hora. Era Pilar.

—Você consegue entrar na internet *agora*? Se eu fosse você, olharia o link que te mandei no Facebook.

— Eu ainda nem acordei direito, Pilar — resmunguei.

—Ah, mas pode ter certeza que quando você assistir o que estou mandando, vai acordar mais rápido do que se eu jogar um balde de água fria na sua cabeça.

Pela urgência em sua voz, certamente era algo grave. Fiz um sinal preocupado para que Arthur me passasse meu tablet, que estava ao lado da cama, e abri o link que Pilar havia me mandado.

A cara de pau, ela não tem limites!

30

Era a terceira vez que assistia o vídeo, ainda incrédula, e havia convocado Arthur para ver comigo. Estávamos sentados na beira da minha cama, com meu iPad na mão, olhando para a tela como se visse algum tipo de pegadinha.

Definitivamente, aquela menina tinha algum parafuso a menos, não era possível! O contador acusava mais de 10.000 visualizações — e ela tinha postado há menos de 48 horas. Era óbvio que o vídeo estava bombando não porque a Lolo era conhecida, mas por causa do assunto que envolvia ninguém mais, ninguém menos, que eu mesma!

O título do vídeo era "Pingo nos Is". Eu me recusava a dar visualizações para aquela *coisa*, mas era irresistível demais não rever aquela bizarrice! Meus olhos estavam grudados na tela. — Alguns boatos estão rondando a internet nos últimos dias — começou Heloísa, com sua voz afetada. — E como eu não gosto do meu nome em meio de mal-entendidos, resolvi esclarecer algumas coisinhas.

Arthur me olhou, ainda confuso. Ela agia como se fosse conhecida o bastante para que suas explicações ao público fossem necessárias.

— Alguém descobriu que eu estudei com uma vlogueira conhecida na escola — falou. — Não vou citar nomes, mas do jeito que a fofoca corre, todo mundo já sabe mesmo! Também descobriram que o *meu* Dudu já namorou com ela e que um dia fomos amigas. Tudo isso é verdade. O que não é verdade é o que as pessoas andam dizendo por aí.

— Essa menina tem algum problema? — Arthur quis saber, aproveitando a pausa que Lolo (eu sempre ria quando lembrava desse apelido) fez no vídeo, para respirar.

— Todos — respondi. — Ouve só o que ela ta falando, Arthur...

— Eu sempre fui apaixonada por ele, como dá pra perceber. Aliás, se você quiser assistir ao nosso vídeo respondendo a *tag* sobre namoro, eu vou deixar o link aqui — Helô apontou para o canto da tela, onde surgiu uma miniatura do vídeo em que ela aparecia com o Eduardo. Lógico que eu já tinha assistido aquele vídeo quando terminei de ver esse pela primeira vez, era um show de breguice. — Fim do *merchan* — ela dava uma risadinha falsa nessa parte, era ridículo. — Eu queria que vocês soubessem a história verdadeira!

Então ela começava *de verdade*. Eram quase quinze minutos contando sua bela história de amor com Eduardo e como *eu* sempre me coloquei no caminho. Sua versão era completamente sem pé nem cabeça, só podia ser fruto de uma mente completamente insana. Nas palavras da Helô, bruxa má que eu era, tentei de todas as formas chamar atenção dele, até que consegui conquistá-lo, passando a perna na minha "melhor amiga". Ainda assim, Helô continuou ao meu lado, achando que no fundo aquilo era o melhor para ele, pois pensava que nós dois gostávamos um do outro.

Com o tempo, foi percebendo que eu não dava a ele a atenção que merecia. Na sua versão da história, Eduardo sempre pedia conselhos e formas de melhorar nosso namoro, já que eu aparecia como uma vilã.

— Como acontece sempre que você não dá a atenção que seu namorado merece, ele vai procurar outra pessoa que realmente se importe com os sentimentos dele — afirmou. — Foi isso que Eduardo viu em mim. Nossa amizade foi crescendo e vi aqueles sentimentos que sempre estiveram adormecidos voltarem à tona. Quando percebi, nós dois estávamos completamente apaixonados um pelo outro — completou, totalmente teatral. — Lógico que eu não queria magoar a tal garota, que não vou citar o nome por motivos que já disse. Não quero me promover à custa de ninguém!

— Imagina se quisesse — disse Arthur, com os olhos atentos ao vídeo bizarro.

— ... mas eu preciso colocar o pingo nos is! — Prosseguiu. — Eu não roubei namorado nenhum, como tem um povinho na internet dizendo. Eu e o Edu percebemos ao mesmo tempo que gostávamos muito um do outro. Além disso, eu descobri que a gente não pode deixar a chance de ser feliz passar. E ela tem muita culpa no cartório. Se vocês conhecessem a lobinha em pele de cordeiro, não iam colocar a mão no fogo por ela! Não acreditem em tudo que escutam, leiam ou veem na internet.

"Sei que um monte de gente que gosta da dita cuja vai vir falar besteira aqui nos comentários. Mas antes de me atacarem, procurem saber a história toda. Não foi *meu namorado* que traiu ela comigo, mas sim essa menina que traiu o namorado com um grande amigo dele! Como ele estava num momento de fraqueza, nós o perdoamos por entender que a culpa foi toda dela, já que o Dudu ouviu a história toda dos lábios do amigo arrependido, pois ela *nunca* abriu a boca pra pedir desculpas. Não me julguem por ser o ombro amigo do Dudu, não me julguem por amar. Só queria dizer isso!"

O vídeo acabava, tão surreal quanto tinha começado. Eu ainda não conseguia acreditar que ela havia se prestado a esse papel, com certeza não estava batendo bem da cabeça. Mas depois de assistir aquilo três vezes, estava começando a pensar *demais* no assunto.

— Mari, você não vai ler os comentários — disse Arthur ao me ver descer a página onde o vídeo estava.

— Só unzinho — pedi, mas ele tirou o iPad da minha mão.

— Não comigo do lado! — Exclamou. — Vai trocar de roupa, nós vamos voltar para casa — falou.

— Mas...

— Sem "mas". Agora *eu* vou entrar nessa briga, essa menina já foi longe demais querendo chamar atenção. E não quero saber de você lendo comentários enquanto eu estiver por perto — concluiu Arthur, com uma expressão que me deixou genuinamente preocupada.

Depois dessa, eu resolvi deixar meus aparatos tecnológicos pra lá e tomar um banho e arrumar minha mala, pois era o melhor que eu poderia fazer.

▶ ❙❙

Se não fosse a música que tocava ao fundo, o silêncio no carro seria total. Não conseguia parar de pensar no vídeo da Helô, mil ideias loucas passando pela minha cabeça. Tudo que eu queria era chegar em casa e correr para o computador, para descobrir o que as pessoas estavam falando sobre o assunto.

Arthur não fez perguntas durante o trajeto. Uma das melhores coisas do nosso relacionamento é que ele sabia respeitar os espaços em branco, sem insistências. Coloquei a mão na perna dele, pensando como era uma dádiva poder contar com esses instantes em que eu podia ficar em paz com meus próprios pensamentos, mas em companhia.

— Posso escolher a música? — Perguntei, no meio do caminho. A paisagem parecia igual dos dois lados da estrada, o celular estava sem sinal — e mesmo que tivesse com, Arthur me espiava mal-humorado sempre que eu encostava no aparelho, como se previsse o que iria fazer, lendo os comentários *on-line* — e tudo que eu queria era uma música que me acalmasse.

— Vá em frente — encorajou, Arthur. Peguei um *pen-drive* que havia deixado no carro dele no início da viagem e uma música da Lana Del Rey começou a tocar.
— Você quer que eu durma no meio da estrada? — Perguntou, implicante como só ele sabia ser. Dei um cutucão e um leve sorriso.

— Dirija, motorista — falei, rindo.

— Ahá, pelo menos arranquei um sorriso! Parece que desde que assistiu àquele vídeo você fechou a cara — comentou, segurando minha mão e levando-a até os lábios para dar um beijo. — Não se abale com aquela bobeira, Mari. Você é bem maior que isso.

Cruzei os braços, irritada. Como se fosse fácil assim não me importar com a fofoca que rolava na internet com meu nome, ainda mais quando eu sabia que era tudo mentira! Ainda mais a fofoca que me atormentou o ano passado inteiro e me deixou completamente só, sem rumo. Eu estava tentando superar todo o trauma da confusão de Leo-Edu-Helô, com a terapia e o apoio do meu namorado e de Nina e Pilar, mas ainda estava no início dessa jornada. A culpa que eu sentia por ter sido usada ainda estava ali, dentro de mim. Ver tudo isso jogado na internet, em um ambiente que eu me sentia segura, doía. Se fossem anônimos alimentando aquela história, seria menos pior, mas era alguém que me conhecia e já tinha me feito muito mal. Estava cansada de ser perseguida. A escola já tinha acabado, pensava que isso seria o bastante para deixar aquele mundinho para trás, mas aparentemente não.

Sem tirar os olhos da estrada, Arthur levantou meu queixo com o indicador, de maneira carinhosa.

— Olhe para a frente, meu amor. O mundo é grande demais para darmos ouvidos a mentes tão pequenas.

▶ ||

Custei a me ver livre das infinitas perguntas da minha mãe sobre o estado da Nina e a viagem. Dona Marta deu várias voltas para tentar descobrir se a filha caçula tinha avançado o sinal com o namorado, mas depois de muito tempo ela se deu por satisfeita com minhas respostas e me deixou descansar.

Óbvio que não descansei coisíssima nenhuma! Assim que tranquei a porta do meu quarto atrás de mim, pulei no computador e digitei o endereço do canal da Lolo. Quase caí para trás quando vi que o número de visualizações tinha subido para mais de vinte mil! Eu tinha olhado aquilo pela manhã, não era possível que mais de dez mil pessoas tivessem assistido desde então, mas o contador não me deixava mentir.

Não veria aquela palhaçada mais uma vez, por isso pausei o vídeo e desci até os comentários. Bem que Arthur tinha me dito para não ler.

LolitasUnidas 2 horas atrás

Não acredito, diva! Que cara de pau dessa garota :O Pode contar com nosso apoio. Não acesso mais aquele canal nunca, já que gente que faz esse tipo de coisa com quem chama de "amiga" não merece meu ibope! #LolitaPraSempre

Responder 👍 👎

MariFans 3 horas atrás

Segura esse recalque, hein, Lolo! Continue tentando porque você NUNCA vai chegar aos pés da minha diva. #MarinetesPelaMari

Responder 👍 👎

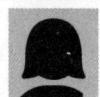

JujuDreams 4 horas atrás

Ninguém merece essas fãs da falsinha lá vindo puxar briga aqui. Estamos com você, Lolo. Aquela ali nunca enganou ninguém. #LolitaPraSempre

Responder 👍 👎

LuS23 4 horas atrás

Alguém pode me contar de quem ela tá falando? Boiei!

Responder 👍 👎

LolitasUnidas 3 horas atrás

Shippo muito #Elo e fico chateada de saber que essa menina queria destruir meu *ship*!

Responder 👍 👎

CaioF5 3 horas atrás

Depois da mentirada que a Lolo contou da festa da ST, eu duvido de tudo que ela fala!

Responder 👍 👎

ThaisLFC 3 horas atrás

Gente, mas a Mariana não tá namorando, totalmente em outra? Pra que remexerem nessa história? Eu hein, muita falta de louça pra lavar nessa internet, como conseguem! As mães de vocês sabem o que vocês fazem on-line? Tenho certeza que ia todo mundo pro cantinho da disciplina se elas descobrissem. Não aguento!

Responder 👍 👎

PimentaDoce76 3 horas atrás

Vocês viram as fotos da Mari com a May? *___* Divas perfeitas! A Lolo tá com inveja porque nenhum vlogger vai com a cara dela e inventou essa história. #MarinetesPelaMari

Responder 👍 👎

MarinetePraSempre 2 horas atrás
Só queria dizer que MINHA diva não precisa desses barracos para se promover! #MarinetesPelaMari

Responder

Teo345 1 hora atrás
Se essa tal garota é tão inocente assim, por que ela ainda não postou nenhum vídeo esclarecendo a história igual a Lolo fez? Quem não deve, não teme! De qualquer forma, esse cara é sortudo. Pegou duas gostosas!

Responder

Os comentários continuavam e a briga entre as meninas que acompanhavam meu canal — que se autointitulavam Marinetes — corria solta contra aquelas que eram fãs da Heloísa — as tais Lolitas. As Marinetes estavam em maior número, mas as Lolitas faziam muito barulho nos comentários, implicando e me chamando de nomes que nem gosto de repetir!

Era como estar de novo na escola, recebendo comentários maldosos pelas costas e sendo alvo de especulações. Estava torcendo para a história não ter saído daquela página, mas sabia que não era tão sortuda assim.

Quando abri minhas redes sociais, uma enxurrada de xingamentos. As *hashtags* tinham até parado nos tópicos mais comentados no Twitter. Era uma troca de ofensas generalizada. Até quem me defendia estava brigando entre si! Que loucura era aquela?

Minhas redes estavam repletas de comentários anônimos me ofendendo. Por um momento, me senti de volta ao dia que meu primeiro vídeo estourou: as mensagens não paravam de pipocar, outros famosos na internet comentavam e todo mundo parecia estar pronto a dar sua opinião sobre algo que não lhes dizia respeito.

Mais uma vez, meu nome estava espalhado pela internet inteira, sustentando o boato do qual eu mais desejava escapar.

31

Não quis sair de casa na manhã seguinte. Sabia que algumas meninas do cursinho costumavam acompanhar o canal, já que no primeiro dia de aula elas ficaram me olhando e fofocando entre si, o que me fez evitar puxar assunto com elas desde que comecei a estudar lá.

Na minha cabeça, a internet *toda* já tinha assistido o tal vídeo, então queria evitar passar por situações parecidas àquelas que já conhecia de cor. No momento, evitar tudo e todos parecia a solução mais prática e eficaz.

— Mari, posso saber por que você ainda está em casa? — Mamãe perguntou, entrando no meu quarto sem bater. Eu estava agarrada ao meu edredom como se minha vida dependesse disso.

— Cólicas — menti, fazendo minha melhor cara de dor.

Mamãe me olhou, desconfiada, sem acreditar muito na minha história.

— Sabia que não devia te deixar ir pra São Paulo — resmungou. — Agora está aí, morta de cansaço jogada na cama quando deveria estudar! Depois não vem choramingar pra cima de mim que não passou no vestibular.

Argh! Ela saiu batendo a porta e a culpa me consumiu. Levantei a bunda da cama e resolvi estudar por conta própria, mas estava distraída demais para conseguir prestar atenção nas questões de botânica. Se alguém me perguntasse o que era fotossíntese, acho que demoraria alguns segundos até responder.

As pessoas cobravam satisfações ou um vídeo-resposta, até mesmo as meninas que se diziam minhas fãs queriam entender meu lado da história. Não sei quando a internet inteira passou a achar que eu devia explicações sobre a minha vida, mas entendi que abri espaço para aquelas cobranças no momento que postei meu primeiro vídeo.

Nunca estive tão arrependida de ter colocado minha cara no mundo virtual, nem mesmo na época que o vídeo da Mel explodiu e me coloquei em um monte de confusões. Perto do que estava acontecendo, não me importava em virar piada pronta. Eu só queria empurrar meu passado para bem longe, onde não precisasse lidar com ele. Reviver tudo era complicado demais para uma só Mariana.

No dia seguinte, a desculpa da cólica não colou e tive que me arrastar para a aula. Passei o tempo todo de cabeça baixa, com medo que alguém tivesse visto o vídeo e viesse fazer perguntas, mas as meninas da primeira semana de aula pareciam mais preocupadas em revisar logaritmos do que prestar atenção nas fofocas da minha vida. Ainda bem, mas eu não deixava de ficar apreensiva com aquela situação.

Não tive coragem de ir até a psicóloga e inventei um pretexto tão esfarrapado quanto os outros para fugir da terapia. Definitivamente não estava no clima para encarar meus fantasmas do passado, eles podiam ficar quietinhos na minha cabeça — embora fizessem mais barulho do que nunca, como uma festa incessante em minha mente, daquelas que nos deixam com uma baita dor de cabeça no dia seguinte!

A quarta-feira chegou e eu ainda não tinha ligado meu computador ou checado minhas notificações. Evitava a qualquer custo entrar em contato com o mundo virtual. Sorte da Nina não saber de nada que acontecia na internet por conta do seu acesso limitado. Ao menos assim ela não ficaria chateada por mim ao ver o festival de lixo que tomava conta da web. Arthur, por outro lado, tentou tomar as dores e disse que se eu quisesse, sairia em minha defesa na internet, mas o fiz mudar de ideia antes que as coisas complicassem. Só queria deixar o assunto morrer, mas aparentemente Heloísa não estava disposta a isso.

— Ela continua falando de você na internet, Mari — reportou Pilar, embora eu tenha dito que não estava interessada em saber. — Você precisa fazer alguma coisa.

— Eu estou fazendo — afirmei. Nós estávamos conversando no Skype, mas eu não queria me concentrar naquela conversa. Peguei um livro qualquer jogado na prateleira e comecei a folhear, enquanto Pilar continuava a falar.

— Percebi! Você está fazendo nada, cruzou os braços e deixou essa menina deitar e rolar em cima de você. Parabéns por sua proatividade, Mariana.

Bufei, deixando-a falar sozinha no meu ouvido e tentando me concentrar no livro. Li a primeira frase umas três vezes, enquanto Pilar repetia que eu não podia deixar aquilo acontecer e blá–blá–blá. Sinceramente, me perdi no meio do assunto.

Estava sendo injusta, sabia. Pilar tentava me ajudar e não cobrava respostas, sem fazer perguntas sobre a história do vídeo ou pedir minha versão; enquanto meio mundo parecia interessado em saber da história.

— Você quer saber a verdade? — Perguntei, deixando o livro para lá e encarando o mapa na parede do meu quarto.

— Que verdade? — Rebateu, confusa.

— Sobre o vídeo, *uai* — falei, frisando bem a última expressão, que havia pego emprestado do seu vocabulário.

— E tem alguma verdade naquilo tudo? — Quis saber Pilar. — Pensei que fosse tudo alucinação da sua amiguinha.

— Digamos que ela distorceu a história toda — respondi, antes de continuar a explicar. — Eu não quero passar por isso outra vez, Pilar — desabafei. — Se ela quer que todos acreditem nisso e que eu saia de cena, é o que eu vou fazer. Ela que aproveite a fama que tanto sonhou. Cansei desses joguinhos que nunca param, que só servem pra me deixar cada vez pior. Cansei! Ela pode brincar sozinha.

— Não acredito que você vai desistir daquilo que te faz feliz com medo do que as outras pessoas vão pensar — falou minha amiga, claramente desapontada.

— Vou sim — rebati. — E vou exatamente por saber o quanto fingir que não me importo com o que dizem de mim me afeta. Cansei de viver fingindo.

— E sua saída para isso é se esconder?

— Sim — afirmei. Não importa o quanto tentassem me convencer, estava irredutível.

— É uma pena, achei que ia fazer diferente. Estou decepcionada com você, Mariana.

Pilar desligou a chamada, sem sequer me dar tchau. Fiquei encarando a tela do meu celular, onde o aplicativo indicava o tempo da nossa conversa, ainda estupefata. Parecia que ninguém estava realmente disposto a ouvir meus argumentos e compreender meu ponto de vista. Por isso, desisti de tentar explicar.

▶ ||

Estava tendo sonhos nada ortodoxos com Arthur quando fui despertada do meu cochilo por ele mesmo! Ao vê-lo sentado na beira da minha cama, ruborizei, tentando afastar dos meus pensamentos a cena que meu cérebro havia imaginado segundos antes, quando ainda estava presa em meus devaneios causados pelo sono. Tinha certeza que minhas bochechas estavam vermelhíssimas naquele instante e dei graças por minha vida não ser uma obra de ficção e meu namorado não ter poderes psíquicos que o fizessem saber o que ocupava meus sonhos.

Mas aposto que ele tinha uns bem piores. Ao pensar nisso, fiquei ainda mais vermelha.

— Que carinha é essa? — Perguntou ele, prendendo um sorrisinho. — Você fica tão fofinha quando fica vermelha feito um tomate!

Argh! Ele riu ao perceber que isso me fez corar mais do que antes, se fosse possível! Estava mais vermelha que o tapete do Oscar. Ignorei a colocação e fiz uma pergunta:

— O que você está fazendo aqui?

— Eu faço uma surpresa no meio da tarde e é assim que sou recebido — dramatizou. — Aliás, não era para a senhorita estar estudando?

Passei a mão no rosto, lembrando que tinha cochilado com a cara nos cadernos! Aposto que meu rosto tinha uma grande marca do espiral, me acusando.

— Estava dando uma pausa — disfarcei.

Era sexta-feira, dois dias depois que havia falado com Pilar. Desde então, só tinha feito duas coisas: cochilar e ir para o cursinho. Todas as vezes que tentava me concentrar em qualquer outra atividade — o que incluía estudar para as provas de vestibular — meu cérebro saía de órbita, geralmente indo parar em lugares indesejados. Para poupar minhas crises existenciais, resolvi que o melhor remédio era dormir — e no meio tempo fingir que estava estudando, para minha mãe não pegar no meu pé. Estava funcionando até agora, dependendo do que alguém considerava como "funcionamento".

— Certo, eu vim correndo te procurar por que tenho uma novidade — anunciou Arthur, entrando no meu quarto.

— Conta logo — disse, apressando-o. Larguei meus livros para o lado e me ajeitei na cama, abrindo espaço para que ele sentasse ao meu lado.

— Eu consegui o estágio que queria — exclamou, animado.

Pulei no pescoço, enchendo-o de beijos para comemorar. Suspeitava que o pai dele não tinha ficado muito feliz com a notícia.

— E aí? — Parecendo saber o que eu realmente queria saber, falou, dando de ombros:

— Meu pai disse que se eu quero ser burro de carga, tudo bem por ele.

— Eu não entendo por que ele fica incomodado em ver o filho querer construir algo por conta própria — comentei, encostando minha cabeça no ombro do Arthur. — Quer dizer, ele é seu pai. Deveria ficar feliz por suas conquistas e por seu esforço

Arthur se ajeitou na cama, parecendo desconfortável, como se aquele fosse um assunto delicado demais para ser tratado. Ainda assim, me trouxe uma resposta.

— Ele quer que eu dependa dele. Meus pais se separaram quando eu era bem pequeno, mas ele sempre gostou de controlar tudo e todos. Acho que foi por isso que minha mãe meteu o pé, não gosta muito de ser controlada. Meu padrasto é um cara que respeita o espaço dela, enquanto meu pai gosta de saber até o que estamos pensando. Penso que tem a ver com a vontade de se sentir querido, necessário. É a forma que ele encontra de fazer isso. Talvez ele tenha imaginado que se me entregasse tudo nas mãos, eu fosse depender dele pra sempre. Não me entenda mal, eu amo meu pai e a gente se dá muito bem, mas existem outras formas de demonstrar amor por alguém.

— Tem razão — admiti, achegando-me mais a ele. Ficamos assim por um tempo, até que eu disse: — Sabe, acho que essa é uma ocasião especial pra você provar meu bolo de chocolate!

— Eu nem sabia que você cozinhava — comentou Arthur, parecendo surpreso.

— *Ahá*, eu ainda tenho muitas cartas escondidas na manga — provoquei, pulando da cama, já seguindo para a cozinha.

Antes que eu alcançasse a porta, Arthur me puxou, nossos lábios separados por centímetros de distância. Podia sentir seus batimentos cardíacos e seu hálito quente.

— Você não cansa de me surpreender, não é mesmo?

Sem resistir à nossa proximidade, acabei puxando-o para um beijo, mais eficaz que qualquer frase de efeito e muito mais delicioso que o bolo de chocolate.

Arthur não ofereceu resistências e nossa excursão à cozinha precisou esperar um pouco mais.

32

Meu desentendimento com Pilar mal chegou ao fim da semana, já que logo ela veio quebrar o silêncio para me contar uma fofoca sobre a própria vida. Para ser sincera, se ela não me procurasse, eu mesma o faria: já não aguentava mais de saudades da minha amiga e não iria ficar de cara amarrada por muito tempo só por causa de um puxão de orelhas – que eu precisava ouvir, embora não quisesse admitir em voz alta.

> Pilar (10h19)
>
> Odeio ser a primeira a falar depois de uma briga, já que sou orgulhosa demais. Mas preciso confessar que estou com saudades de fofocar com você e tenho uma história pra contar! Me chama no Skype assim que estiver a fim de falar comigo. Adoro você, sua chata! Só quero seu bem. Beijos da sua mineira favorita!

Com a promessa de uma história para contar, não resisti e respondi a mensagem assim que terminei de ler. Já estava mais do que na hora de acabar com aquele silêncio bobo. Não tem nada que me deixe mais ansiosa do que ouvir que alguém tem algo para me contar e ficar esperando para saber.

– Me conta! – Falei, assim que ela atendeu a chamada no *Skype*.

– Como é educada! – Exclamou, implicando comigo. – Aposto que se eu não tivesse apelado para uma fofoca, nem ia querer assunto – exagerou.

– Deixa de ser dramática, Pilar Cristina – disse, chamando-a pelo nome completo. Ela escondia o nome composto de todo mundo. Não a culpava.

– Já disse pra não falar meu segundo nome, se disser três vezes eu viro uma bruxa – respondeu, fazendo drama como sempre.

– Pilar Cristina, Pilar Cristina, Pilar Cristina – repeti, sendo capaz de ouvir uma bufada vindo do outro lado.

– Vai ficar sem saber fofoca e agora que você convocou a bruxa má, vou comer seu cérebro no jantar!

– Desculpa, Pilarzinha querida. Seu nome é lindo, quase música para os meus ouvidos, só estava admirando a criação da sua mãe.

– Aham, sei. Debochada! – Resmungou.

– Já pedi desculpas, me conta logo esse babado – implorei. Odiava esperar para saber de alguma coisa, a curiosidade estava me corroendo!

– Se você parar de fazer a invocação do mal, eu conto – falou. Depois de receber meu silêncio em resposta, continuou: – Ok, lá vai: ontem eu saí com meus amigos, né? Fomos num barzinho aqui perto e esticamos numa festa.

– O Rafa foi junto? – Interrompi, supercuriosa para saber aonde aquela história ia chegar.

– Espera aí que já chego lá! Não atropela minha história – pediu. – Então... O Rafa foi com a gente, mas ficou daquele jeito, né? Igualzinho no dia que a gente foi pro Soho: me olhando, mas sem falar ou fazer alguma coisa. Eu estava meio irritada, desde que a gente conversou quando voltei de viagem que as coisas ficaram estranhas. Enfim... Não me abalei com isso, ainda mais porque tinha muita coisa pra me divertir naquela noite!

– O que aconteceu depois? – Quis saber, incentivando que ela continuasse, dando sinal que estava atenta à história.

– Tinha um monte de cara bonito na festa, óbvio. Um deles ficou me olhando e veio me dizer que eu era uma "morena muito gata", aí eu virei pra ele e disse "morena não, meu filho, eu sou preta!" – contou Pilar. – Aff, me bate uma coisa quando me chamam de morena, parece até que tem medo de dizer que eu sou negra! – Completou, indignada. Ela tinha muito orgulho da sua cor, dos seus traços e especialmente do seu cabelo. – Enfim, o menino grudou feito carrapato! Não calava a boca e ficava tentando chegar mais perto, enquanto eu dizia que não queria nada. Sabe aquela gente inconveniente que não percebe que está sendo? Só por ser bonito, achava que era irresistível. Ninguém merece! Mas aí eu percebi que o Rafa não tirava o olho de nós dois, como se quisesse ver onde aquele papo ia.

– Aposto que ele só estava marcando território, feito cachorrinho – falei. Odiava quando alguém, ao sentir que sua posição estava ameaçada, assumia a postura de macho alfa apenas para não perder espaço. Era exatamente como os animais se comportavam.

– Exatamente! Eu dispensei o garoto, ninguém merece ouvir gente chata a noite inteira só pra fazer ciuminho. Não gosto de joguinhos, o que parece ser exatamente o caso do Rafa – disse ela. – Quando ele veio me perguntar o que o cara queria comigo, eu disse que não era da conta dele. Não foi ele que não quis? Cansei dele vir me procurar só quando vê que outro alguém tem interesse, então mandei ele pastar. Ele teve várias chances e até agora não quis nada sério comigo. Não vou ficar esperando a vida inteira.

Aplaudi Pilar, empolgada por sua convicção. Ela gostava muito do Rafael, dava para perceber, exatamente por isso merecia elogios, já que ainda assim resistiu. Continuar naquele jogo só a faria alimentar falsas esperanças, mesmo sabendo que continuaria daquele jeito até sabe-se lá quando. Talvez até que ela encontrasse alguém de quem realmente gostasse ou quando ele achasse outra menina e não precisasse mais de um estepe. Na primeira hipótese, seria ótimo, mas a segunda seria muito dolorosa. Foi bom ver que minha amiga fez a melhor escolha: amar a si mesma e tomar a decisão que a colocava em primeiro lugar.

Nossa conversa durou horas, mas não falamos sobre o vlog em momento algum. Por cautela, Pilar também resolveu não trazer o assunto à tona.

Foi assim durante as duas semanas seguintes: concentrei meus esforços estudando para o vestibular, pois queria me ver livre daquele tormento o mais rápido possível; dividi meu tempo trocando mensagens com Nina — que agora tinha um celular saído diretamente do início do século, cuja maior funcionalidade era enviar mensagens de texto sem caracteres especiais — e com Pilar; enquanto me contentava com Arthur apenas nos fins de semana, pois o estágio dele consumia as tardes livres.

Me envolvi tanto em cálculos matemáticos, regras gramaticais, conflitos políticos e qualquer outra coisa que pudesse cair no vestibular que *quase* esqueci do canal. Quase.

Tinha esperanças que aquilo cairia no esquecimento — provavelmente, os comentários sobre o vídeo da Heloísa tinham se dissipado na mesma velocidade que surgiram. A internet é assim: em um dia você é a mais querida de todas, no seguinte ninguém lembra seu nome. Novas fofocas sobre celebridades, novas rixas entre blogueiros e vlogueiros, novos vídeos de gatinhos: uma coisa sempre substituía a outra e os holofotes não pairavam muito tempo no mesmo lugar.

Apesar dessa noção, ainda não conseguia criar coragem de voltar ao mundo virtual. Tinha saudades de fazer meus vídeos e interagir, mas só de pensar em novas fofocas e novas investidas da Heloísa para me desestabilizar, eu perdia as forças. Eu estava fazendo exatamente o que a Pilar me disse: fugindo. Era especialista nisso.

Foi numa quinta-feira, após evitar ao máximo o contato com redes sociais, que decidi vasculhar o terreno, para descobrir como estava o clima no mundo virtual.

Depois de navegar por diversas páginas, parei em um site chamado *Gossip Vlog* com o subtítulo *Fique por dentro dos babados da vlogosfera*. Aquilo era uma esfera completamente nova! Nunca podia imaginar que havia um blog de fofocas só para comentar o que acontecia na vida de quem postava vídeos. Era muita falta do que fazer.

Em várias postagens curtas e cheias de veneno, ocultando o nome dos envolvidos — aposto que a pessoa só tinha medo de levar um belo processo na cara, nada mais —, o site era uma versão brasileira e menos chique da série *Gossip Girl*. Quem dera eu fosse a Blair Waldorf!

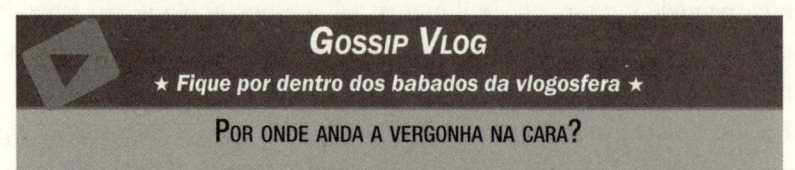

> ### GOSSIP VLOG
> ★ *Fique por dentro dos babados da vlogosfera* ★
>
> **POR ONDE ANDA A VERGONHA NA CARA?**
>
> A "queridinha", como se referem por aí, anda sumida. M. não aparece desde que L. postou o polêmico vídeo na internet. Todo mundo quer saber o que realmente aconteceu, ainda mais que fotos que comprovam que as duas realmente se conheceram nos tempos de escola vazaram na internet. Aposto que o vazamento tem dedo da L., que provavelmente foi a primeira a espalhar o boato por aí! A gente sabe que aquela ali só não coloca uma melancia no pescoço por que não combina com as roupas que usa. Algo me diz que essa história ainda vai render... E tenho certeza que M. vai morrer de vergonha alheia mais uma vez.

Fiquei encarando a tela com as tiradas clichês, cansada de tentar entender aquela loucura. Fui até a busca do Twitter para ver se encontrava as tais fotos e me deparei com um verdadeiro álbum, com diversas cenas do meu Ensino Médio.

Fui reconhecendo as imagens, cada uma delas contando uma história diferente. Tinha certeza que boa parte delas foram fotografadas com a câmera da Helô, especialmente os registros do aniversário de 15 anos dela. Em uma das fotografias, Heloísa, usando um vestido de festa vermelho, uma fenda até o meio da coxa, e o cabelo semipreso adornado por uma tiara dourada, me dava um abraço caloroso. Nós duas sorríamos para a câmera. Em todas, Helô parecia uma amiga angelical e carinhosa, o que contrastava muito com a imagem que acabei criando dela nos últimos tempos.

Será que um dia aquela amizade foi real? Como nós duas nos transformamos de melhores amigas a inimigas declaradas, com toda a *web* como espectadora?

Li alguns comentários e menções nas minhas redes sociais, de pessoas que costumavam me acompanhar e estavam preocupadas com meu sumiço. Não digitei resposta para nenhum deles e as mensagens começavam a amolecer meu coração, o que me obrigou a fechar rapidamente a janela do navegador.

Aquela vida não me pertencia mais, assim como a que eu tive no meu Ensino Médio. Queria uma realidade longe dos rastros dos meus tempos de escola, daquelas pessoas. Eu deixaria pela metade tudo aquilo que eles insistissem em tocar.

33

Fátima não parecia feliz com minhas decisões. Passei as últimas semanas tentando me esquivar dela – assim como de todo resto –, mas acabei cedendo à sugestão da Nina de que conversar com minha psicóloga faria bem. Sim, foi ela que me convenceu!

A serenidade da minha amiga andava me impressionando, aparentemente ela estava um milhão de anos-luz mais racional do que eu. Nina parecia tão entregue ao tratamento que era perceptível uma mudança até mesmo em seu discurso. Esperava, sinceramente, que aquela determinação durasse o tempo necessário para sua recuperação. Agora, enquanto ela era a personificação da força de vontade, não era capaz de dizer o mesmo ao meu respeito.

Encarava os títulos das lombadas enfileiradas na estante do consultório, tentando fugir do que realmente queria dizer.

– Mariana, esconder o que você sente e fugir das obrigações são as maneiras que você encontrou para lidar com esses problemas, mas pense na sua cabeça como uma panela de pressão – comparou. – Se você não deixar o ar escapar, vai acabar explodindo.

Para mim, já tinha explodido. Disse isso para ela, mas Fátima discordou.

– Você ainda não explodiu, mas está quase lá – disse. – Maturidade, Mariana. Você parece tão orgulhosa de ter amadurecido desde que voltou do intercâmbio, mas continua se esquivando de um problema que te afetou muito enquanto estava na escola. Você conquistou muitas coisas, não é justo abrir mão delas por causa do que as pessoas vão pensar.

Se fosse para dar conselhos como aquele, ia mandar mamãe parar de pagar a psicóloga e dividir o dinheiro entre a Nina e a Pilar, já que elas diziam exatamente a mesma coisa! Se bem que nenhuma das duas faziam exercícios de relaxamento ou alguma daquelas atividades lúdicas que visavam descobrir o que se passava no íntimo do meu ser; embora a resposta para isso sempre fosse a mesma: precisava colocar um ponto final naquilo que me atormentava.

▶||

Quando junho chegou, veio com ele o peso da resposta do vestibular da PUC e o período de inscrições para o segundo semestre pelo SiSU, o Sistema de Seleção Unificada, usando os resultados do Enem que havia prestado no ano anterior. Logo no primeiro dia fiz minha inscrição no tal sistema do governo federal: Comunicação Social na Universidade Federal do Rio de Janeiro, o mesmo curso que havia tentado ingressar na outra universidade. Agora só me restava aguardar os resultados da seleção.

A ideia de entrar no mercado publicitário me agradava cada vez mais, por isso preencher aquele formulário foi tão complicado. Se eu não passasse, precisaria adiar ainda mais meu sonho de ingressar na graduação. Não queria lidar com um drama a mais, já bastavam todos os outros. Alguma parte da vida poderia dar certo, só para variar um pouquinho.

O resultado parcial do dia anterior já estava disponível no site, mas decidi só olhar na semana seguinte, quando sairia o oficial, com a real lista de aprovados.

– Você não vai conferir? – Nina perguntou no Skype. A mãe dela tinha voltado para casa, então sua tia havia afrouxado a vigilância. Agora ela deixava que Nina usasse o Skype, desde que fosse na sala, sob sua supervisão. Eu preferia que fosse assim. Naquele dia, eu, ela e Pilar resolvemos fazer uma festa do pijama virtual. Não queria falar sobre meu futuro.

– Não mesmo – respondi. – Não quero estragar meu dia. Prefiro ter a notícia de uma vez só, no final.

– Mas se você não tiver nota, pode mudar escolher outro curso. Tem muitas opções! O bom é que você pode mudar até sair o resultado oficial – ponderou Pilar, continuando o assunto chato.

– E se eu tiver agora, não quero ficar decepcionada ao descobrir que não tenho no fim. Que coisa, como vocês duas são chatas!

Aquilo serviu para deixá-las quietinhas do outro lado.

A dinâmica de uma festa do pijama virtual era bem simples. Funcionava quase como uma festa do pijama normal, mas os envolvidos estavam separados pelo monitor do computador. Nós três ligamos a *webcam*, preparamos pipoca e brigadeiro (Carla colaborou comigo para se certificar que Nina cumpriria essa parte do acordo) e até mesmo escolhemos um filme para assistirmos juntas no Netflix. O problema é que Pilar, lerda como só ela sabe ser, deixou o iPad descarregar no meio do filme, nos obrigando a pausar na hora mais emocionante!

Ao final, nós três estávamos em prantos, com a visão turva por causa de tantas lágrimas. Que filme lindo! Era um daqueles romances que nos davam vontade de viver um igualzinho – sem o final trágico, lógico.

Depois do filme, empanturrada de tanto brigadeiro, Pilar fez uma sugestão.

— A gente podia brincar de "Eu nunca".

— Alô, você esqueceu que nós estamos a quilômetros de distância uma da outra? — Disse Nina, constatando o óbvio e trazendo Pilar de volta para o planeta Terra.

— E eu não tenho bebida em casa — falei, já que aquele era um dos princípios da brincadeira: revelar os seus segredos até ficar bêbado.

— E daí? A gente brinca com refrigerante. Bebendo o máximo de Coca-Cola que conseguir até arrotar — sugeriu Pilar.

— Eca, que nojo! — Nina e eu exclamamos em uníssono.

— Tenham uma ideia melhor então, suas frescas — ordenou Pilar. Pela imagem da *webcam*, pude ver que ela havia cruzado os braços e estava fazendo bico.

— Olha, não sei que ideia vocês vão ter, mas eu tive uma sensacional — disse Nina. Pilar até desamarrou a cara e eu me ajustei na beira da cama.

— Qual? — Perguntamos praticamente juntas.

— Dormir — respondeu minha amiga, fazendo o restante de nós bufar, contrariadas.

— Estou com saudades de vocês — admiti. — Não é justo ficar tão longe.

— Sabe o que eu acho, Mariana? — Falou Pilar, com voz de quem acaba de ter uma ideia brilhante. Antes que eu respondesse, ela continuou por conta própria: — Eu acho que quando a poeira baixar, nós três tínhamos que viajar juntas. Pra Buenos Aires, tenho certeza que a Antonella, que fez intercâmbio com a gente, não se importaria em nos receber.

Adorei a ideia, é claro. Mas não sabia quando ela poderia se concretizar, especialmente levando em conta o estado de saúde da Nina e o estado geral da minha vida. Mas só de pensar em viajar ao lado das minhas duas amigas queridas, fiquei animada.

— Espero que um dia isso aconteça.

— Eu também — concordou Nina. — Mas agora, a única viagem que quero fazer é pelos meus sonhos.

Ao dizer isso, nós nos despedimos e resolvemos seguir a ideia da Nina.

▶ ||

O meu celular tocava com insistência, o que me fez sair correndo do banho, enrolada na toalha e com o cabelo cheio de *shampoo*, só para saciar a curiosidade e descobrir quem me ligava sem parar.

Lógico que eu levava meu celular pro banheiro! Quem não fazia isso?

Molhei todo o tapete, tinha certeza que mamãe ia me matar quando visse. No visor, a tela acusava "Número desconhecido". Atendi.

— Por favor, poderia falar com a Mariana Prudente? — Era uma voz feminina, com um leve sotaque paulistano.

— Ela mesma — respondi.

— Tem algum problema na chamada? Não consigo te escutar direito — disse a mulher, só então percebi que tinha deixado o chuveiro aberto.

— Só um minuto — pedi, enquanto desligava o chuveiro e sentava na tampa do vaso sanitário. — Pronto, pode mandar.

Isso lá era jeito de falar, Mariana?

— Olá, Mari. Posso te chamar assim, né? — Ela sequer me esperou dar uma resposta e continuou a chamar. — Meu nome é Tatiana e sou assistente de marketing da Wink, a marca de roupas que vestiu você pro evento da *SuperTeens*. A gente ficou muito feliz com a repercussão das imagens na internet, todo mundo adorou e comentou o que você estava vestindo. Saiu na edição passada da revista também e as peças esgotaram na nossa sede — contou, demonstrando empolgação. — O pessoal da ST me passou seu contato. A gente queria conversar com você sobre uma campanha publicitária e outros planos que temos para a marca e...

— Perdão, mas eu não falo de moda no meu canal — interrompi, antes que Tatiana continuasse. Provavelmente queria saber preços para fazer publicidade nas minhas redes sociais. Será que aquela mulher tinha visto *alguma coisa* que tinha acontecido na internet nas últimas semanas?

— Ah, a gente sabe — comentou. — Mas a gente quer que você seja garota-propaganda da marca na campanha primavera-verão — falou, com a maior naturalidade do mundo, como quem convida para comer um churrasco em casa no fim de semana.

— Mas eu não tenho feito mais vídeos. Aconteceram alguns problemas, talvez você tenha visto — expliquei, mas ela simplesmente ignorou.

— Aquela bobeirinha? Quem se importa! Assim que você voltar a filmar, todo mundo vai esquecer. Você topa um almoço na semana que vem?

Eu estava determinada a dizer não.

— Sim.

Nem eu entendi minha resposta.

34

Guardei segredo sobre a ligação que recebi da marca de roupas. Pelo que havíamos conversado rapidamente ao telefone, era uma proposta muito interessante. O encontro estava marcado para dali a uns dias, mas ainda não havia decidido o que faria com o canal.

Quando pensava em todos os comentários maldosos e brigas que não estava disposta a comprar, chegava à conclusão que encerrar aquele ciclo seria a melhor opção.

— Você não pode desistir — insistiu Pilar. Liguei para ela pouco depois, contando cada detalhe da ligação e tentando encontrar uma resposta mágica sobre como proceder. Foi a única para quem tive coragem de contar sobre o telefonema. — Eu não vou insistir muito, da última vez que fiz isso, você não queria me ver nem pintada! Mas acho que você pode pensar um pouco melhor a respeito. O canal te deu tantas coisas boas!

— E tantas coisas ruins...

— A bruxa já existia na sua vida antes do YouTube — pontuou Pilar.

— Mas agora não tenho mais como fugir dela — respondi.

— Você tem que parar de fugir do seu passado, Mariana. Nada se resolve assim. Ou você deixa isso totalmente de lado ou encara. Mas continuar fugindo significa que você sempre vai ficar com medo dele aparecer de novo.

— Não quero saber desse assunto — disse, cortando-a. Ela tinha razão, mas como eu encararia uma *web* ansiosa por respostas sobre minha vida pessoal? O canal havia crescido tanto que era algo muito importante para simplesmente abrir mão, mas colocar tudo em pratos limpos também era difícil.

A sementinha da dúvida estava plantada. Restava saber o que eu faria com ela.

▶ ||

Quando cheguei na casa de Arthur, mais tarde naquele dia, fui recepcionada pelo seu fofíssimo — e sincero — irmão mais novo. Guto era uma criança engraçada, sem papas na língua, e eu era cativada por ele e Lara, a mais novinha dos três.

— Mari, você gosta de comer? — Perguntou Guto, andando ao meu lado.

— Gosto sim — respondi, desconfiada. Quando se tratava de uma criança, eu nunca fazia ideia do que vinha em seguida. — O que tem?

— Ah, nada. Só deu pra perceber — falou com naturalidade, correndo de volta para a casa e me deixando no meio do quintal.

O comentário me pegou desprevenida, confesso. Depois do intercâmbio, realmente ganhei uns quilos a mais. Minhas peças de roupa tamanho 38 ficaram apertadas e deram lugar a shorts e calças jeans 40. Mas isso nunca tinha me incomodado tanto.

Fiquei lá, com cara de tacho, até que Arthur apareceu.

— Por que você está parada no meio do quintal como aquelas estátuas de anões de jardim? — Quis saber meu namorado, me pescando pela cintura e dando um beijo na minha testa.

— Você acha que eu engordei? — Perguntei, cheia de dúvidas.

— *Guto!* — Gritou Arthur. Dei um tapinha leve no ombro dele.

— Shiu, deixa o menino pra lá! Ele só estava sendo sincero — rebati, ao perceber que ia acabar sobrando para a criança. Ainda bem que Guto aparentemente não ouviu o chamado do irmão, pois não veio.

— Você não está gorda — disse Arthur, tentando reparar a fala do irmão. Eu dei de ombros.

— Eu não me importo — confessei. — Só queria saber mesmo. — Eu realmente não me importava. Não era neurótica com meu corpo, ainda bem! Tinha neuroses de sobra, mas aquela não passou por mim. Acho que por ver todos os traumas da Nina em relação à autoimagem, acabei percebendo que o que tínhamos de maior valor estava dentro de nós. Não me mataria na academia apenas para me encaixar em um padrão. A beleza não estava no número da minha etiqueta.

Além de tudo, eu adorava comer. Tudo tinha um preço e eu pagava o da comida com muita alegria.

— Eu gosto da sua barriguinha. Dá vontade de apertar — completou, fazendo exatamente aquilo: apertando minhas gordurinhas extras. Me contorci, rindo.

— Ai, pare. Isso faz cosquinha — reclamei, mas aí mesmo que Arthur gostou.

— Ah, você sente cócegas, é?

Saí correndo antes que Arthur me alcançasse e disparei pelas escadas, até me deparar com a porta do quarto dele. Encurralada, fui jogada na cama em um ataque de cosquinhas.

— Ai, para, para, para, Arthur! — Supliquei, alternando riso e desespero. — Eu me rendo.

Arthur parou, mas permaneceu em cima de mim, dessa vez segurando meus pulsos. Seus olhos castanhos brilhavam ao me encarar e naquele segundo me senti a menina mais sortuda do mundo, ao ver que o moço das covinhas sorria para mim e mais ninguém.

— Eu te amo — confessei, roubando um beijo, que foi retribuído em seguida.

Senti o peso do corpo dele em cima do meu assim que se rendeu ao beijo.

— Eu também te amo — disse, quando nos afastamos.

Nunca sabia lidar com aquela proximidade. Eu queria estar cada vez mais perto, mas ainda tinha dúvidas que só o tempo seria capaz de sanar. Por isso preferia que fosse assim, aos poucos, uma descoberta em conjunto. Eu queria viver coisas especiais ao lado do Arthur, estava certa disso. Estava me curando aos poucos e ele era meu ponto de apoio, alguém que me fazia sentir coisas incríveis e uma paixão que não pensava ser capaz de experimentar.

Deitados na cama, ficamos encarando o teto. Encostei minha cabeça no peito dele, sentindo o ritmo da respiração. Estar com Arthur era tão bom, tão tranquilo. Aquele era meu único desejo por um longo tempo — quer dizer, isso e passar no vestibular, aprender a dirigir (não aguentava mais depender de carona!), visitar minhas amigas, conhecer mais países... Eu era uma menina cheia de vontades, mas muitas delas estavam ligadas ao belo rapaz ao meu lado.

—Vamos ao cinema?

— Eu estou toda desarrumada, Arthur — protestei. Estava de short jeans e camiseta, calçando um par de rasteirinhas. E pensar que antes eu passava horas me arrumando e pensando no que vestir! Eu ainda amava roupas bonitas, as mais diversas maquiagens e uma loja de sapatos, mas não eram mais prioridades. Me enfeitava para ir a festas ou ocasiões especiais, mas andava bem mais tranquila em relação ao que vestir no dia a dia. Deixei meu lado "escrava da moda" para lá. Usar roupas bonitas fazia bem para minha autoestima, mas eu não tinha necessidade de estar arrumada 24 horas por dia.

Ele apoiou o cotovelo na cama e ficou me encarando.

— E está linda assim mesmo — bajulou. — Desde quando precisa se arrumar pra ver um filme? Vamos, por favor.

Depois de tanto insistir para que eu o acompanhasse, Arthur acabou me convencendo. Pegou a carteira e seguimos de carro até o shopping. Ao pagar nossos ingressos — exigência dele —, anunciou, contente:

— Esse é oficialmente o meu primeiro gasto com o dinheiro do estágio — comemorou. Ele ganhou um beijo e um abraço apertado. Estava realmente orgulhosa do meu namorado.

Ele afagou meus cabelos e brincou com a pontinha do meu nariz enquanto estávamos na fila da pipoca, até que senti sua expressão mudar e seu corpo enrijecer. Era uma mudança sutil, mas aos poucos tinha aprendido a interpretar as expressões do Arthur e seus gestos corporais. Com a convivência, desvendava no cotidiano os mistérios dele e seu desconforto era palpável.

— O que foi?

Antes mesmo que pudesse me responder, uma menina chegou até ele, sorrindo, lançando os braços ao redor do pescoço e um beijo estatelado na bochecha. Eu fui tratada como a Mulher Invisível, já que a intrusa não me lançou um "oi" sequer e desandou a falar, como se carregasse o rei na barriga.

— Não acredito que te encontrei aqui! Que saudade, estava mesmo querendo conversar com você, já que da última vez que nos falamos nem pude dizer tudo que queria. Qual filme você vai ver?

Ela disparava frases como uma metralhadora, sem pausa. Eu, por outro lado, também disparava meu olhar mortal com o mesmo calibre de um fuzil!

Arthur a afastou e me puxou mais para perto, passando o braço ao redor da minha cintura. Era um gesto que mostrava as posições ocupadas por cada um de nós naquele cenário, onde ela estava sobrando. Aposto que a cara feia que fiz para a tal garota não deixava dúvidas disso. Eu estava pronta para entrar num campo de batalha!

— Clara, gostaria de te apresentar a Mari, minha namorada — falou, apertando ainda mais meu corpo junto ao dele. — Eu falei dela pra você quando conversamos aquele dia, meses atrás — prosseguiu Arthur, deixando tudo claro e mostrando que entre nós não havia segredos, ao menos, não mais.

Se eu fosse um personagem de desenho animado, já teria lançado raios lasers em direção à menina. Minha antipatia estava mais do que justificada! Além de ex-namorada do Arthur, a garota ainda era abusada. Ainda bem que ele estava me segurando, pois senti meu sangue começar a ferver quando ela me olhou com desdém.

Clara tinha nariz arrebitado, como a personagem do Sítio do Pica-Pau Amarelo. Magérrima e muito mais arrumada que eu — tinha falado pro Arthur que não podia ir para o shopping daquele jeito! —, ela mantinha um ar superior enquanto falava. Ela fez uma expressão de desgosto, provavelmente me avaliando, sem acreditar que Arthur não tinha reatado com ela por minha causa.

— Eu diria prazer em conhecê-la, mas estaria mentindo — falei. Arthur prendeu o riso. Tenho certeza que minha frase o pegou de surpresa, mas foi aprovada. Eu sempre tive bons modos, mas o jeito que Clara o abordou me deixou soltando fogo pelas ventas. Era muita folga para uma pessoa só! — Amor, vamos? Nosso filme já vai começar.

Ele me deu um beijo na testa e pediu nossas pipocas e refrigerantes, sem se dirigir a Clara. Ela parecia supercontrariada, mas eu não estava ali para fazer média com a ex-namorada do Arthur. Com certeza, Clara tinha esgotado toda minha paciência.

Virei as costas, sem me despedir. Arthur também não parecia incomodado em dar tchau, já que a própria Clara não pareceu ter nenhum problema em quebrar o coração dele em pleno solo europeu.

– Pelo menos você tem bastante carne pra pegar – comentou ela, contrariada, quando eu e meu namorado demos as costas.

Era a segunda vez que alguém me chamava de gorda naquele dia. Qual era o problema das pessoas por achar que por não ter o corpo de uma top model deveria levar aquilo como ofensa? Não aguentei e virei, pronta para dar uma resposta malcriada. Não estava brava por ter ficado incomodada com o comentário, mas sim pela petulância da criatura. Alguém lá tinha pedido a opinião dela a respeito do meu corpo? Não estava ali para engolir sapos, especialmente ouvir asneiras sobre algo sem pé nem cabeça!

– Pode apostar que ele adora – rebati.

Como comprovação, Arthur apertou minha cintura. Pelo canto do olho, vi Clara bater o pé e seguir em outra direção.

– Adoro mesmo – respondeu ele, ao pé do meu ouvido. – E sempre vou adorar só você.

Ao vê-la partir, contrariada, fiquei pensando como o Arthur podia ter se apaixonado por aquela louca! Pois só alguém sem educação para falar daquele jeito com uma desconhecida, já que era a primeira vez que nos cruzávamos. Certamente, ou ele estava cego de paixão por ela quando namoravam ou ela só mostrava a verdadeira face quando não conseguia o que queria, por isso demorou tanto para Arthur reparar o tamanho da encrenca.

Ainda bem que para cada louco que aparece em nossa vida, aparece também uma dúzia de pessoas incríveis.

35

— *Eu passei!*

Aposto que a vizinhança inteira me escutou gritar. Saí correndo e pulando de um lado a outro do apartamento, por mal conseguir conter minha informação. Ali, entre os nomes dos aprovados, estava o meu: MARIANA SANT'ANNA PRUDENTE.

Li a lista umas cinco vezes. Quantas Mariana's Sant'Anna Prudente existiam no mundo? Quantas queriam o curso de Comunicação Social em uma das maiores universidades federais do país? Por via das dúvidas, digitei meu *login* e senha, para conferir se a novidade era comigo.

Era inacreditável. Lá estava meu nome, entre tantos outros, como caloura do segundo semestre. Mal consegui prestar atenção em qualquer coisa, de tão eufórica. Meu coração palpitava e minhas mãos tremiam, tamanha emoção. Meus pais me abraçavam e comemoravam, elogiando meu desempenho e meu esforço. Tudo tinha valido a pena! Eu finalmente daria adeus às aulas insuportáveis do cursinho.

— Não acredito — exclamou papai, pulando para me abraçar. Eu nunca tinha o visto tão empolgado. — Estou muito orgulhoso de você, Maricota.

E por mais estranho que soasse, eu também estava orgulhosa de mim mesma. Eu imprimi a lista e as informações sobre a pré-matrícula, que seria em poucos dias. Tinha certeza que dormiria abraçada àqueles documentos à noite, ainda sem acreditar que tinha sido aprovada. Sabia que a ficha só cairia quando eu estivesse sentada em uma das carteiras da sala da faculdade, assistindo minha primeira aula. Até lá, continuaria ansiosa e achando que tudo não havia passado de um engano.

— Isso merece um almoço especial! — Avisou mamãe, levantando-se para ir até a cozinha. — Aprendi uma receita nova, espero que dê certo.

Ela estava levando aquele *hobby* realmente a sério.

— Espero que a gente não morra intoxicado — provocou papai. Mamãe pegou uma almofada que estava ao seu alcance e jogou na cabeça dele.

— Ai! — Meu pai soltou um gemido exagerado e eu comecei a rir.

— Se a gente morrer, pelo menos morremos felizes — falei, entrando na onda.

— Tá querendo levar uma almofada na cabeça também, Mariana?

Fiquei quietinha e mamãe nos abandonou na sala, para preparar seu tal prato especial. Meu pai, por outro lado, fez as vezes de fofoqueiro da família.

No mesmo instante, sacou o celular e deu um toque para Melissa, contando as novidades e jogando o aparelho para que eu continuasse a conversa.

– *Ai meu Deus* – gritou minha irmã, no meu ouvido. Melissa provavelmente assustou a redação inteira com seu grito desmedido. – Estou tão feliz por você! Agora vai se livrar de toda essa chatice de pré-vestibular e conhecer a vida – falou, muito embora eu me lembrasse bem que a vida dela não era das mais agitadas durante o início da faculdade. – Vou contar pro Mateus! Aposto que ele vai morrer de orgulho, vive babando na cunhadinha. Te amo, parabéns!

Agradeci os cumprimentos. Mamãe já estava marcando um churrasco de comemoração e avisando ao resto da família. A fofoca corria tão rápido via telefone que já estava confusa com tanto "Mariana passou pra UFRJ!", espalhados por todo canto.

Peguei meu celular e resolvi avisar àqueles que realmente importavam. Mandei a mesma mensagem para os três, ao mesmo tempo, pois queria que ficassem a par da notícia juntos – antes que um reclamasse que foi o último a saber.

> Mari (08h34)
> Deem parabéns para sua mais nova e mais amada caloura favorita!

Eles retribuíram com uma série de mensagens histéricas me parabenizando. Estava tão feliz que não sabia mais como expressar tanta alegria.

Minha vida estava quase perfeita. Quase.

O telefone tocou, acusando novamente que a chamada vinha de alguém desconhecido. Ao ouvir o sotaque paulistano do outro lado da linha, lembrei do encontro que teria em dois dias com o pessoal da Wink. Com a animação por causa da aprovação na faculdade, havia esquecido de todo resto: canal, intrigas e até mesmo meus compromissos.

— Tudo de pé para depois de amanhã, Mariana? — Quis saber. Fui pega fora de guarda. Não queria pensar em nada sério naquele instante, só estava com vontade de comemorar os resultados que me levaram até a faculdade.

— Tudo certo — confirmei. Mas a verdade era que nada estava certo. Ainda não tinha resolvido minha vida on-line. Tinha 48 horas para acertar o que estava errado e não parecia tempo suficiente.

Embora Pilar continuasse a tentar me convencer a voltar a fazer vídeos, eu ainda não tinha certeza de qual decisão tomar. Precisava decidir o mais rápido possível, em dois dias precisaria de uma resposta na ponta da língua.

— Ótimo! Nos vemos depois de amanhã, então. Você prefere que um carro busque você ou nos encontra no local combinado?

— Eu prefiro encontrar vocês lá, se não tiver problemas — comentei. Sempre preferia essa opção, por segurança. Tinha muito medo de cair em alguma furada, por isso tomava bastante cuidado com as propostas que recebia e reuniões que marcavam. No caso da Wink, por exemplo, enviei um e-mail para a editora de moda da *SuperTeens*, para ter certeza que ela havia repassado meu contato, se conhecia alguma Tatiana e todo esse blá-blá-blá, por segurança. Minha mãe tinha colocado tantas ideias paranoicas na minha cabeça que eu tinha quase certeza que todas as pessoas do mundo só estavam esperando a hora certa para roubar meus órgãos! Era melhor prevenir, sou muito apegada aos meus rins.

— Não tem nenhum problema, querida. Vou te mandar o e-mail com nossa proposta e endereço, para você ter tudo registrado e poder checar. Acho que nossa parceria vai dar muito certo, você é a cara da Wink.

Sorri, um pouco constrangida em interrompê-la, embora tudo parecesse muito rápido para mim. Ela negociava tudo com tanta firmeza, como se tivesse certeza absoluta que eu aceitaria a proposta. Toda aquela confiança me deixou desconcertada.

— Muito obrigada, até depois de amanhã então — falei. Ela se despediu e reparei que meus pais estavam me olhando. — O que foi? — Perguntei, enquanto desligava o celular.

— Quem era? — Mamãe quis saber, morta de curiosidade.

— Do marketing da Wink, aquela marca de roupa que me vestiu pra festa da *SuperTeens* — falei. — Eles querem que eu seja garota-propaganda na próxima campanha.

A boca de mamãe se abriu, formando um "O" de surpresa. Eu e minha língua grande! Para quê fui falar aquilo? Não queria contar para mais ninguém além da Pilar, já que estava cogitando recusar a proposta. Preferia fazer isso pessoalmente, mas agora ela ficaria cheia de esperanças.

— Não me olha com essa cara, eu acho que não vou aceitar — confessei rapidamente, para tentar amenizar a confusão que viria em seguida.

— Por que não? Você amava moda, lembro que ficava indo de um lado para o outro pela casa fazendo desfiles quando era criança — recordou mamãe, me enchendo de vergonha das minhas brincadeiras do passado. — Que ideia, vai ficar linda como modelo!

Eu estava bem longe de parecer uma modelo tradicional. Nunca fui gorda, mas desde que voltei do intercâmbio, meus quilinhos a mais ficaram mais evidentes. Tinha certeza que a equipe da Wink desistiria da ideia assim que me visse ao vivo.

— Mãe, eu tô bem longe de ser uma modelo!

— Se chamaram você, é por quererem uma menina com características mais fáceis de encontrar por aí, não alguma que a gente só encontra em revistas — afirmou. Em seguida, apertou minha bochecha e ativou sua "voz fofura": — E você é o bebê-lindo-de-mamãe, ninguém vai achar uma menina tão linda por aí!

Desisti de discutir! Mães sempre acham que as próprias filhas são mais bonitas que a Miss Universo.

— Não sei, mãe. Só acho que não é justo aceitar quando eu não sei se quero continuar a fazer vídeos — respondi. Logo, tratei de emendar: — Sabe como é... Faculdade vai começar, quero me dedicar aos estudos.

— Hm, sei... — Sua fala saiu com um tom meio desconfiado. — Você que sabe, mas acho que pode estar perdendo grandes chances.

— Mãe, isso é cheiro de queimado?

Na mesma hora, ela saiu correndo de volta para a cozinha e foi verificar o estrago que tinha feito nas panelas. Dona Marta esqueceu tudo no fogão para fofocar comigo!

Meu pai começou a rir. Definitivamente, ela não tinha jeito para culinária.

— Ok, pessoal... Acho que vamos ter que almoçar num restaurante.

Quase dei um "graças a Deus!" em voz alta, mas parei quando percebi que mamãe estava chateada por não fazer meu tal almoço especial.

— Não precisa, mãe — comentei. — Podemos tentar de novo. Quer alguma ajuda na cozinha?

Os olhos dela brilharam de animação.

— Ah, você faria isso? — Perguntou, empolgada, reunindo novamente todos os ingredientes e abrindo o livro de receitas.

Sorri ao vê-la tão animada com uma atividade e me juntei a ela.

— Nada de restaurante pra gente? — Perguntou papai, parecendo um pouco decepcionado. Provavelmente já estava sonhando em ir até uma churrascaria e cortamos seu barato.

— Não senhor! Vamos recomeçar o prato — comentei.
— Mas já são onze horas — reclamou ele. — Vocês só vão terminar isso lá para as duas da tarde.
— Oscar, nunca é tarde para recomeçar.

Mamãe estava falando sobre o almoço, mas para mim aquelas palavras tinham um significado bem mais profundo.

36

A noite se aproximou, mas ainda estava pensando no que mamãe disse na cozinha. Precisava de respostas, rápido. Aquela ansiedade, somada à emoção acumulada por causa da minha aprovação, foi o suficiente para que eu passasse a noite rolando na cama, sem conseguir pegar no sono.

Levantei da cama e liguei o computador, esperando uma eternidade até que o sistema iniciasse. A ansiedade me fez levar a mão à boca, mas logo tirei de lá, lembrando dos sermões aplicados por minhas amigas sempre que repetia aquele gesto. Algo me deixava inquieta, o suficiente para abrir meu perfil no Twitter para ver se alguém ainda sentia minha ausência depois de tanto tempo. Eu tinha deletado todos os aplicativos de redes sociais do meu celular, só para não cair na tentação de bisbilhotar a todo segundo.

Quando abri as menções, tomei um susto ao ver mais de quinhentas novas mensagens, a maioria acompanhada das *hashtags* #MariVoltaPraGente e #QueroVideoNovoMari.

Fiquei descendo as mensagens, uma mais fofa que a outra.

> **@proudmarinete**
> Que triste abrir o YouTube e não encontrar minha carinha favorita! #MariVoltaPraGente #QueroVideoNovoMari

> **@chuchudamaricota**
> Muito ruim ver que aparentemente a diva largou os vídeos por causa de fofocas :\ #MariVoltaPraGente

> **@marineteprasempre**
> Quem tá com saudades de abrir o YouTube e se deparar com a Mari dá RT! #QueroVideoNovoMari

Apesar de muitas mensagens virem de fãs que tinham até perfil para me homenagear – era muito louco pensar que alguém podia ser *meu fã* e fazer uma coisa fofa dessas –, diversas manifestações vinham de pessoas que usavam seus perfis pessoais, que realmente pareciam sentir falta dos vídeos.

Aquela demonstração de carinho me comoveu mais do que gostaria de admitir. Era melhor fechar o Twitter antes que eu ficasse emotiva demais com as respostas e mudasse de ideia.

Ao abrir meu e-mail, me surpreendi ao ver uma das mensagens mais recentes, certamente uma que eu não imaginava. O recado vinha do Bernardo, que havia estudado comigo no São João. Antes mesmo de ler o e-mail já abri um sorriso, mesmo não tendo mais notícias dele desde que terminamos a escola, sempre o considerei um grande amigo.

campanattibernardo@topmail.com

Para: marianaprudente@topmail.com

Assunto: Vídeos

Oi, Mari! Quanto tempo, tudo bem?

Eu queria mandar alguma coisa pelo Facebook, mas imaginei que minha mensagem acabaria perdida em meio a tantas outras. Esses dias eu estava pensando em você (sem segundas intenções, eu juro!) e acabei parando no seu canal. Queria saber o que você estava fazendo da vida, já que não tinha mais notícias suas e você era uma das pessoas mais legais daquele colégio. Então percebi que o último vídeo havia sido postado há algumas semanas.

Já te contei que a minha irmã é sua fã? A Iasmin assiste todos os seus vídeos, então fui perguntar pra ela se sabia o que aconteceu, já que você não postava mais com tanta frequência como antes. Como ela sabe todas as fofocas do mundo, me passou o link do vídeo da Heloísa e eu fiquei meio chocado. Não consigo acreditar que ela compartilhou aquela história na internet, a mesma que ela contou na escola.

Eu não sei a versão completa e eu entendo que você não queira compartilhar, mas eu sempre soube que as coisas não aconteceram daquele jeito. Ao contrário da escola, tenho certeza que a maioria das pessoas na internet perceberam o que ela realmente quer, os motivos que a levaram começar a fazer vídeos e espalhar a fofoca. É meio triste saber que a Heloísa precise descer tanto o nível pra se sentir superior, mas eu só estou escrevendo por lembrar como você ficou no colégio depois desses boatos e imaginar que isso esteja te afetando quase do mesmo jeito agora.

De: campanattibernardo@topmail.com
Para: marianaprudente@topmail.com
Assunto: Vídeos

    Sei que sua vida é outra hoje, mas se você parou de fazer os vídeos só por causa da Heloísa, acho que você deveria reconsiderar. Tem muita gente que realmente gosta do que você faz e se diverte assistindo. Eu não costumava acompanhar o canal, mas quando vi o último vídeo, fui assistir outros e adorei. Você tem um talento para essas coisas e uma empolgação natural para falar, além de muito a dizer. Não deixe que palavras ruins calem você.

    Pode ser que esse e-mail passe despercebido e se perca na sua caixa de entrada que deve ser lotada, mas eu só queria que você não desistisse do que realmente deseja com medo do que vão pensar.

    Você tem um futuro brilhante pela frente, sei disso. Sempre soube. Continue a divertir pessoas com seu canal. Essa é a maior vingança que você pode dar a quem está incomodado com seu sucesso!

    Obs.: Lembra quando você me falou que a Cecília, amiga da minha irmã, ficava me olhando muito? Queria te agradecer por me fazer reparar nisso. A história é grande demais para um e-mail, mas quem sabe um dia eu conto?

    Beijos,
    Bernardo.

    O recado do Bernardo foi apenas o primeiro. Meus olhos estavam cheios de lágrimas ao terminar de ler a mensagem. Digitei uma resposta cheia de gratidão e, ainda emocionada, continuei a ler os outros e-mails.

kakamiranda@topmail.com

Para: marianaprudente@topmail.com

Assunto: Obrigada por me ajudar!

Oi, Mari, tudo bem?

Meu nome é Karen, tenho 16 anos e sou sua fã. Descobri seu canal por causa do Tempest, também sou viciada nos meninos. Assim como você, meu preferido é o Saulo. Queria muito te mandar um recadinho, mesmo achando que não vai ler, mas ao menos vale a pena tentar!

Sempre que chego em casa, corro para o computador para ver se tem vídeo novo. Acompanhei todos os detalhes da sua viagem para o Canadá e por causa dos vídeos consegui convencer minha mãe a pagar um intercâmbio para mim – mas ela disse que isso só vai acontecer quando acabar a escola! Mal posso esperar. Escolhi Toronto como destino, quero passar por todos os lugares que você foi.

Eu estou falando sem parar, mas não é por isso que escrevi! Eu queria muito te contar como você me ajudou em algo ainda mais importante.

No início do ano passado, comecei a vomitar depois de comer. Foi aos poucos. Uma colega minha do colégio estava fazendo isso e ela disse que ajudava a emagrecer. Eu tinha ganhado uns quilinhos e estava me achando MUITO gorda. Eu não sei explicar, mas... vicia. Eu fazia isso sempre que comia. Aquilo começou a piorar muito minha vida, mas eu não conseguia enxergar o que estava acontecendo e sempre fazia mais. Eu só queria ser magra.

Um dia eu passei muito mal e vomitei sangue. Escondi aquilo da minha mãe, e comecei a ficar com medo. Foi aí que vi seu vídeo falando desse assunto... Comecei a pensar no que eu estava fazendo com minha vida. Eu não vou dizer que tudo mudou de uma hora para outra e a coragem surgiu do nada ou qualquer coisa do tipo, muito pelo contrário. Eu ainda não tive coragem de contar para minha mãe o que acontecia. Mas aos poucos fui prestando atenção no que estava acontecendo comigo. Não superei por completo, mas acho que um dia consigo.

Para falar a verdade, ultimamente tenho pensado em pedir ajuda aos meus pais. Sozinha não vou conseguir sair dessa. E eu não teria aberto meus olhos se não fosse por tudo que você compartilha no canal.

Mail

kakamiranda@topmail.com

Para: marianaprudente@topmail.com

Assunto: Obrigada por me ajudar!

Resolvi escrever por perceber que você não posta há um tempo. Não sei se você quer desistir dos vídeos, mas se você está pensando nisso, posso te pedir uma coisa? Pense de novo. Reflita bastante sobre o assunto. Você fez diferença na minha vida com os vídeos, aposto que o mesmo aconteceu com muito mais gente!
De qualquer forma, obrigada. Adoro você, Mari.

Beijos,
Karen ☺

Eu mal consegui ler as últimas palavras. Minha visão estava turva por causa do choro. Não era a primeira vez que alguém comentava que, de certa forma, meus vídeos ajudaram a superar um obstáculo. Era um sentimento indescritível. Ler um texto como aquele me deixou mais forte.

Passei boa parte da madrugada lendo comentários. A cada elogio que recebia, uma nova dose de energia tomava conta de mim. As mensagens de ódio se tornaram irrelevantes. A maioria não acrescentava em nada!

Era estranho perceber a influência que aquele simples espaço na *web* tinha para muita gente. As pessoas realmente se envolviam e viam minhas palavras como um lugar seguro. Aquilo era inacreditável! Enquanto lia cada mensagem, não parava de pensar em como minha vida havia mudado desde que comecei a fazer os vídeos.

Finalmente eu começava a superar tudo que aconteceu no Ensino Médio, eu influenciava pessoas para o bem, tinha realizado meu grande sonho de fazer um intercâmbio, conheci pessoas novas e ampliei meus horizontes. Eu participei de tantas coisas diferentes, as quais não teria acesso se não fosse por isso. Tudo tinha um preço e talvez eu estivesse valorizando demais as partes negativas, enquanto o lado bom era muito maior.

Aquelas mensagens foram tudo que eu precisava para abrir meus olhos. Eu hesitava tanto em fechar o canal por um simples motivo: no fundo, eu sabia tudo de bom que havia naquele pequeno espaço virtual. Eu não podia simplesmente abrir mão. Deixar aquilo de lado era o mesmo que permitir que a Heloísa ganhasse a batalha. E, se isso acontecesse, ela venceria a guerra e eu continuaria a me lamentar por uma coisa que deveria ter acabado há muito tempo.

Comecei a pensar nas minhas opções. Fechar o canal não era mais uma delas. Nunca deveria ter sido. Independentemente do que eu fizesse, sempre haveria críticas. Era impossível agradar a todos, mas eu tinha conseguido conquistar um bom público. Não fazia sentido simplesmente jogar isso fora por causa dos boatos.

Fiquei encarando a tela do computador, pensando em uma resposta de agradecimento a Karen, a menina do primeiro e-mail, por seu incentivo. Depois de digitar e clicar em enviar, ainda havia algo me deixando inquieta, uma ideia que acabara de me ocorrer e martelava insistentemente na minha cabeça.

No dia seguinte, eu voltaria ao campo de batalha. Dessa vez, para encerrar aquela guerra.

37

A fachada do salão de beleza Bel Coffeiur era de vidro, ostentando uma imponente cascata que desaguava em um laguinho, coberto por uma pequena passarela, também de vidro. O estabelecimento de três andares ficava em uma rua não muito distante da minha e atraía mulheres vaidosas em busca de um novo visual que custava mais do que realmente valia.

Fui a pé mesmo. Pensei em chamar o Arthur para me acompanhar, mas sabia que a única pessoa que poderia colocar um ponto final em tudo era eu mesma. Com um sopro de coragem, resolvi seguir sozinha, da mesma forma que me vi dentro daquele furacão ano passado. Era meu nome que estava em jogo, minha vida. Não poderia permanecer em paz se não fizesse o que era necessário.

Tomei ar e empurrei a enorme porta de vidro, saindo do barulho da rua para entrar na balbúrdia típica de um salão de beleza. O cheiro de química, removedor de esmaltes e fios de cabelo queimado misturavam-se ao barulho dos secadores e das fofocas compartilhadas entre clientes, manicures e cabeleireiros.

Parei a poucos centímetros da recepção, tentando encontrar uma desculpa convincente para um primeiro contato. O ambiente era frequentado por mulheres cheias da grana, que enchiam as cadeiras pagando o triplo do preço normal por um serviço simples. Além disso, eles ofereciam os mais modernos tratamentos de estética do mercado, o que deixava a agenda de todas as profissionais cheias.

– Bom dia, a Heloísa está? – Perguntei para a atendente, uma mulher de pele parda e cabelos vermelhos, que digitava freneticamente uma mensagem no Facebook, em vez de me responder. Não entendia como ela era capaz de digitar com tanta facilidade com unhas tão grandes como aquelas. A mulher continuou encarando a tela, como se não tivesse me escutado ou se eu fosse invisível. Pigarreei, tentando chamar atenção:

– Você me ouviu?

– Ela já deve estar chegando – disse, sem tirar o olho da tela do computador. – Pode sentar ali e esperar.

O único lugar disponível para sentar era um sofá branco, com glitter, onde uma mulher magérrima já estava sentada, folheando uma revista de fofocas enquanto tagarelava sem parar no celular. Encarei o relógio na parede atrás da recepcionista. Depois de um tempo, os ponteiros pareciam se arrastar e nada da Heloísa aparecer. Aquilo estava me matando de ansiedade.

Eu não deveria ter ido até lá, é claro. Conforme os minutos passavam, ficava mais inquieta. Procurei meu celular na bolsa, a fim de jogar qualquer coisa para passar o tempo, mas tinha esquecido em casa. Encarei minhas unhas, bati os pés no chão e tamborilei meus dedos no braço da poltrona, irritada comigo mesma por ter tido aquela ideia. Era melhor voltar para casa, de onde nunca deveria ter saído.

Quando estava me levantando para ir embora, um Up! vermelho, novinho em folha, estacionou em frente ao salão. Do banco do motorista, saltou Heloísa, usando um salto altíssimo, jeans justíssimo e uma camiseta de cetim azul marinho por baixo de um blazer branco. Os óculos gigantescos escondiam metade do rosto e ela caminhava como se uma horda de paparazzi a seguisse, só faltava jogar os cabelos. Aquele visual a fazia parecer uns três anos mais velha.

Tarde demais para recuar.

De repente, fiquei interessada demais em outra revista de fofocas jogada ao meu lado. Daria tudo para saber com quem a atriz da nova novela das nove estava namorando se aquilo me fizesse parecer invisível. Assim que Heloísa passasse por mim, eu sairia correndo do salão.

Mas a danada da recepcionista – aquela que sequer olhou para a minha cara – apontou a unha mutante em minha direção assim que Helô passou pela recepção. Eu me escondi atrás da revista, tentando disfarçar, mas era tarde demais.

– O que você está fazendo aqui?

O tom da Helô me fez tremer. Se eu já achava que ir até lá tinha sido uma péssima ideia, o modo que ela perguntou me fez ter certeza absoluta.

– Eu queria conversar – falei após reunir coragem sabe-se lá de onde. A revista ainda estava na minha mão, para disfarçar a ansiedade, eu a enrolava e desenrolava como se fosse um canudo. Os olhos da Helô pousaram nas minhas mãos e eu logo parei com o movimento.

– Meio tarde para isso, não?

Ouch! Não sabia que ela estava em posição de dizer aquilo.

Me recompus, tentando retomar o domínio da conversa. Ou melhor, tomar pela primeira vez, já que desde que a vi fiquei um pouco desequilibrada.

– Acho que não é você que deveria falar isso – disse, com firmeza. Terminei a frase antes que minha voz fraquejasse. Não sabia exatamente o que estava acontecendo ali para me deixar tão insegura. Não esperava encontrar a Heloísa com tanta postura, enquanto eu parecia uma peça fora de lugar. – Nós temos um monte de coisas para conversar.

— Já disse tudo que tinha para falar no meu vídeo — respondeu, virando as costas para mim.

Não me contive e explodi numa gargalhada, que era um misto de deboche e nervosismo. Isso fez Helô parar antes de dar qualquer passo.

— Você está de brincadeira, só pode — comentei, elevando o tom de voz. — Eu cansei das suas mentiras, Heloísa. Cansei de vê-la posando de vítima quando só tem uma nessa história toda e *não* é você. Em vez de deixar aquela palhaçada toda para trás, com seu namoradinho idiota, nesse mundinho minúsculo que você vive que se resume a um perímetro de dois bairros, você foi se meter no meu espaço, sem necessidade alguma, só por que se enfiar na minha vida é um passatempo que você parece adorar.

— Vamos conversar em outro lugar — pediu, entredentes.

— Ah, mas eu não vou *mesmo*! Você não gosta de plateia? Não enfiou um monte de gente nada a ver nessa história só por que queria aplausos? Então pronto, tá aqui sua plateia.

O som dos secadores de cabelo parou e tanto funcionários quanto clientes ficaram olhando para nós duas. Tinha plena consciência que a última coisa que queria era armar um circo, mas agora que já estava feito, não dava para simplesmente pegar as palavras no ar. Além disso, aguentei tudo com paciência por *um ano*. Eu não estava nem aí se ela pagasse mico em seu local de trabalho, já que não daria em nada, especialmente por sua mãe ser dona do salão, além do que, ela havia me colocado em vexames bem maiores que aquele.

— A gente pode ir pra algum café — sugeriu. — Ou lanchonete. Ou qualquer outro lugar! Eu levo a gente de carro.

Nem sonhando entraria no carro daquela cobra cascavel. Corria o risco dela me amordaçar e jogar no meio do mato, para ninguém me achar. Nunca se sabe o que passa na cabeça de alguém louco. Respirei fundo, olhando para os lados.

— Vamos do outro lado da rua — concordei. — Você só sai quando me der todas as respostas.

▶ ||

A sorveteria estava vazia exceto por nós duas. Heloísa pediu uma água mineral e, incrivelmente, nós duas ficamos em silêncio. Minha mente trabalhava a mil por hora e podia apostar que a dela também. Quando a garçonete entregou a água, a primeira coisa que perguntei me surpreendeu:

– Você deve gostar muito dele para fazer uma tatuagem igual.

Ela havia tirado o blazer e eu pude ver o símbolo do infinito que ela havia feito com Eduardo no ano passado. Lembrei do incômodo que senti ao ver pela primeira vez, quando ela chegou na escola exibindo para quem quisesse ver. Agora me parecia apenas uma tatuagem comum e o significado dela não me incomodava em nada. Essa constatação me deixou mais firme, pois percebi de vez que o que sentia pelo Eduardo estava no passado, pois Arthur era o meu presente.

Só que eu ainda tinha assuntos a acertar.

Heloísa corou com a pergunta, que lhe pareceu inesperada.

– É sim, eu gosto muito dele.

– E por que você nunca me disse? Você era minha melhor amiga. Podia ter me contado.

– Ahá, até parece – respondeu, com uma gargalhada forçada. – Como se fosse fácil assim chegar e dizer "oi, Mari, então... estou apaixonada pelo seu namorado".

– Fácil não era, mas seria honesto. E honestidade tem faltado em você – alfinetei.

– Você não ia descer do seu pedestal pra me ouvir – disse Helô prontamente. – É irritante! Você age como se fosse obrigação gostar de você. A verdade é que te incomoda quando o mundo não gira ao seu redor.

– Adorei, você acaba de se descrever perfeitamente – zombei. – Você não enxerga o que fez, Heloísa? Você mentiu pra todo mundo sobre o que aconteceu ou como roubou meu namorado, com o qual, aliás, eu nem me importo mais, faça bom proveito. Você encobriu um abuso!

– Ah, me poupe de melodrama, Mari – falou. Odiei ouvi-la usar meu apelido. – Léo só tentou te dar um beijo a força, isso não é nada.

– Não é nada? Você acha que não é nada quando alguém te agarra, te enche de medo, tenta te forçar a fazer algo que você não quer, tenta passar a mão onde não deve e te deixa impotente? Eu ia dizer que não é nada até fazerem com você, mas eu não desejo isso nem pra você. E olha que eu senti tanta raiva do que fez comigo por um tempo que te desejei um monte de coisas ruins, eu assumo. Agora a única coisa que eu desejo é que você suma da minha vida!

Minha voz havia vacilado, mas não deixaria aquilo passar batido. Ela poderia dizer todas as coisas estúpidas do mundo, menos aquilo.

Acho que nunca tinha parecido tão grave aos olhos da Heloísa até que eu dissesse.

– Desculpa...

— Não, eu não desculpo — falei. — Você não ia desculpar se alguém fizesse você se sentir um lixo. Você fez minha vida um inferno por bem menos.

— Eu não fiz...

— Cala a boca! — Ordenei, me exaltando. — É lógico que fez. Você fez todo mundo na escola me odiar e falar mal de mim, contando uma história que fugia *completamente* da verdade. Eu fiquei muito tempo achando que a culpa era minha, sabia? Que eu merecia ser agarrada contra a minha vontade e traída, que eu não merecia ser amada! E tudo isso a troco de quê, Heloísa? Pra quê você teve que levar isso *pra internet*? Você não estava satisfeita o suficiente de ver todas aquelas pessoas me odiando?

— Todo mundo sempre gostou mais de você — falou, como se isso fosse justificativa. — Depois que você apareceu na internet se fazendo de vítima, passaram a te amar mais ainda. Você realizou o *meu* sonho, Mariana. *Eu* sempre quis sair na *SuperTeens*.

— Ah, e é lógico que isso justifica você continuar a atazanar minha vida quando eu já tinha sumido da sua de vez. Cheque suas prioridades, Heloísa. Em vez de fazer mal para outras pessoas ou tentar se promover à custa dos outros, talvez você devesse procurar algo que realmente gostasse e achasse que é boa fazendo, para conseguir o que deseja por mérito próprio. Você gosta do Eduardo? Ótimo, sejam felizes. Mas não faça mal a mais ninguém por causa disso. E não passe por cima de outras pessoas só para conseguir o que quer.

Heloísa parecia querer dizer alguma coisa, mas interrompi.

— Espera, eu não acabei. Infelizmente, nunca vou poder fazer o Leandro receber uma punição justa pelo que fez. Mas eu acredito que tudo que vai, volta, e a vida vai pagar na mesma moeda. Não é meu dever procurar vingança. Eu só não quero ter que lembrar mais dele quando fecho os olhos, só isso. Mas não sei se é algo que vai embora com facilidade. E o Eduardo é um idiota, vocês dois se merecem. Eu só quero que você saia do meu caminho, pra sempre.

Heloísa me encarou, os olhos esbugalhados, acho que não tinha resposta para me dar. Foi bom deixá-la sem palavras, isso significava que em algum momento ela refletiria sobre o que eu disse, nem que fosse para pensar no que deveria ter dito.

— Se você sumir do meu caminho, pode explodir, virar Miss Brasil ou ser a pessoa mais famosa do mundo: eu não me importo! Só não se meta mais nas coisas que *eu* amo, com as pessoas que *eu* gosto. Aí isso vai deixar de ser uma ameaça pra ser verdade — falei. — Isso aqui não é mais o Ensino Médio, é a vida real. E eu estou farta de ter que te aturar nela! — Me levantei, sem me importar em ouvir qualquer desculpa que viesse em seguida. — Ah, se você não tirar aquele vídeo do ar, vou ter um papinho com o meu pai. Você sabe que ele tem bons contatos com advogados especializados em crimes de internet? Difamação na rede dá complicação jurídica e agora é todo mundo maior de idade para lidar com suas palhaçadas. Passar bem!

Só disse a última frase por que sempre ouvi em novelas e queria reproduzir na vida real. Não podia desperdiçar uma chance de ouro.

38

Saí mais leve da sorveteria, como se tivesse deixado um grande peso para trás. O que acontecesse dali em diante não era mais da minha conta, já tinha dito quase tudo que estava engasgado há um bom tempo. Finalmente me sentia livre de toda aquela confusão.

Minha câmera ainda estava apoiada no tripé, à beira da minha cama. Eu tinha muito o que dizer para ela. Apertei o play e disparei:

— Eu não morri! — Exclamei. — E sei que muitos de vocês querem explicações, não apenas pelo meu sumiço, mas pelo que andaram dizendo por aí. Para a primeira parte, eu tenho uma excelente resposta: como todo mundo sabe, estava estudando para o vestibular. Tudo bem que isso nunca me impediu de gravar vídeos, mas a consciência pesou nos últimos tempos e achei que era melhor me dedicar com tudo a isso — falei. Era uma meia verdade, mas era a única que bastava para o espaço virtual. — Agora vocês podem se preparar para ver minha carinha mais vezes, já que eu... PASSEI NO VESTIBULAR! — Gritei, fazendo festa. — Não podia deixar de compartilhar isso com vocês, especialmente com aqueles que sentiram minha falta. Fui aprovada na UFRJ, vou estudar Publicidade! Eu tive muitas dúvidas sobre o que fazer e mudei de ideia mil vezes, mas acho que finalmente encontrei o que realmente tem a ver comigo. Depois vou fazer um vídeo falando melhor sobre esse assunto, então deixem suas dúvidas nos comentários.

"Sobre a outra parte, gostaria de esclarecer que o que foi dito não tem nada a ver com a verdade. Mas ao contrário de certas pessoas, não pretendo expor detalhes da minha vida por aí ou contar o que possa prejudicar os outros. É uma situação pessoal e só quem tem a ver com isso é quem passou por ela. Tenho minha consciência limpa e o que precisava ser resolvido, foi dito entre quem estava envolvido na história. Não gosto de deixar quem me acompanha no escuro, mas nesse caso, tenho certeza que é a melhor decisão. Obrigada pelo apoio de todos vocês. Agora eu estou de volta e espero que todo mundo esteja muito preparado para morrer de vergonha alheia dos meus micos mais uma vez!"

Desliguei a câmera, certa de que era um bom vídeo de esclarecimentos. Editei e postei, uma atividade que estava com saudades de fazer. O *Marinando* estava de volta e não sairia do ar tão cedo.

▶ ‖

Quando contei para as minhas amigas a discussão com a Heloísa, elas quase caíram para trás.

— Eu dirigiria até sua casa só pra ver a expressão da songamonga quando você disse que ia meter um processo naquela cara cheia de maquiagem — empolgou-se Pilar, em mais uma de nossas reuniões no Skype.

—Você foi tão corajosa — comentou Nina. — Eu jamais teria ficado suficiente para ir até o salão e puxar ela pra uma conversa. Acho que deixaria o assunto rolando até o dia que eu morresse, só pra não confrontar!

— Mas isso não ia resolver nada — interrompeu Pilar. — Se a Mari não tivesse falado com a Bruxa Má do Oeste, continuaria remoendo essa história, o vídeo ainda estaria no ar e a outra ficaria se achando superior. Tem que falar mesmo! Não sou a favor de levar desaforo para casa — completou.

Tinha que concordar com a Pilar. Dizer aquilo foi como me livrar de um fardo que carregava comigo para cima e para baixo.

— E eu ainda terminei com um "passar bem" — comentei. — Sempre quis dizer isso! Agora só falta falar "siga aquele táxi" que minha vida estará completa.

— Ai, você é muito besta — brincou Nina, rindo do meu comentário.

Heloísa tirou o vídeo do ar, ainda bem. Não só o vídeo, como o canal inteiro e todas as redes sociais ligadas a ele. Ela tinha evaporado da internet, num passe de mágica! Acho que realmente levou minha ameaça a sério e achou melhor sair de fininho daquele mundo virtual. Estava na cara que ali era *meu* espaço.

— Ninguém nem sentiu falta dela — disse Pilar, assim que nos certificamos que "Lolo" tinha desaparecido de vez da *web*. Agora só existia Heloísa, em seu perfil bloqueado e pessoal. — Se fosse a Mari, a internet estaria em pânico. Pra você ver que ninguém se importa com aquela louca, a galera só gosta mesmo de uma boa fofoca e barraco.

— Não exagera — falei, mas não chegava a ser mentira. Eu recebi uma centena de comentários de pessoas que pareciam estar realmente felizes com meu retorno à rede. Até o Bernardo me mandou um e-mail dando parabéns por ter voltado com o canal. Eu o colocaria na fita da Nina ou da Pilar, se ele não parecesse tão encantado pela tal Cecília.

Na manhã seguinte ao meu encontro com Heloísa, fui conversar com o pessoal da Wink, para acertar os detalhes da campanha. Eu fotografaria para os anúncios de revista e o catálogo físico e virtual! Estava muito empolgada com a ideia. Nós conversamos bastante e, se a ação desse certo, eles queriam propor a possibilidade de assinar uma linha de roupas para a outra estação. Uma linha de roupas com meu nome! Mal podia acreditar.

A reunião durou algumas horas, entre conversas, negociações e planos para o que poderia acontecer comigo no futuro. Fiquei bastante animada e torcendo para dar muito certo.

– Sabe, Mariana, acho que você precisa de um empresário para te ajudar a cuidar de contratos e da sua imagem – sugeriu Tatiana, a mulher que tinha entrado em contato comigo por telefone. – São muitas coisas burocráticas e esses profissionais estão prontos para lidar exatamente com isso.

Era só essa que me faltava, um empresário! Arthur, que havia me acompanhado até o encontro, assim como meu pai, deu uma risadinha ao ouvir aquela sugestão.

– Se essa daí já é exibida por conta própria, imaginem só com um empresário – brincou Arthur, o que o fez levar um beliscão, que arrancou risadas de todo mundo. Mas foi um beliscão de amor, juro!

Depois que papai checou o contrato infinitas vezes e sugeriu algumas alterações, chegamos a um acordo, com direito a aperto de mãos e tudo. Podia me acostumar facilmente àquela vida, mesmo que fosse diferente do que havia imaginado a princípio.

– Você tomou a decisão certa – disse Arthur, mais tarde, quando estávamos sozinhos na beira da praia, encarando as ondas. Nunca fui uma menina praiana, mas adorava aquele som, assim como a visão. Momentos de tranquilidade como aquele me deixavam em paz, especialmente após a agitação dos últimos dias.

– Não sei de onde tirei tanta coragem – falei.

Foi uma atitude ousada. Confrontar a Heloísa era algo que eu precisava e desejava fazer, só faltava um empurrão que me motivasse a dizer tudo que estava engasgado. Era um alívio saber que aquela situação finalmente tinha sido contornada e agora eu era capaz de seguir em frente, em paz. Não queria mais remexer na história e muito menos ouvir falar sobre os envolvidos. Cada um deveria seguir sua vida a partir daquele ponto.

Na verdade, eu sabia o que havia me motivado a fazer o que era certo. Eu me senti plenamente realizada quando li cada depoimento enviado para mim. Perceber que as pessoas realmente sentiam falta daquilo que eu fazia era gratificante. Se eu abrisse mão dessa energia boa, com certeza não teria forças para perseguir os sonhos que ainda me restavam. E eu tinha muito mais a conquistar.

— Não importa de onde ela veio — respondeu Arthur. — O que importa é que agora você pode seguir sem que isso te incomode.

Encarei aqueles olhos cheios de sentimentos, que me faziam sentir tão querida e acolhida. Arthur foi aquele que me estendeu a mão quando precisei e soube ouvir, dizer, calar e sentir. Encostei minha cabeça no ombro que sempre me oferecia consolo, ciente da sorte que eu tinha por ter encontrado um amor sem exigências.

Todos os nossos conflitos pareciam muito distantes agora. Eu tinha reaprendido a confiar e ele era um dos principais responsáveis por essa mudança. Confiar é correr riscos, afinal de contas estamos entregando parte de nós nas mãos de outra pessoa. Levando em conta tudo que eu passei, era uma decisão complicada. Ainda assim, foi a mais certa que eu poderia tomar. Como eu acabei descobrindo, uma vida sem riscos não é uma vida que vale a pena ser vivida.

Minha irmã costumava acreditar em príncipes encantados e em amores à primeira vista. Ela acabou encontrando a sua versão de um roteiro da Disney. Eu nunca fui uma menina de conto de fadas, sempre preferi a realidade, mesmo aquela on-line. O meu amor, como eu sempre acreditei que viria, não chegou em um cavalo branco e muito menos me pediu em casamento no dia seguinte. Nossa química aconteceu aos poucos, uma história com pausas, interrupções e mal-entendidos. Mas sabia que aqueles problemas eram os mesmos que tornaram nossa relação mais forte.

O melhor de estar ao lado dele era descobri-lo aos poucos e amá-lo cada vez mais por isso. Arthur representava uma rocha firme em meio às turbulências e provou-se leal ao longo de todo esse tempo. Estava feliz por ter contado com ele naquele período difícil, assim como minhas amigas, que eram apenas duas, mas as melhores do mundo.

Não faz sentido acumular muitas pessoas apenas para se sentir querida, para no fim descobrir que não tinha ninguém ao seu lado. Acabei descobrindo isso da pior forma. Era possível contar nos dedos aqueles que realmente se importavam e estariam comigo a todo momento, fazendo com que eu nunca mais me sentisse sozinha. Eu era sortuda não apenas por ter um namorado como Arthur, mas também pelas amigas que tinha e pela família onde nasci.

Talvez meus seguidores enjoassem dos meus vídeos em poucos meses, descobrindo algo melhor para passar o tempo. Mas aquelas pessoas não sairiam do meu lado tão cedo.

— No que você tanto pensa? — Arthur quis saber, ao notar meu olhar perdido no horizonte.

– Em você, na gente, na minha sorte.
– Sorte?
– Sim, sorte. Eu não teria conseguido se não fosse sua ajuda – falei.

Arthur afagou meus cabelos, um carinho que eu amava receber. Quando estava no Canadá, descobri que só a língua portuguesa tinha uma palavra específica para aquele toque: cafuné.

– Lógico que teria conseguido, minha pequena. Eu não fiz nada. Quem fez tudo foi você. O que eu fiz foi estar ao seu lado, sempre acreditei que você era capaz. Ninguém pode mudar seu destino em seu lugar. Só você pode tomar suas próprias decisões. A única coisa que precisava era alguém que te encorajasse, e eu não fui o único.

Essa era uma das coisas que eu amava no Arthur: ele reconhecia a importância do todo em nossas pequenas vitórias.

– Sabe, você me prometeu uma coisa...
– Que coisa?
– Bem... Lembra o que você me prometeu se passasse no vestibular?
– Ah, não...

39

Eu tinha certeza que iria morrer. Depois de tudo que passei, era um destino terrível.

Minhas mãos suavam e nada tinha a ver com a temperatura. Era puro nervosismo! Meus batimentos tinham até perdido o compasso e tudo que eu sentia era ansiedade. Como eu me livraria daquilo?

O destino do meu primeiro beijo com o Arthur também seria o cenário do meu fim, estava convencida disso. Ele, por outro lado, ria sem parar da minha expressão de desespero. Sacana! Me levou para a forca e ainda estava achando graça.

— Entendeu, Mariana? — Quis saber o instrutor. Entendi? Entendi tudo sim. Entendi que ia morrer esparramada no chão! *Ai, meu Jesus Cristinho, que pelo menos a morte seja rápida*, implorava sem parar, enquanto amarravam mais e mais acessórios em mim, tudo pela minha "segurança". Impossível estar segura naquela situação!

Eu tinha medo de altura. Nunca tive problemas em voar de avião, mas algumas situações me deixavam um pouco desesperada. Como naquela vez durante o intercâmbio, quando Pilar me obrigou a colocar o rosto no chão de vidro da CN Tower sob o pretexto de observar a cidade do alto. Nunca senti tanta vertigem na vida. Outra coisa que me deixava para morrer era atravessar passarelas. Sempre precisava caminhar olhando para a frente, com medo de cair na estrada e ser atropelada — ou simplesmente morrer pela queda.

Imaginem então como eu me sentia ao pensar em *pular de asa-delta*! Se eu saísse viva daquela, com certeza mataria Arthur por me fazer passar por um desespero daqueles.

— Fique calma, Mariana — instruiu Arthur.

— Calma uma ova! Não é você que vai morrer lá embaixo — bronqueei, enquanto ele fixava uma câmera esportiva no meu capacete.

— Sabe, você fica linda até irritada — respondeu, beijando minha bochecha assim que fixou a câmera. — Esse vídeo vai ser um sucesso.

— Vai sim, já vejo as manchetes: "Jovem morre ao pular de asa-delta e registra cada segundo em vídeo". Um arraso, tenho certeza que será o vídeo mais assistido da internet.

— Pelo menos você vai fazer sucesso até depois de morta.

— Idiota.

Pedi para o instrutor repetir tudo umas três ou quatro vezes a mais. Estava tão nervosa! Só conseguia pensar que morreria.

Não sei onde estava com a cabeça quando concordei com essa ideia louca do Arthur. Sou uma menina de palavra e considero que promessa é dívida, mas eu adoraria descumprir aquela. Minhas pernas estavam bambas e meu coração batia, acelerado. Eu definitivamente não tinha adrenalina correndo em minhas veias.

O Parque da Cidade foi o cenário do meu primeiro beijo com Arthur. Ainda naquele dia, prometi a ele que voltaria até lá para saltar caso fosse aprovada no vestibular. Sinceramente, tenho a impressão de que naquela época eu achava que nossa história não duraria, por isso prometi sem pensar demais. Agora estava ali, ao lado do cara que havia me conquistado — e me jogado na boca da morte.

Não tinha para onde fugir. Era agora ou nunca.

— Está pronta? — Arthur quis saber.

— Pronta eu nunca vou estar, mas é melhor acabar com isso logo.

Me prenderam na asa-delta, junto com o instrutor de voo. Gritei umas cem vezes, pra me certificar que estava bem amarrada e não despencaria no meio do caminho. Meu nome do meio era insegurança!

O vento estava favorável e agora a única opção era pular. *Vou morrer, vou morrer, vou morrer* — não parava de pensar.

Eu e o instrutor corremos pela rampa e no meio do caminho fechei os olhos, até que não senti mais nada abaixo dos meus pés.

Demorei alguns segundos até criar coragem para abrir os olhos, mas pensei: "Se vou morrer, pelo menos posso aproveitar a vista". Quando contemplei tudo à minha frente, foi incrível.

Qualquer palavra que eu usasse para descrever aquela sensação não seria suficiente para reproduzir o que senti. Era liberdade no sentido mais puro da palavra. O mundo inteiro parecia se abrir diante de mim, como se eu fosse um pássaro livre para seguir a direção que quisesse. Não senti agonia, desespero, nada disso. Pelo contrário, fui tomada por uma paz de espírito que não era capaz de descrever.

Tudo que consegui foi soltar um grito, mas não era de pânico, era alegria. Um sentimento tão simples que só poderia ser colocado para fora daquele jeito. Olhava para todas as direções, aproveitando enquanto planávamos acima das árvores e das casas, rumo à praia.

A aflição que senti antes de saltar tinha desaparecido. Se eu soubesse que era tão bom, teria feito tudo antes! Senti meu corpo relaxar ali mesmo e eu só sabia sorrir.

Era uma dessas alegrias que parecem infinitas e quando o voo acabou, eu estava eufórica. Arthur me esperava na praia, onde descemos, e assim que me vi livre de todos aqueles aparatos, tudo que eu queria fazer era correr e pular por todo lado, de tanta emoção.

— Meu Deus, isso é a coisa mais incrível e indescritível da minha vida — gritei, empolgadíssima, saltitando pela areia. — Eu não acredito que demorei tanto tempo para criar coragem, foi maravilhoso.

— Eu disse que era, você deveria confiar mais em mim — provocou.

— Eu confio, bobão — brinquei, beijando-o. — Obrigada, foi maravilhoso.

— Sabia que você ia gostar. Eu sei de tudo.

Ainda estava em êxtase. Poderia repetir aquele salto mais umas dez vezes e não me importaria.

Era incrível como sua vida poderia mudar da água para o vinho em apenas um ano. Estive no fundo do poço e agora começava a alcançar meu ápice. Passei pelos piores momentos possíveis, perdi todos aqueles que costumava chamar de amigos e precisei me reerguer. Felizmente, consegui tudo que eu queria. Fiz novos amigos, encontrei um novo amor e realizei coisas que jamais imaginei que fossem possíveis. Para completar, tinha pulado de asa-delta — algo que nunca acreditei que fosse capaz de fazer! — para comemorar minha aprovação no vestibular!

Em algumas semanas, iniciaria um novo ciclo. Uma rotina que incluía pessoas completamente novas, vindas dos cantos mais diversos, com hábitos, sotaques e maneiras diferentes. O intercâmbio havia me preparado para lidar com o novo e eu mal podia esperar por mais uma fase de descobertas, atravessando a ponte Rio-Niterói diariamente para realizar mais um sonho que eu havia conquistado.

Quem sabe não faria mais um intercâmbio durante a faculdade? O mundo era um lugar grande demais e eu queria conhecer cada pedaço dele. O mapa na minha parede ansiava por novos destinos marcados e eu não tinha mais medo de redescobrir a mim mesma.

Naquela tarde, eu não havia apenas voado de asa-delta. Eu havia alçado um voo muito maior, abrindo as portas para descobrir mais de mim mesma a cada dia.

Epílogo

Seis meses depois...

— Anda logo, Mariana! Não temos o dia inteiro. Estou com fome — resmungou Nina.

— Só um minutinho, eu juro! — Implorei, enquanto folheava mais uma revista.

— Mari, você não ouviu? A Nina está com fome. *Isso* é mais importante — pontuou Pilar. — Vamos, depois a gente volta pra cá e você procura sabe-se lá o que você está procurando.

Nós estávamos no Galeão, o aeroporto internacional da cidade do Rio de Janeiro. Em pouco menos de uma hora, nosso embarque para Buenos Aires teria início. Pilar havia conversado com Antonella, a menina que conhecemos no Canadá, para que nós três a visitássemos. Nas últimas semanas, nossas conversas por Skype em grupo eram muito frequentes, para ajeitarmos cada detalhe da nossa viagem.

Nina havia melhorado e cada vez mais se distanciava da menina doente de meses atrás. Ainda precisava se cuidar com frequência e sua doença era um fantasma que às vezes tentava dar as caras, mas aos poucos ela superava as dificuldades. Sua aparência estava saudável e ela havia retornado à faculdade no segundo semestre, ao mesmo tempo que eu começava a minha.

O canal tomava cada vez mais meu tempo, mas levar aquele trabalho com seriedade tinha um lado muito bom: eu sempre estava em São Paulo para reuniões e passava alguns fins de semana em companhia da minha melhor amiga. Era sempre uma delícia e eu estava começando a me apaixonar pela metrópole. Quem sabe eu não me mudaria para lá assim que concluísse a faculdade?

— Mari, vamos lá, meu estômago está roncando! — Implorou Nina.

— Só um segundo... Achei! — Exclamei, quando puxei um exemplar da *Adoleteen*, a revista concorrente da *Superteens* no mercado.

— Você não acha que já está velhinha para ler essas coisas? — Quis saber Pilar, pulando no meu pescoço.

Abri a revista atrás do que estava procurando. Lá estava Heloísa, em um anúncio de comercial de pomadas para espinha. Ela tinha uma grande espinha na bochecha e na testa e sorria segurando um tubo para a pomada. Era horrível.

— Meu Deus, o que é isso! — Gritou Pilar, caindo na gargalhada.

— Aparentemente, ela virou modelo fotográfica — respondi, ainda rindo. Eu tinha visto aquela imagem nas minhas redes sociais uns dias antes. Queria muito mostrar para as meninas. Era uma fotografia bizarra e muito engraçada.

— Ela conseguiu os minutinhos de fama, como queria — completou Nina. — Mas enquanto ela estrela propaganda de remédio para acne, você está assinando a sua própria linha de roupas.

Essa era uma das partes mais empolgantes da minha vida nos últimos meses. A campanha que fotografei para a Wink deu muito certo e eles me convidaram para finalmente assinar uma coleção, que contava com duas saias, um vestido, várias blusas e até um sapato! Era tudo tão lindo, estava muito orgulhosa de mim mesma.

— Essa foto virou a piada na internet. Vi um monte de gente da época do colégio zoando — contei.

— Está vendo? A gente nem precisa se preocupar em zoar a Helô. Ela faz isso por conta própria! Agora, pelo amor de Deus, vamos comer — implorou Pilar, finalmente me convencendo a sair dali.

Fizemos um lanche rápido em uma das lanchonetes do aeroporto, compramos chocolates no *free shop* e gravamos um pequeno vídeo antes de embarcar.

Eu estava muito animada em desbravar mais um destino, dessa vez acompanhada por minhas amigas. A vida seguia com altos e baixos. Havia momentos mais felizes que outros e lógico que passava por fases difíceis, mas com o tempo aprendi a valorizar mais os bons momentos.

Quando estava prestes a entrar no avião, meu celular tocou. Vi o número da minha irmã no identificador de chamadas e atendi prontamente.

— Fala rápido, estou embarcando.

— Eu vou falar rapidíssimo. E vai ser uma coisa que vai deixar sua viagem ainda melhor. Se apoia em alguma coisa. Tá preparada?

— O que foi, Mel?

— Digamos que você vai ser titia...

Minha boca se abriu numa expressão de choque e surpresa. Mal podia acreditar! Em breve, outro Prudente teria uma história para contar. Por que a minha história estava mais do que bem encaminhada. Ela tinha acabado de ficar perfeita.

Contato com a autora
ifigueiredo@editoraevora.com.br

Este livro foi impresso em papel *Pólen Bold* 70g pela Edições Loyola.